銀河叢書

行列の尻っ尾

木山捷平

幻戯書房

目次

Ⅰ

II

VI

VII

装丁　緒方修一

行列の尻っ尾

一、本書は、木山捷平氏が戦後に執筆した随筆から、単行本および全集未収録のものを選んだ作品集です。

一、本文の表記は、原則として発表時のままとする方針を取りました。ただし「満洲」のみは表記を揃え、明らかな誤字や脱字は正してあります。旧字体と歴史的仮名遣いで発表された作品は、新字体と現代仮名遣いに改めましたが、引用された詩歌の仮名遣いは例外としました。

一、掲載紙誌の編集部によって添えられた見出しなどは割愛しました。また、組版上の都合で省略されたと思われる句読点や改行を補った箇所があります。

一、今日では不適切とされる語句が見受けられますが、執筆当時の社会背景を尊重して、原文どおりにしました。

（幻戯書房編集部）

I

昼酒

私が時々、のみに行く、大衆酒場に、ちょっと変ったお客が一人くる。

ガラス戸をあけて、店に入ってくると、黙って、のみ台の前に立つ。——と、何も声をかけないのに、女中が黙って焼酎をついで出すのである。

するとそのお客は、その焼酎を、ぐっと一息にのみほし、ポケットから十円玉を三つとり出して、のみ台の上にならべて、立ち去るのである。

オカズは絶対にたべない。

「あのお客さん、回転が早いなア。でも、日に何回ぐらい来る?」

と、或る時、私は女中にきいてみたことがある。

「さあね。三回か五回くらいかしら」

と、女中が云った。

「何をしてるひと?」

「さあ。……商売人でしょ」と女中が云った。

なるほど、それで、十円玉には、ことを欠かないわけである。その後、そのお客が、ただ一ぺんだけ、腰掛に腰をかけたことがある。しかも丁度、私の右隣であった。

「小父さん、あんたは何時も、サカナなしで飲まれるようですが、胃にはこたえませんか」

と私は訊いてみた。

「いいえ、ちっとも。わしはサカナを食べると、気分がわるくなります」

「体が丈夫なんですなア。失礼ですが、おいくつになられますか」

「いくつって、今日は、娘の結納がきましたよ」

「へええ、それはおめでとう。でも、そうすると、四十四、五ってところかナ」

「ノー、ノー」

「じゃ、六か七?」

「そんなに言えば、いつかは当りますよ。わしは、三十七年生れですよ」

「へえ。じゃ、ぼくと同い年だ。では、七年の何月ですか」

「早生れの、三月です」

「三月? へえ、じゃ、ぼくと同じだ。で、三月は何日です?」

「三月の二十六日」

「へえ、これは驚いたなあ。ぼくも二十六日ですよ。へええ。奇縁もあればあるもんだ。オイ、ねえさん、もう一本くれ。オイ、ねえさんッたら……」

と、同日生れと云えば妊娠も同日だったかも知れないと思った私が、乾杯でもやりたくなって、ちょっと女中の方に向って叫んでいる間に、その私の同日生れはいなくなってしまっていたのである。

そしてその後も時々顔があうことがあるが、その相棒は、例によって例の如く、来たかと思うと、きゅッと一杯ひっかけて、あッという間に立ち去るので、深い交渉はないままである。


私はこのごろ、一日に七合ぐらいやっている。朝おきた時に二合、それから晩に二合、そして夜ねる時に三合ぐらいの割合である。

もうずっと先、昭和十何年頃であったか、田中貢太郎さんが、酒の随筆で、酒のカンにはもっぱら、駅売りの茶瓶を愛用している、酒のカンこれに如くものはない、というような意味のことを書いて居られるのを、私は読んだことがある。

さっそく、私は真似てみた。

と云っても、即日速達のような工合にはゆかない。

何ヶ月かたって、旅行にでた時、私は静岡と浜松と沼津でお茶を買った。がいして、駅売りのお茶はまずいものである。くだもので云えば、柚子の実に似ている。

しかし東京駅でおりる時、この三つの茶びんを持っておりるのは、さすがにケチな男のように思われはしないかと気がひけた。かと云って、ぼくはこれを茶人ごのみに酒器に利用するのです、とききもしない他の乗客に説明するわけにもいかない。

皆んなが下車するのを待って、私は茶びんを大急ぎで、自分のボストンに収めた。

私はなんだか、コソ泥でもしたような、気分を満喫することができた。

すると変なもので、他の乗客が棄てて行った茶瓶までほしくなって、ずっと遠方の、九州方面のものを目当てに、いち早く腰掛の下から拾い上げて、自分のボストンにねじ込んだ。

「ああ——」

わが事成れり、というような快感であったが、しかし、家に持ち帰って、その五つの茶瓶を、十分に利用したかと云えば、必ずしもそうはいかなかった。

だいいち、私の借家には、いろりがないのを発見したのである。発見するまでもなく、そんなことは初めから分っていることであった。私は火鉢を利用して、やってみた。が、これを譬《たと》えて云うなれば、焼芋は風呂の残り火でこんがり焼いたのが一番うまいようなもので、小さな火鉢でこてこてやって見たところで、シンのある焼芋みたいなカンしかできないのに気づいた。

そこはまた研究心をわかせば、なんとか道がひらけるかも知れなかったが、せっかちな性分の私は、ええ面倒くさい、という気が先に立って、あっさり研究心をホウキしてしまったのである。

五つの茶瓶は、私の子供がよその子供と一緒に、ままごと遊びに利用しているのを、度々みかけた。そのたびに、

「こら。それは、お父ちゃんの大事な酒器だぞ」

と、私は叱るでもなかった。

ひとつには、私はそのころ、酒をのむのは、自分の家よりも外でのむ方を好いていたのが、別の原因であったかも知れない。

酒をうちでのむようになったのは、もっぱら、酒の統制制度のたまものである。

国民酒場のたまものである。

酒のみは誰でも覚えているであろうが、この国民酒場は、夕方五時の開店で、一合の酒にありつくために、何時間も道ばたに行列をつくったものである。それでも運悪くあぶれた日の翌日などは、癪《しゃく》にさわって、朝の十時頃から弁当がけで待機したものである。

「ちッき生《しょう》。いずれはまた、酒がジャンジャン出まわる日もあろうぜ。その時には、一滴たりといえども飲んでやらないから」

「そうだ。そうだ。その時は、オール・ストライキだ」

「しかしそんな日がまた来るかなあ。われわれの目の黒いうちに」

こういう路傍の街頭録音が、今でも私の頭にはカスみたいに、こびりついている。このカスみたいなものが、私などに昼酒を覚えさせたのである。でまかせを言っているのではない。以前は、昼のうちに酒のことなんか考える必要は、これっぽちもなかったのに、国民酒場が、私など朝目がさめた瞬間からして、考えさせるように仕向けたのである。

実をいうと、私は本誌（「酒」）の新年号の荒垣秀雄さんの文章を読んで、ぎくりとして、そんなことを思い出したのである。

荒垣さんはこんな風に書いている。

『そういうわけで、酒好きのぼくも昼酒だけはしないことにしている。ほとんど絶対といってよいほど昼酒はしない。結婚の披露宴などには儀礼的に昼でも少しはのむ。温泉に泊った朝なども ビールか酒を一ぱいやることもある。それもそのあと仕事のない時に限る。ゴルフをやったあとも、ビールをグーとやりたいが、昼のうちはそれも控える。昼から酒をのんで職場に現われたり、人前に出たりするのは、まことにみっともない。ヒンシュクされるもとだ。自分の健康にもよくない。酒はやはり灯がついてからにすべきものだ。灯が点くと、酒に虹がかかってもよい。汽車や電車の座席で、昼から酒びたりになって盃やコップのやりとりをしているのは、あれは下司《げす》の酒だ。急行の食堂車で昼飯にビールを一本あけるくらいなら、ぼくもしばしばたしなむところ。まあ、原則として昼はのまない。昼はうまいとも思わない。酒好きだけにせめてそれくらいの折目節目をつけておかなければ、身がもたないせいもあるにはある。社会人としても、昼酒をのんでる人に好感はもてない。』

まったくその通りであると、私は肝に銘じた。肝に銘じて、私も原則として昼間はのまないことに決心したのであるが、不幸なことに、私は去年の暮から風邪をひいて、氷枕をするほどではないけれど、寒気がして仕様がないから、その寒さしのぎに、薬のつもりで、決心をやぶっているのである。

カンは、もっぱら、鉄瓶でやることにしてある。

鉄瓶のカンというやつが、酒のカン学のなかで、どういう位置をしめるのか、私はしらない。

けれども、もうずっと以前、私は古道具の店で、小さな鉄瓶を一つ見つけた。その時は、別に酒のカン用にするつもりではなかったのだが、ある時、萩焼のひらべったい酒器をこわして、その代用につかっているうち、常用になってしまったのである。

外見は、一合くらいしかはいらないように見えるが、入れて見ると、たっぷり二合ははいる。こいつを火鉢のゴトクの上にかけると、あッという間に、カンがつくのが、無精者にはなかなか調法なのである。

ひるま、たまに若い女人などが訪ねて来た時など、机の上に銚子がおいてあるのより、何となくテイサイもよいのである。

酒の失敗

ぼくは今、四本の指でこの原稿をかいている。活字になると、わからないが、自分ながらほとほといやンなっちゃう、きたない字である。

指を折ってかぞえてみると、四年三ヵ月前の某夜。

ぼくの左でのんでいた不良（?）が、いきなりぼくの左の腕をつかんだ。これには驚いた。子供の時は別として、ぼくは人につかみかかられた経験はない。その理由は、ぼくは体力が貧弱だから、誰だってこんなへなへな男に暴力をふるうのは、赤児の首をひねるようで、気分が出ないのだろうと思う。兵隊の時も一度だってなぐられたことはない。

「暴力はよせ」

ぼくは大あわてに叫んだ。叫んだのは結構だが、その時、ぼくは右手に持っていたグラスを思わずかたく握りしめたので、グラスがわれて、右の指を一本負傷してしまったのである。

その名誉の負傷が、いまもって全快しないでいるのである。上っつらは完治したが、中の奥の方で神経痛のやつがおきて、ペンがさわるとこそばゆくて仕方がないのである。

一世一度の不覚だったかも知れないが、しかしぼくは酒をよそうとは思わない。敗戦時、満洲くんだりにいたぼくは、あの未曾有《みぞう》の混乱をともかく切りぬけて帰国できたのは、一にも酒、二にも酒、三にも酒のおかげだったと、深く感謝しているのだから。

たもと

　私も若い時、飲屋からコップだのお銚子だの、よくかっぱらってきたものである。かっぱらって来ないと、生存競争にまけそうな気がしたのではないかと思うが、今になってはその心理状況はよく分らない。なにしろ酔っぱらってやったことなのだから。

　しかし戦争中、国民酒場というものができた頃からは、あんなばかなことはしなくなった。無理にやればできたかも知れないが、ウツワよりもナカミの方が大事になったからである。午後五時開館の国民酒場に二、三時間も行列して、ナカミ一合の酒にありつくおもしろさ、それからもう一度駈足《かけあし》をやって行列の尻にくっつく努力で、せいいっぱいだったのである。

　そんなようなわけで、私のかっぱらいは中止になったのであるが、しかしへんなもので昭和三十四年の現在、私のところには、やっぱりそのかっぱらい品（と云うよりほか仕方のないもの）が二つだけあるのである。

その一つは、新宿某酒場のぐいのみである。

このぐいのみを私が持って帰ったのは、今から三年位前であったろうか。その年月がはっきりすれば面白いと思って、二、三日前から何か連想作用をはたらかせようと努力しているのだが、どうもはっきりして来ない。

だいいち、その時私はその酒場に一人で行ったのかほかに連れがあったのかさえ思い出せない。

とにかくその時、その酒場で一緒になった大学教授のFは私よりも酔っていたことだけは大体において間違いなかった。

「おい、これを持って行け。そら、そら……」

というようなこと云って、Fが私の左の袂《たもと》にぐいのみを投げ込んでしまったのである。

私はその時、ちょっとまごついたが、

「よせやい」

とも何とも云わないで、そのまま家に持ち帰ってしまったのである。

ちょっとベンカイになるが、私は適当な頃をみはからって、ぐいのみは袂から取り出して、置いて帰ろうと思っていたのであるのが、そのうち何とはなく他のことに取りまぎれて忘れてしまったのである。

いや、待てよ、忘れたというのは嘘で、私はそのぐいのみを袂から取り出す時、女中にでも見つかって、「おや、このじじい」と思われる方を、より以上気にしていたのかも知れないのである。

それからもう一つ——。

これは今から三年前か四年前の十二月、カルヴァドスの会がクリスマスを兼ねて忘年会をやった時のことである。

カルヴァドスの会というのは、昭和二十四年の暮、今は故人になった新居格《にいいたる》さんが発起してつくった会である。新居さんはその頃、杉並区長の任期を半分ものこしてやめたばかりの頃で、

「区長だなんてばかばかしい。朝早く起されるのがつらくてね」

とストーブに手をかざして述懐していたが、この第一回の会合に集ったのは二十人あまり三十人ちかくであった。

場所は西荻窪駅前のフランス料理こけし屋で、この店の店主大石君は、当時早稲田大学の大学生であった。

それからこの会は毎会発展して、いまでは会員が二、三百人にふくれているのではないかと思う。なぜそんなにふくれたかと云えば、大石君調合にかかる日本版カルヴァドス酒が大変やすくてよくきいたからではないかと思う。それからこれは大石君の創案かどうかききもらしたが、会の晩にはどこからか音楽隊がやってきて、一晩中ぶかぶかどんどん大へんにぎ

やかであるからである。その上にもって来て、会の司会者はラジオ、トンチ教室の石黒敬七旦那が一切合切をきりまわすので、表の往来には、見物人が黒山の如くにおし寄せる、といったような有様なのである。

ちかごろは撮影が忙しくてあまり来なくなったが、無名時代の森繁久弥君なんか、敬七旦那の司会にのって、むやみやたらに歌いまくったり、はねたり飛んだりして、あり余る精力をもてあましていたものである。

余談はさておき、さっき云った、今から三年か四年か前の忘年会の時、敬七旦那は、とんち教室の先生であるところの青木先生をひっぱって来たのである。ひっぱって来て、司会の助手をやらせたのである。

が、助手とはいっても、そこは日頃の訓練がよくできているから、私たち会員一同は青木先生の命にしたがって、赤い三角帽を頭にかぶらせられたり、顔にへんてこなお面をはめさせられたりして、ぶかぶかどんどん。カルヴァドス酒をのみながら、先生の指名にしたがって、歌をうたったり、踊りをおどったり、それから大根や人参のようなものが景品にあたる福引をひかされたりして、会はにぎやかに進行して行ったのである。

さて、こんな行事が一通り終った時、青木先生はどういうつもりであったか、いままで司会用につかっていた玩具のラッパを、私が腰かけていたテーブルの上においたのである。

ちょっとそれが、私は愛らしくもあり、かつまたいささか目ざわりでもあった。

するとそれからものの三分間とはたたなかった時、私の左隣に腰かけていた美術家のNが、

「おい、これは君にやる」

とか何とか云って、そのラッパを素早く私の和服の左の袂に放り込んでしまったのである。

「やあ、ありがとう」

とか何とか返事をして、とどのつまり私はそのラッパを、家に持ち帰ってしまったのである。

しかし、またまたベンカイになるけれど、私はそのラッパを家に持ち帰る了簡は、まずまずなかったのである。不幸なことに、私はその時右の手に怪我をして繃帯《ほうたい》をまいていたので、動作の敏速を欠いていたので、いち早く袂からラッパを取り出す能力に欠けていたのである。であるから、いずれゆっくり、時期を見はからって、ラッパはテーブルの上に返すつもりであったのである。

いやそれよりも、もう少し時間がたてば、いまは司会を暫時休憩中の青木先生が、ラッパがなくなったのに気づいて周章《あわ》てだすに違いないから、その時こそ、魔法つかいのサンタクロース爺みたいに、ぱっと何処からともなくラッパを取り出して、青木先生をびっくりさせてやろうと、心ひそかに期待していたのである。

ところがその夜家に帰って、着物をぬぐ段になって、

「まあ、あなた、これは何ですか」

と家内が私よりも先に、ラッパの存在に気づいてしまったのである。

私はいささか先を越されたような気がしたが、

「ああ、それはねえ、とんち教室の青木先生がゴホウビに下さったんだ」と云った。

「何のゴホウビですか」

「いやア、それはね、おれが今晩の、のど自慢で『熱海の海岸』をうたったところ、それがとてもよく出来たんだそうだ」

「へえ、お珍しいことですねえ。……それで、このラッパ、何になさるの？」

「何にッて、そりゃア、何にでもつかえるさ」

「これ、あの、お隣のカズちゃんにあげたらどうかしら。この前、お隣からギョウザを頂いたんだけれど、まだそのお返しがしてないのよ」

「じょ、冗談じゃない。あんなにんにく臭いギョウザと、おれのスイートな、のど自慢をごっちゃにされてはたまらない。……おれはもう、このラッパの使い道はちゃんと考えてあるんだ」

「まあ、どんな？」

「夜中に、お前をよぶ時、これを吹くんだ。善はいそげと云うから、さっそくやって見よう。おい、そら、お前はお前の部屋に行って待っとれ」

酔った男はしつこいから、家内はしぶしぶ茶の間にはいって行った。

そこで私がラッパをひゅう、ひゅうと鳴らすと、家内が「何かおよびでございましょうか」というセリフを忘れてはいけない。しずしずと私の部屋にやってくるのである。

セリフばかりでは面白くないから、ヒューと一つ鳴らした時にはお茶、ヒュー、ヒューと二つ鳴らした時には紅茶、ヒュー、ヒュー、ヒューと三つ鳴らした時にはお酒、四つの時には洟紙《はながみ》、というような暗号までとりきめて、夫婦はその夜、夜が更けるのも忘れて練習にはげんだのである。

だが、あくる日になって、昨夜、隣近所ではさぞやかましかったことだろうと思うと、私は穴でもあれば入りたいような気がおきて来た。それに二日酔のいたい頭をさすりながら考えてみると、どうも青木先生は私がラッパを持ち帰ったのを知りぬいているような気がしてならないのである。あれから「おや、ラッパはどこへ行った」と一言も騒がなかった所が、どうもくさいように思われてならないのである。

よしんば青木先生は知らないにしても、とんち教室の時間につかう商売用のラッパがなくなっては、NHK会長から始末書をとられた上、ボーナスも削られるのではないかと思うと、人事ながら気の毒な気がしてならなかったのである。

と云って私はさっそく、青木先生のところへ、ラッパの返却に飛んで行くほど動作が機敏ではなかった。いつかまた折があったら、その時に返却することにしよう、ということにして、あれからもう三年か四年の月日が過ぎてしまったのである。

基本的飲権

私の小遣・家族の小遣

話はそれるが、いつであったか、私は或る夜、こんなことを考えたことがある。ツマリ、自分も長年、ちびちび雑文のようなものを書いてきたが、あんな形容詞まじりのたどたどしい文章など書くよりも、一層のこと、小遣帳を克明に書いておいた方が、どんなにか有意義ではなかったろうか、と。赤ん坊の時は仕方がないとして、かりに七つの年から毎日、一日欠かさず書きのこしておいたら、どの位の分量になっていたであろうか、と。

人がよんでも、自分の文章などよりも、面白く思ってくれるのではなかろうか。書物にすれば何巻になるかわからないが、「木山捷平全集」とでも名づけて出版すれば、案外売れ行きもよいではなかろうか。よしんば、売れ行きはよくなくとも、売れ行きが悪ければ悪いほど、後世明治大正昭和の歴史研究家が、キコウ本として珍重してくれるのではなかろうか、と。

さて私はこの七、八年もっぱら「しんせい」という二十本入りの煙草を愛用している。いうまでもなく代価は四十円である。こいつを日に三箱位すう。酒はビールを三本か四本、時には五、六本のむ。別に晩酌などというキマリはない。朝でも昼でも、のみたい時にのむのだ。この二つが私のつかう小遣いの家内も公認している基本的飲権で、ほかにたのしみのようなものもないようである。

時に出版記念会などで都心に行った時、おそくなると、駅から自宅までタクシーにのる。車賃は七十円か八十円。チップはやらない。

数日前、運ちゃんにメートルをしらべてもらったら、駅からわが家までの長さは、一六五〇米であった。その時は例外として、チップ二十円なりをフンパツした。

酒の上の失敗

私はいまでも五時ごろから始まるパーティーなどに出かけると、帰宅は夜中の十二時、一時になることがしばしばである。はじめは九時ごろまでには帰るつもりでいても、八時前後から夢のように時間が過ぎて、気がついた時には、いつの間にそういう結果になってしまっているのである。

満洲の長春（当時は新京）にいた昭和二十年の年末、私は長春駅前あたりの屋台で一ぱいやった。屋台を出て見たら日がとっぷり暮れていた。その頃日本人は夜間の外出をかたく禁じられていた。万一夜間外出して生命の危険にあっても、責任は負わぬというのが向うの政府の言い分であった。

一里の道を歩いて南長春の自分の宿舎まで、帰るわけにはいかなかった。私は近くの知人のところへ泊めてもらおうと思って行ったが、その知人はあいにく留守だった。で、もう一人別の知人のところへ行ってみたところ、ここではもうその知人に会うことが出来なかった。いまの東京で言えば団地のような数階住宅で、その住宅の出入口に頑丈な柵がほどこされて中へ入ることが出来なかった。大声をあげて名をよんでも相手の室までとどく筈がなかった。

万事休して、柵の前で地団駄を踏んでいると、入口の近くに地下室まがいの穴が見えた。石炭置場か何かのようなものであったが、手さぐりで急な斜面をおりてみると、中は真暗でどのような構造になっているか皆目見当がつかなかった。地上からいって凡そ二メートルほどの所で、私は一晩足踏みをして夜を明かした。水平な場所ではなく頭に何かごつごつ当るものがあって、足踏みをするのにもなかなかの苦労がいったが、横になって眠ったら最後、死んでしまうに決まっていたから、いくらつらくても命には替えられなかった、というような次第であった。

酒のめば楽し

一

また、今年も、もうすぐ八月十五日という日がやってくる。

大敗戦のあと、昭和二十一年頃だったとおもうが、私は新聞の記事で今の日本の天皇が酒をちっともやらないことを知って、大変残念に思ったことがある。つまり、結論の方から先にいうと、もしも天皇が大酒飲みであったなら、日本がボロもボロも大ボロの無条件降伏だなんて、大バカな真似はしないですんだのではないかと思ったのである。

たとえば、総理大臣の東条が、サイパンで日本軍がカンラクしたことを、天皇に報告に行ったとする。

その時、気候は夏で、天皇は褌《ふんどし》一つになって、ビールをのんでいたとする。

天皇「ヤア、東条か。よい所に来た。まあ、一杯やれ」（天皇はコップを差し出す）

東条「ところが、本日はそうゆっくりしておれないのであります」

「何じゃと」

「実はサイパン島が玉砕いたしまして」

「玉砕とはどんなことじゃ。侍医どもはわしのからだのことを玉体とぬかしおるが。わしのからだは玉のようにひんやりはしておらんぞ。玉は鉱物じゃ。わしは生物じゃ」

「は、いや、玉砕とは何と申しましょうか、つまり平たく申せば、サイパン島で日本の軍人の全部がキレイに全滅したことであります」

天皇「しからばその時軍人は血を出さなかったか」

東条「は。それは少しは出したかも知れませんが、なアに大したことはございません」

「嘘をいうのうお前は。人間が死ぬほど大怪我をして、大したことがないというのはつじつまが合わんじゃないか。お前らのやっとることはここの何年間、みんなその流儀でわしをだまして来たのじゃ。どうじゃ東条、戦争はこのへんで止めにしたらどうか」

「ハ。しかし陛下、ここで終りにすれば戦争は負けであります」

「敗けで結構じゃ。大敗けにならないうちに、白旗をかかげるんじゃ」

天皇の語気は荒かった。天皇は思わず手に持っていたコップを床の上にたたきつけた。

東条はぶるぶるふるえだした。しかし彼はぶるぶるふるえるのをごまかすように、直立不

動の姿勢をとると、

「では陛下、コーシャクの方はどうなりましょう」

「なに」天皇はききかえした。

「コーシャクって、つまり近衛公爵、大山公爵、伊藤公爵、あのコーシャクのことであります。わしはあれがもらいたいのであります」

「バカ。あれは戦争に勝って国家に功労のあったものにやるのじゃ。国を亡ぼすような賊臣にやれる筈がないじゃないか」

天皇が歯をむいて、東条を睨めつけると、
東条「筈は筈でも陛下、わしの女房が承知いたしません。女房は公爵夫人になりたがっております。しかし女房の方は一週間がかりで口説きおとすと落ちるかも知れませんが、おさまらないのは若手将校連中であります。これらの者は日本が敗戦ともなれば、軍籍をうばわれ月給がなくなり、その妻子は明日から路頭に迷うことになります。

「大丈夫」と天皇はいう。「それらの連中は従来うまいものをたらふく食うておるから、栄養分が体の隅々までゆきわたっておるし、相当な貯蔵も台所にある筈じゃ。亭主が生きておればキスもできる。むしろかわいそうなのは、お前らに一銭五厘のハガキで召集され、はるかなる海の彼方で屍《しかばね》を山野にさらされた兵卒と、その後家じゃないか」

「ム、無茶をいわないでください陛下。一銭五厘で召集した百姓や漁師はもともと虫けら同然のもの、かかる輩《やから》に同情心をもっていて、何ではじめから戦争ができましょう。ましてその後家においておやであります。それとも陛下は後家がおすきでしたら、わしがいくらでも召集して参ります」

「バカ。バカにつける薬がないとはこのことじゃ」

天皇はビール瓶を床の上に叩きつけた。

天皇はさっきコップがわれたので、ビールはラッパのみにしていたのであるのが、そのビール瓶を、七、八本も床の上に叩きつけた。

それでもまだ、天皇の胸はおさまらなかった。

天皇はふと室の壁をみると、大元帥刀がぶらさがっているのが目にとまった。

恐れをなした東条は逃げ腰になった。

「こら東条、逃げるな」と、天皇は大声で叫んだ。

が、一たん逃げ腰になった東条は、皇居の松林の中を二重橋の方に逃げてゆく。まっ裸の天皇が褌一つでこれを追う。

どうなることかと皇宮巡査が松の木かげから見ていると、とうとう二重橋の袂で天皇は東条に追いつかれた。

追いついた途端、

「バサッ」

と天皇は大元帥刀でもって、東条の肩先にきりつけた。

が、どうやら傷は浅いようであった。

二重橋の袂に一台の自動車が待っていて、東条はその中にもぐりこむと、首相官邸に向って、あたふたと退散して行ったのである。

それから緊急閣議が開かれたのであろう。

二時間後には、大きな白旗が東京タワーの天ぺんにあがって、日本は無条件降伏を世界に向って宣したのである。

無条件降伏ではあっても、ポツダム宣言受諾のようなひどいのとは性質がちがうから、沖縄をはじめハボマイ、シコタンを敵にわたすような不幸もなく、日本全国の都市はどの都市一つとして爆撃をうけることもなく、長崎広島に原爆がおちるような不幸もなく、割合に被害が少くてすんだのである。

——というようなことを、私はその時、空想してみたのである。

二

空想ごとはこれくらいにして、次に本当のことを書く。

私が就職のため満洲くんだりに渡ったのは、サイパンが落ちて半年もたった頃の、昭和十九年十二月の末であった。

何しろ向うは寒いということはきいていたが実際には、見当もつかない。子供の時、日露戦争に行って来た人の話をよくきかされたが、立小便をすると小便がツララになるという話だった。

とにかく防寒用具の必要はわかっていたが、東京にそんなものを売っているところはない。第一、衣料は点数制ときていた。

就職先のM公社には東京支所というものがあったので、そこへ行って所長さんにきいてみると、

「防寒具は向うに着くと、社がかしてくれます」

といった。

で、そのつもりで行ったところ、そんな人にかすような防寒具は一着もない、という返事だった。

ウソをつくような公社にいるのは不愉快だから、私は日本に帰ろうと思ったが、帰るには旅費がない。旅行証明書も公社から貰って、キップを買うよりほか方法もない。

宿舎だけは或るホテルの一室を買いきってくれた。これはまあ、ちょっとした課長さんくらいの待遇だった。

ところが、そのホテルにはいって、一晩ねてみたところ、全然スチームがきかない。ホテ

ルの方では、私が入った時、この室はホテル中で一等見晴しのいい室だと自慢していた。三階の一番はずれの室だから実際にそうなのであったが、冬スチームがきかなくては、全然いけません。

私は一晩で病気になってしまった。ものすごい風邪と喘息と肋間神経痛にかかって、咳をすると血が出た。

やっとのことで、社の自分の属する弘報課に連絡すると、同僚が二人とんできて、

「これはひどすぎる」

ということになって、私は二人のうち若い同僚がいる独身寮の彼の部屋に、しばらく御厄介になることになった。

しかしこの部屋も病気を療養するには寒すぎた。何しろ東京の温度から一ぺんに零下何十度の満洲にとびこんだのだから、私の体はびっくり仰天して、調節作用を失ってしまっているのである。その上、独身寮の若者は昼間はみんな出社するので、石炭はたかないから、寒くて寒くて仕様がない。

私は社外の友人からきいて、毎晩五時になると新京駅前にあった第一ホテルのロビーにかよい始めた。そこのロビーには小さなバアがくっついていて、毎晩五時になると酒〈白酒《パイチュウ》〉をのませたからであった。

酒でもって病気を退治しようと考えたのである。

病人が二十分も歩いて行くのはつらかった。けれども、一杯やると私の身体はあったまって、咳がとまった。

帰りには水筒につめて来て、寝酒にのんで、薬にした。

ところが寮の若者たちの間で、私の評判は甚しく悪くなった。

あいつ、昼間は病気だとねていて、夜になると酒をのみに行くのは、仮病だというのが若者たちのいい分らしかった。しかし人事課でひそかに調べてみると、私は〝自宅勤務〟という勤務なので、社にひっぱり出すわけにはいかない。

うまいことに、その頃向うでは在郷軍人の冬期訓練というのをやっていた。会社や公社には在郷軍人の分会ができていて、毎朝社がはじまる前の一時間くらい訓練をやっていたので、

「あいつまだ、四十五にならへんだろう。訓練に引っぱり出せ」

ということになったらしかった。

密告をうけた分会長が、私を社によびつけ、ことによったらケンペイ隊につき出すとおどしたが、私は訓練には応じられなかった。

そんなものに応じていては、私は死んでしまうのが目に見えていたからである。

そして私は医者にもかからず、病気をバアの酒でなおしてしまった。

もっとも治すまでには、二た月くらいかかったが。

春がきて、私は自分の宿舎である前記のホテルに戻り、それから八月十五日がくるまで、

馬鹿の一つ覚えみたいにこのバアに通った。

〝自宅勤務〟の月給はやすいから闇酒をのむわけにいかなかったのでもあるが、一日かかさずバアにかよった。〝自宅勤務〟というのは〝何もしないでもいい〟ということと同義語であったから、要するに私は酒をのみに満洲に行ったような結果になってしまった。

敗戦後は、このおなじみの第一ホテルもつぶれた。そのかわり、酒は自由に出廻ったので、私はいつだって腰に水筒をぶらさげて歩いた。職業は自宅勤務からボロ屋におちていたから、世間態はいらない。道を歩きながら、水筒の栓をぬいて、きゅっと一杯ひっかけるのだ。きゅっと一杯ひっかけている方が、ショウバイの方もうまくいった。

冬になるずっと前、私は宿舎のホテルの三階から、二階にうつった。ここももう、ホテルは営業はやめて、避難民の合宿所にかわっていた。

私はこのホテルの二階の一室で、一冬をすごした。スチームをたく地下室には、沼のように水がたまっていたから、勿論つかいものにならない。ストーブをつけるのも面倒だった。金もなかった。

私はもっぱら酒をのんで、身体を内側からあたためて、ねることにした。寒くて眼がさめたら、また一杯やるのだ。

東京にいる時は、秋分から春分までは炬燵がなければならなかったものが、よくも辛抱できたものである。

これというのも酒のおかげで、私はいよいよ引揚の時、船にのる前、たしかな本数は忘れたが、白酒を六升だか七升だか買って乗った。

船は二、三日で日本につく筈であるから、旅行用にするためではなく、日本に帰って友人と一杯やろうと考えたのである。

ところが船の中で、コレラが発生してしまった。第一の患者は婦人で、船にのる前まくわ瓜を買って食べたのが原因らしかった。

そのうち、まくわ瓜を食べなかったものの中にまで、ぞくぞく患者が発生し、上陸は無期おあずけ、ということになってしまった。

佐世保の町を目の前に見ながら、私たちはなんと三十三日間も、船の中にとじこめられていたのである。

私のすぐ前にいた婦人もコレラにかかったが、このコレラという病気、朝は何でもないのに、昼頃から苦しみ出し、晩には骨と皮になって死んで行くのだ。

私はコレラにはかかりたくなかった。それで、殺菌のつもりで、白酒をのみつづけた。買って乗った六升だか七升だかの白酒を節約しながらのんで、あと一合もなくなった時、上陸が許可された。酒をのむと気持がたのしくなるのはいうまでもないが、あぶない命も助かるものだと、私はその時もつくづく感じたのである。

新関脇の弁

前年度に文壇酒徒番附の前頭八枚目だった私が、新番附で西の関脇になったから、何か感想を書けとの速達である。

喜んでひきうけたものの、番附はまだ見ていないことだし、当意即妙な返事などできやしない。文章を書き出してもう久しくなるが、書くことがないのはゆううつだなあ。まあ気ばらしに一杯、のんでからということにしよう。

ことしはよくのんだ。朝おきるとまあ一杯、それからひるねをした。酔っていると仕事にさしつかえるからだ。一時間もねると酔いがさめる。お昼にまた一杯。それからまた昼寝。晩にまた一杯やって、こんどは晩寝。夜中に目がさめて、また一杯。

酔ってねてその間隙《かんげき》をぬすんで、自分の時間にした。考えようによっては時間の無駄づかいのようだが、こうすると深酒からまぬかれる。ぼくにとっては健康的なのだ。ねる子は育つというから、その点を審議会の親方連が買ってくれたのであろうか。

ことしほどぼくは長い一年はなかった。理由はかんたん、ことしはぼくの五十代の終りだったからである。

九つから十になる時のことは忘れたが、十九から二十になる時はさびしかった。二十九から三十になる時、三十九から四十になる時、四十九から五十になる時。みんな大同小異にさびしかった。ところが五十代がおわって六十になるのは、うれしくて仕様がぼくはない。もっとも近年は齢の数え方がかわって来たから、新年になっただけではまだ手放しでよろこぶわけにはいかないけれど――。

蔵前の本当の関脇大豪はなかなか将棋が強いらしい。機会があったら一ぺんひねってもらいたいものである。うまい口実ができたようなものだ。

去年、囲碁の本因坊には、生れてはじめて稽古をつけてもらう光栄に浴した。百目おいても勝てる見込みはないのだが、名人ともなるとゴケンソンなもので九目しかおかせてもらえなかった。どうせ敗けるのならと、あらかじめ用意した酒をのみながらやったところ、果して私が予期した通り惨敗した。

「新手があるもんだなあ」本因坊がつくづく感心していた。

もし、この世に酒なかりせば

「もしこの世に酒なかりせば」というのが与えられた題である。それはもしにせよ大変なことだと思って、お引受けしたが、いざペンをとってみると、「困る」の二字で片付いてしまいそうで、私は今困っているところである。

原稿というものを何か書かなければならない。政治家などは国会議事堂で、「そういう仮定の問題には答えられない」とか何とかいってひきさがればいいらしいが、こちとらはそうは行かない。

前に小説のなかで利用したことがあるが、私は戦後田舎に疎開中、酒の密造をやったことがある。いや、思いちがいだ。こんなことを書くのは初めてだが、もう多分時効にかかっていて、書いても税務署がバッキンをとりにくることはなかろう。万一時効になっていなかったらフィクションということにする。

酒がないのはつらいから、女房を講習に出して……

（ここで時代は急に現在にうつる。場所は私がこれを書いている書斎である）

「おい女房、ちょっとここへ来てくれ。あれはどういうふうにしてつくるんだったかなあ」

「あれですか。あれは最初にコウジの素を買ってくるんです。色は黄色い粉みたいなもんです。それから米をむして、コウジとまぜて、ムシロをかけてねかせておくと、一日くらいで真っ白になります」

「ねかすと白くなるんだね」

「そのとおり。よくねる子はよく育ちます。育ったものが本当のコウジってわけよ」

「それからどうするんだ？」

「それからまた米をむして、そのコウジとまぜ合わせて、その量と同じ分量の水を注入して、涼しいところにおいておけば、一ヵ月ぐらいで酒になります」

こういう工程でつくるんだそうであるが、右の会話でもおわかりのように、私は酒の製造には一切タッチしなかった。軍人が政治に介入すると国は亡びる。国亡びても山河はのこるが酒はなくなる。もっぱら私は飲む方にまわった。

初回はうまくできた。どうしてうちの女房は初回からこんなにうまくでかすのか、不思議なほどだった。工業用アルコールなど一滴もいれてないから、へんな匂いがしないばかりか、私は「清酒」という言葉の意味が初めてわかった。秋空のように清くすみわたった酒の色の美しさといったらなかった。

一杯やりながら（女房）にその秘訣をきくと、そんな秘訣なんてものが一年生の杜氏《とうじ》にある筈がない。でもそう言われて強いて考えてみれば、あの廻し方が上手だったのかも知れないわ、と彼女がうるんだような眼つきをした。

「廻し方って何を廻すんだい」

よくきいてみると、むした飯をカメに入れておくとすぐ醱酵をはじめるが、その醱酵をよくするため一日に二、三回しゃもじでもってぐるぐるかき廻してやるのだそうであった。

何だかそれが面白そうなので、第二回の製造のとき、私は彼女の許しを得て一回だけやらせてもらうことにした。彼女は本当に一回だけですよ、と念をおした。で、私もそのつもりだったが、かきまわしているうちに、とてつもなくいい匂いがするので、ちょっと一杯失敬することにした。

匂いの割に酒はそれほどうまくなかった。無理もない、まだ本当の酒にはなっていなくて、甘酒に毛のはえた程度の味だった。でも飲まないよりましだから、一杯が二杯になり、二杯が三杯になった。

病みつきというものは仕様がないもので、私は彼女のいない時をねらって、カメの蓋をとって、三杯、五杯とすくった。

それでも（覚悟）はよかった。カメの中には約四升くらいの酒ができる量がはいっていたが、この中一升くらいは盗み飲みをしても彼女も大目にみてくれるであろう、あとの三升は完全に醇酒になってからゆっくり飲むのだ、飲むのは同じ自分だからその方がこっちも得だ、と深く決心するところあったのだが、それから一週間もたたないうちに、カメの中は完全なカラになってしまったのである。

「ようい わんわ。こんなことなら、もうわたし、造ってあげません。お米代だってバカにはならないんだから」

彼女はぷりぷり頬っぺたをふくらませた。

「すまん。すまん。でももう一回だけ造ってくれ。こんどは絶対にカメの蓋には、指一本といえども触れないから」

私は七重の膝を八重に折って懇願した。

彼女はやっと機嫌をなおして、第三回目の製造にとりかかった。が、その結果がどういうことになったか、それはもう与えられた紙数もつきたので、ここでは省略することにする。ただ一言だけつけ加えるなら、彼女がどんなに私の眼をごまかそうとしたところで、酒の匂いは空気と風がはこんでくるので、私は眼をつむっていても、かくし所を感知するのに手間はかからなかった。

II

よその奥さん

この随筆をたのまれる少し前、私は次のような詩のようなものを、紙片にかきしるした。もちろん、こんなものは詩のうちには入るまい。それで私は、随筆がわりに、この詩のようなものを代用することにしたのである。

1

僕の借間は
八百屋さんの二階なり。
八百屋さんの店は見えねども
よその奥さんの顔が見えるなり。

2

僕の借間は
魚屋さんの前なり。
日に何十人か
よその奥さんが魚を買ひに来るなり。
見まいと思つても
それが窓から見えるなり。

奥さんは僕の方に尻をむけて
魚を買ふなり。

「魚の肉は
うちの主人よ」

窓から見てゐるとこんな風に僕は思へるなり。

3

あぶらげを焼きて
夕飯をたべれば
たべる前に一杯やりたくなるなり。

僕は三軒となりの酒屋さんへ行き
「おやぢ、おくさんを二合」
「へえ、今日はすげえんだね」

焼酎より純酒の方がよけれども
のめば酔ふから
僕はひとりで眠るなり。

私は詩を書かなくなって既に久しい。時に人からその理由のようなものを尋ねられることがある。その度返事に困るが、多分それは私が年をとったがためであろう。もっと言いかえれば、私が天来の詩人でなかったがためであろう。

然《しか》し時に、私だって、詩の文句のようなものが、口辺にうかぶことがあるが、それを紙にうつすことはなかった。横着なんだ。以上三片は偶然書き取っていたので、旧知の諸君にお笑い草として近況御報かたがたお目にかけたまでのこと。

草々不一

老眼の話

私はちかごろまた老眼の度が一段とすすんだようである。ことしの春先、まだ炬燵のあったころ、新聞をよむのが苦痛になって、こぼすと、それは度の弱い近眼鏡をかければいい、と井伏さんに教えられて、近眼鏡ひとつ進呈されて、随分重宝していたが、その眼鏡も間にあわなくなって来たのだ。その眼鏡は、いまこの原稿かきながらかけていると、丁度具合がいい。

新聞用のを一つ買わなくては、と思いながら、一日一日がすぎている。うちでは、去年あたりから、子供が親の遺伝でか、近眼になって、黒板の字が見えなくなったので、もう三度ばかり、買いかえをやらされた。もうじき、四度目のを言い出す気配がみえている。子供ばかりか、嬶《かかあ》のやつは、正真正銘の老眼ときているので、これも度々眼鏡を新調に及んでいる。これは度の方とは余り関係ないらしく、どこかに置き忘れては踏んだりつまずいたりして自ら破壊するのだ。

　ところで何故こんなことになるかと云えば、これはどうも住居と関係があるらしいのである。私がいま住んでいるのは六畳一間きりのアパートである。アパートと云えばきこえはいいが、本当はそんな近代的なものではない。なんでも、二三年前までは、或る警察関係の大学であったのを、にわか仕立に改造して、室を区切っただけのものである。床の上に畳をいれたのはいいが、窓も天井ももとのままであるから、坐るとドカンと洞穴におち込んだような心持である。

「やあ、これはひどい。まるで獣宅だ」

　とこの間或る新聞の三面記事がかいていた。もっともその記事は、どこか麹町方面の学校住宅を教育委員が視察しての感想であったが、獣宅とはいみじくも言ってのけたものである。

　しかしこれは第三者だから思い浮ぶ感想というものである。私がここに引越して来たのは七月の末であったが、私はその日から直ぐに坐骨神経痛をひき起した。土用三伏の盛夏に、私は冬足袋をはいて、身を護らなければならなかったほどだが、以後この冬足袋はぬげないままである。こころみに磁石を取り出して置いてみると、室は完全に真北を向いているので、それから半年近く、日光はカケラほども入ったことがないのだから、そりゃ何とも陰鬱なわけである。

　それはまあ我慢するとしても、室の畳の高さと廊下が、同じ高さなので、その廊下を朝から晩まで通行人がたえない上、子供がガタガタ三輪車にのって遊んだりするので、私は一日中人の足先や三輪車の金属で、頭を蹴られているような気持がするのである。なおその上にもって来て、ラジオの騒音が加わる。ラジオにはよく誰も悩まされるようであるが、私のところは何しろ百四十世帯が密集しているので、朝は五時頃から夜は十二時までひっきりなしに、まるでコンクールでもしているように、浪花節や流行歌の類が百四十管弦交響楽をかなでる物凄さは、録音にでもとってNHK聴取課長さんにでも、一寸お目にかけたいほどである。

私はいつか騒音と人間の生命に関する論文を読んだ記憶があるような気がする。あるような気がするなんて曖昧な言い方だが、これも騒音のため頭の調子がすり切れた結果に外ならないのだ。頭の調子がすり切れて、仕事の能率はさっぱりであるから、しぜん酒よりも焼酎、肉よりも菜っぱということになるから、順序として栄養が不足して、老眼も一段の進歩をとげるもののようである。

過日、私はトルストイに関する書物をよんでいたら、菜食主義のトルストイは、八十何歳で死ぬまで、眼はしっかりしていたと書いてあるのを読んで、少々びっくりさせられたのであるが、後でよく考えてみると、トルストイは菜食主義とは云いながら、バターやチーズや牛乳の類は、食べても食べきれないほどふんだんに摂取していたに違いないのだ。

私なぞ数え年四十一の時、すでに老眼がでてきていた。四十一の秋、私は近眼と乱視の眼

鏡を新調するため、或る眼鏡屋で検眼をしてもらうと、眼鏡屋は私の検眼をしたあとで、

「それに、老眼が少しでていますね。しかしこれはまあいいでしょう」と云った。

しかし私は、そんな馬鹿なことがあるものかと気にとめないでいた。

しかしその翌年の夏、召集になって七日目、やっと軍服の配給があって、二等兵の肩章をつけるとき、どうしても針がうまく動かないのである。私は二等兵――一ッ星の肩章の四隅をいい加減に糸で軍服にくくりつけて、我ながらずいぶんブザマな肩章だなあと呆れていると、

「こら。お前はここを何処だと思っとるのか。こんな肩章のつけ方がどこにあるか。ちゃんと糸を通してかがれ。大馬鹿野郎」

と上官であるまだ二十三四の上等兵殿に呶鳴りつけられた。

「ハッ」と答えるかわりに私は、

「オーイ。誰かもう一ぺん針と糸をかして呉れえ。オーイ、誰だったかなあ。さっき己《おれ》に針と糸を貸してくれたのは……」

とやけくそな声で叫ぶと、そこに雑然ととぐろをまいていた老兵のなかの一人が、ぽんと私の膝のあたりに針と糸を投げてよこした。

が、丁度その時であった。別な一人の上官である伍長殿が私どもの部屋の入口に顔をのぞけて、

「おーい、新兵、お前たち今つけた肩章をはいでよろしい。お前たち明日、召集解除だ」

と、告げて行った。

それで結果として、私は一度つけた肩章をもぎ取るのは、部隊中でいちばん早かったわけだが、しかし私はこの時自分が老眼になっているとはまだ気づかなかったのである。

翌年の夏、やっと復員して、嬶の疎開先である私の郷里にしばらく停頓していた時、私は夜分新聞をみるのが難儀になって来た。

「どうもいかん。田舎は電気がくらいなあ。早く東京へ行きたいもんだなあ」

と私が毎晩こぼすと、嬶も同情して、何とかそれに似合った相槌をうっていたが、とうとう或る晩、

「あなた、それ、電気のせいじゃなくて、……老眼ですよ」

と云いだした。

しかしそれでも私はまだそうとは思わなかった。が、何日かたった或る晩、私の嬶のやつが、私にはないしょで老眼鏡をかけて本をみているのを発見してしまったのである。

「やあー」

「やあー」

と嬶と子供が一緒になって叫び声をあげた。いつ見つかるものかと、かれらは内心まちかまえていたのである。

しかし亭主よりも先に女房が老眼鏡をかけるなんて、幻滅の悲哀というものである。私はしばらく啞然としていたが、笑い声がやむのを待って、嬶にうながされて、近眼鏡の上に彼女の老眼鏡をかぶせてみると、なるほど新聞の文字がはっきりと見えるではないか。それではじめて自分が老眼になっているのを自分で認識したわけである。

嬶は私より年上ではないけれど、彼女の弁解によれば、それは疎開早々、なれぬ重労働の松根掘りを何日もつづけさせられて、足腰がたたなくなったのが、そもそもの原因であるという。

或いは然らん。しかしそんなことはともかく、私はこの陰気な獣宅を棄てて、近く他に引越をする予定である。こんどの住いも、お茶の水部落に少し毛のはえた程度のものであるけれど、曲りなりにも今度は独立家屋で、日光もあたる様子であるから、私の老眼も一歩前進二歩退却にならないものかと、いささか希望をよせているわけである。

忘れ物

私は風呂は好きな方である。けれども家に風呂がないので銭湯に行かなければならない。一番近い銭湯は家から二丁くらいの距離にある。距離的にはここが一番便利であるが、この銭湯には、

「洗桶はなるべく御持参下さい」という張紙がしてある。そしてその横っちょに、

「洗面器は畳の上に置かないで下さい」という張紙がしてある。

これが一寸気に入らないので、私は或日少し遠方の風呂に出かけた。張紙が気に入らないのとは別に、私は隣近所の人と顔を合せて、物を言ったり言われたりするのが、何となく面倒なのである。

それで五六丁も遠方の風呂屋に行ってみたのだが、さて風呂に入ってから、石鹼を忘れて来ているのに気づいた。見ると、流し場に誰か棄てて行ったらしい石鹼の最後のカケラがこ

ろんでいるので、一寸借用しようかと思ったが、何だか気がひけて石鹸なしで体をごしごしやって帰って来たのである。

それが妙に不満だったので、次にはもう七八丁先の風呂屋へ行ってみた。すると今度は肝心な手拭を忘れて来ているのであった。番台が貸してやろうと云って、色の黒い手拭を出してくれたが、まあまあ辞退することにして、帰って来たのである。

しかし、その次には首尾よく何も忘れないで、また別な風呂屋へいってみたが、私の小さな観察によると近頃銭湯の番台には、ベッピンがとんと居なくなったということである。

パチンコとボロ屋と金

気分テンカンという名目で、私は或る晩、町に飲みに出た。ふところには千円札が一枚。途中、タバコを一個買おうと思った。ところがタバコ屋のおとなりが、パチンコ屋だったので、煙草はどこで手に入れるのも同じだとおもって、パチンコ屋に入ってパチンコ玉を五十円買った。

ところがたちまちのうち五十円すってしまった。すっては煙草は手にはいらん。また五十円買ったところ、またすってしまった。

おんなじようなことをくりかえしているうち、私の懐中はムイチモンになってしまった。あの時のなんとも云いようのない、さびしいような、すかッとしたような気持は、経験のある方は、ごぞんじのことであろう。

私の場合、もう酒ものめんのである。

ひょいと皿の中に目が行くと、皿の奥の院みたいな所に玉が一個、ひっかかっているのが見えた。そいつを指先でつつき出して、ガチャンとはじいたところ、チンジャラジャラジャラと十五個でた。

もう一度はじくと、またチンジャラジャラ十五個でてきた。

これがウンのつきはじめで、皿の中はたちまち玉がいっぱいになってしまった。私は玉を左の袂に入れなおした。

袂がいい気持に重くなった。そのいい気持が、腋の下から胸を通りぬけて、右の指先につたわった。

指の先はからだ中で一番ビンカンな場所である。（学者によっては二番目だという人もあるが、まアそれはどっちでもよろしい。）

指先はいい気持で、はずんだ。なでるが如く、さするが如く、（この要領が大切である）バネをはじくと、調子がでてきて、私の息もはアはアはずんだ。

バネをはじいた時の指の快感率が高ければ高いほど、元来無機物質であるところのタマが快感率を反応して、物のひびきに応ずるが如く、ツーと云えばカーと云うがごとく、いやもっといい譬えがある。鐘が鳴るのか撞木《しゅもく》が鳴るか、いやもっといい譬えがある。鞍上《あんじょう》人なく鞍下馬なしという境地になって、

「スポッ」「スポッ」

と穴の中にすべり込むのである。

その瞬間のえも云われぬ気持は、もうとても筆や口で言えたものではない。無我夢中、私は戦争中、千葉県にいもの買い出しに行って、十何貫かのいもを背負って帰った、或るやせぎすで十貫目はとてもないお嬢さんの顔を思い出した。人間の力は、どこにどうひそんでいるのか、算術計算ではわからないのである。いまごろは、もう誰かの奥さんになって、少しは太ったであろうから、二十貫位の男がのっても、さぞや平気なことであろう。

などと思って、指をはじきつづけていると、

「小父さん。もうそれで終り。この機械、ずいぶんかせいで疲れたから、別のに変って頂戴」

と、パチンコの上から、P・G（パチンコ・ガール）がのぞいて云った。

「そうか、機械もくたびれられたか。小父さんも少しくたびれた。まだ少ししたいんだけど、キミの言に従おうか」

「そうして頂戴」

私は袂のなかのパチンコ玉をカウンターに持参して、煙草にかえる、ピースが四十個たらずになった。そんなに沢山はいらないので、一個だけのこして、残りは銭と交換するひとと物々交換すると、（断っておくが売ったのではない）銭が千何百円かになった。

そこで私は飲屋への道をいそぎながら、考えてみるのに、私がもしもあの時ケチな根性をだして、八百円のところでパチンコを中止していたら、私の懐中には今は二百円しかのこっていないという勘定になる。九百円のところで中止していたら、百円しかのこっていないという勘定になる。九百五十円のところで中止していたら、のこりはたったの五十円では、焼酎がたった一杯のめるかのめないかもわかったものではないのである。

ツマル所、私は最後の五十円を、おしみ気もなく投げだした所に、ミソがあったのである。一級酒なんかしゃらくせえ、今晩は特級酒がじゃんじゃんのめる所以《ゆえん》のものがあったのである。

終戦後私は、満洲は長春という所で、ぼろ屋をしていた。ぼろ屋というショウバイは中学校の副読本では何十番目になっているか、いまちょっと調べているヒマがないが、私の家では私がぼろ屋をしていたことがあることは、極力ナイショになっている。コドモの結婚にさしつかえができたり、もっと先では孫子の結婚にまでヒビがいりはせぬかと云う、老婆心によるものらしい。

ところが実際にやってみれば、あんなに面白いものはないのだ。しかしいまも昔も、洋の東西をとわず、ぼろ屋を開業する時には、人間いささか決心を必要とするもののようである。

私もそうだった。

私は敗戦時、それまでつとめていたツトメ先から若干の退職金（解散手当）をもらった。金額はたしか五千円だったが、その金額は私の月給から算用すれば、ゆうゆう二カ年間は自適できる大金だった。いい気になって酒を呑んだりしているうち、私はその大金を二、三カ月で消費してしまった。

当てがはずれたわけだが、消費してしまったものは、仕様がないから、私はいっそのこと身をおとしてぼろ屋になってやれと考えて、ぼろ屋になったのである。

ぼろ屋ともなれば、

「えーい、ぼろはないかネエ。ぼろ、高く買いますヨウ」

と住宅街に足をふみ入れて、よび声をたてて歩かなければならない。

ところが実際に声をだしてみると、うまい具合に出んのである。

声が咽喉《のど》の途中にひっかかって、鶏をしめ殺すような声になったり、これではいけないとオクターブをさげると、風呂のなかで屁をこいたような、どっちにしたところでアワレな声になってしまうのである。

「ニイヤ（爺や）。ぼろ、いくら？」

「へい、貫匁、三円でいただきやす」

「あら、あんた日本人？」と奥さんがたまげる。

「へい、これでも日本人で」

「ホ、ホ、ホ。道理で小父さん、駈け出しなのねえ」

「へい。駈け出しは駈け出しでも、誓ってインチキはいたしやせん。どうかおはらいたのみます。相場は一貫目三円ですが、四円までフンパツしときまひょ」

どこの国言葉か自分でもよくはわからない。そこがおもしろいところだ。

「もっと出しなよ」

「へい。では、五円までフンパツしときまひょ。奥さんは美人だから、こっちは損したって、平気だ」

そうして奥さんが出してくれたぼろをハカリにかけて、

「奥さん見てください。これ、たしかに三貫二百ですね。ええい、めんどうくさいから、四貫目計算でいきまひょ。四、五、二十円……。へい」

すると奥さんが、

「ちょっと待って、もう少し、あるかも知れないから」

と押入のなかに頭をつっ込んで、がさごそ、更に二貫目位は出してくれる、という順序になるのである。その頃、ぼろの標準買値は三円で、売値が八円だった。少々まけておいても、損にはならないのである。

それにである。このあとからごそごそやった分には概して思いがけぬ拾いものが出た。

たとえば、戦闘帽、鳥打帽、日の丸の旗、ゲートル、など。これらは独立して個々の商品として売りさばけるのである。

　こたえられないのは、毛皮類で、オーバーの襟からはずしとったラッコの毛皮がでてきた時は、一貫目三円のぼろから、なんと百円近い収入をあげて、文字どおりぼろ儲けをしたことも二三回ではなかった。

　ショウバイ熱心を見込んで、ある朝鮮人が衣類を提供してくれるようになった。その朝鮮人Cは私などとても足もとにもよれぬ腕ききで、どこからか毎日衣類を買い入れてくるのを、私が買いとって城内にうりさばきにゆくのだ。値段はCが勝手にきめてくれるのをいやとは云えない仕組になっていたが、私は信用があるので銭はあとばらいでよかった。

　つまり朝、品物を受けとって、銭は夕方または明くる朝、はらえばいいのである。

　城内の中国人街の、東京で云えば銀座の服部時計店の前のような場所で私は店をひろげた。店と云っても地べたに商品をならべる文字どおりの大道商人だが、私は大道商人には顔がむいているのか、商品はバタバタさばけた。

　もっとも縁日のように混雑している場所だから、万引は覚悟しておかなければならない。万引をこわがっていては、ミセは出せない。三越さんや伊勢丹さんの重役の気持も多分おんなじではないかと思うが、そこはほかの商品で埋合せをつけるより手はないのだ。

　ことに田舎からでて来た百姓のおっさんなどいいカモだ。彼らはとことんまで値切る習性をもっている。こっちもその習性を心得ているから、言い値をベラ棒（十倍の時もあれば、二十倍の時もある）に高くつけてやって、段々しぶしぶみたいな顔をして、さげてやると、必ず買っていくのだ。

儲かりましたなあ。やっぱりショウバイは一流地でやるもんである。ぼろ屋ながら、私は毎日、今日の金に換算すれば、一日に四、五千円位はもうけた。

儲けた金を毎日、私は城内の一流の料理店でのんで、れいのあの、江戸っ子は宵越しの金は持たない、あの気分を満喫したのである。

そこで私は結論を云わして貰おう。結論を云うには、例の金目のケタが少々ひくすぎるとわらう人があるかも知れないが、しかし人生はケタばかりにはよらんのである。

逆に言えば、この世には何百万とか何千万円とか貯金したりして、エッに入っているものがあるから、銭がスムーズに動かんようになるのである。しかしこれも人間の生れついた性質によるのであるから、つべこべ云っても私の筆力でとめることは出来ないから、まあタカが百万や千万のことは、大目にみてやることにしよう。

しかしそういう性質のないものは、お金はジャンジャンつかうがよろしい。だいいち浪費などという言葉は封建時代の政治家が御用学者に命じて作らせた言葉で、本来ありはしないのだ。ないものをあるように錯覚させているインチキ宗教みたいなものだ。

しかし人間にはたしかにヨクというものはあるから、そのヨクにひっかけて私がかりに坊主だと仮定して説教してみるなら、諸君どうかケチケチしないでお金はジャンジャンつかい給え。

つかった金は必ず何らかの形でゴリヤクになって自分に戻ってくる。今日つかった金が明日さっそく戻って来ない場合もあるが、五年先か十年先には必ず戻ってくる。十年先で戻らんことも時にはあるが、その場合は二十年先には必ず戻ってくる。

そういうゴリヤクは別としても、角度をかえて云えば、

焚くほどは風がもてくる落葉かな

という名句のあるのを、諸君はとくにご承知のことであろう。私もしっている。

苦鼓

暮から風邪でねていた。それがダセイになって、私はまだ、今日は正月の五日だが、一度も家の外へ出ていない。

玄関の外の、生垣のボックイに、老妻が庭で折った松の枝が、くくりつけてある筈である。これがわが家の、正月かざりの全部である。

けれども、私は門松倹約論者ではない。もっと大きい奴をたててもいいのだが、家そのものがバラックときているので、あんまり大きな奴をたてても、釣合いがとれないから、立てないだけの話である。

毎年、年末になると、御婦人の団体のようなものが、門松廃止とか何とか叫び出すが、私は胸がむかむかするだけである。

どういう人が、発起人になってやっているのか知らないが、おそらく戦争中の国防婦人会が解消的発展したものでもあろうか。

そんなセンサクはどうでもいいが、木というものは適当に切ってやる必要があるのである。切ってやらなければ、枝は自然に枯れてしまうのである。しかも成長はいちじるしく、阻害されるのである。

枝は切るべし。木は間引くべし。

作歌、作文、また然り。

などと、炬燵の中で、考えたりしているところへ、老妻が中将湯《ちゅうじょうとう》をもって来てくれた。老妻の意見によれば、風邪には、こいつが、いちばんよく効くのだそうである。

「それはそうと、おい」

と私は老妻にきいてみた。

「おれは、今年、幾つになったのかなァ」

「さあ」

「亭主の年を忘れたのか」

「へい。わたしより、四つ上です」

「じゃ、お前は、いくつか」

「さあ。それが、ちょいと、思い出せないんです。とにかく、あなたより四つ下なのは、たしかです」

へんな返事が、あればあるものである。けれども、これは、私たち老夫婦の、モウロクとばかりとは云えないのである。

敗戦後、マックアーサーが上陸してから忠義の好きな迎合政府が、日本人の年の数え方までかえてしまったから、私たちの頭は混乱してしまったのである。それでも、初めの頃は、時勢におくれてはならぬと頑張って、満と数えも二つずつ覚えていたのだが、年がたつにつれ、二つが四つになり、四つが八つになり、頭のフタンが堪えられなくなってしまったのである。

私の郷里の村に、哲やんという女のうす馬鹿が居った。先天的の痴呆症で、算術は、一に二を加えるカンタンなものも出来なかった。それで、村のものが面白半分にからかって、

「哲やん、お前は、年は何ぼか」ときくと、

「うちは木山の捷さんと同い年じゃ」と私の名前を引き合いに出して、悪びれもせずに、返事をしたものである。

「それじゃ、木山の捷さんは、何ぼか」と追及すると、

「捷さんは、高木の誠さんと同い年じゃがな。ヘッ、ヘッ、ヘ」

とわらって逃げたものである。

思い出して、私は、苦笑がうかんだ。いつとはなしに、私の老妻は、先天性痴呆の仲間入りをして来たのである。

二、三年前のことだが、洞爺丸という船が北海道と青森の間にある海に沈没して、世間を驚かしたことがある。
「ははァん。この船長、新仮名づかいの犠牲になったナ」

と、新聞をみた時私はすぐに独断した。

独断であるから、当っているかいないかは分らない。けれども、暴風がくるのは大体わかっているのに、船を無理に出したのは、「を」を「お」にしたり、「ゐ」を「い」にしたり、なんだか判じ物のような文章を、毎日の新聞などでみていた船長は、「まあ、どっちだっていいや」という気持をおこしたかも知れないのである。

ずっと以前、ある出版社が「××雑誌、×月号出ず」という広告ビラを電車に釣りさげて、世間の顰笑《ひんしょう》をかったことがある。あれは雑誌だから顰笑だけですんだが、船の場合は、そう簡単にはいかない。「洞爺丸出づ」と「洞爺丸出ず」では意味が全く反対で、船は人間の生命をあずかっているから、大風が吹けば、死ぬる危険性が多分にあるのである。

「やあ、しまった。出ずと出づは、全くあべこべだったんだ。新仮名づかいだなんて便利なようなことを言やあがって、人間の命をうばうものと今の今まで知らなかった。ちッき生」

と、船長は海底の藻屑と消える直前、思い当ったかも知れないのである。

あの船には、国会議員が何人か乗っていた筈だが、その人達は、どういう思いで死んだか、私には想像もつかない。

いったい、あの新仮名づかいというものは、何時、誰が、どこで、どんなにして、きめて、国民におしつけたのか、私などは全然知らないのである。しかし国会議員などは、多分賛成したであろうと想像するならば、気の毒な話である。

それにしても、洞爺丸の裁判はまだすんでいないらしいが、裁判官はここらあたりで新仮名づかいの発起人をよび出して、責任のありかを調べ上げたらどんなものであろう。もしも、発起人が、日本には人口が多すぎるから、新仮名づかいで、なしくずしに殺人をやるコンタンであったと自白したならば、終身刑ぐらい科するのが適当であろうか。

「あなた、そんな馬鹿なこと考えたって、一文にもなりゃしないじゃないの、それよりも、新仮名でも何でも、今年はどんどん小説をかくことよ。長いものには、まかれておくのよ」

と、老妻が、私にたしなめるように言った。後天的痴呆症でも、銭のことにかけては、割合にちゃっかりしているのである。

去年の暮に、或る雑誌記者がやって来た。話しているうちに、その記者は新仮名づかいには、賛成しかねると言った。それは無論そうあるべきであるが、その対談中、私は思い出したことがある。私は、昭和十七年に満洲に旅行した時、この新仮名づかいの原型に接しているのである。

或る日、それはチチハルであったが、私は友人の家に厄介になって、ぶらぶら散歩したついでに、満人小学校を訪れてみると、その小学校の若い女教師（満人）が、国語の教科書を出して、ここの所がよく分らないから、教えてくれと言った。私はよんでみた。が、私にも何が書いてあるのか分らなかった。

それはそれとして、私はその時、満人小学校の国語（日本語）教科書には、新仮名がつかってあるのを、その時はじめて発見したのである。誰がやったことか知らないが、おそらく、当時の満洲国の官僚と日本国の官僚が相テイケイして、新発明したことであろうと、想像せられた。

その、占領国である日本官僚が満人小学生におしつけた占領仮名を、いま、被占領国の日本の小学生はおしつけられているのである。しかも、このことは、あまり日本では知られていないらしいのである。などと一月早々、風邪をひいているばかりでなく、私の気持はパッとしないのである。

「あなた、もう一杯、いかが？」

と、私の老妻が云った。

「おう、もう一杯、もらおう」

そして私はいま老妻がせんじてくれた血の道ぐすりの中将湯に、舌つづみならぬ苦《にが》つづみをうっているところである。

節分と私

高円寺にすんでいた時分、節分の夜、毎年前田山（いまの高砂親方）が豆まきにやってきた。双葉山の全盛時代だから、もうずいぶん昔の話である。

戦災で焼けたが、あそこには高円寺といぅお寺があるのである。いや、お寺の名前から地名ができたというのが本当であろう。

境内に立札がたっていて、徳川三代将軍家光がたびたびやって来たとか、別荘をもっていたとかいうようなことが書いてあった。

そこへ毎年、節分の晩になると前田山がきて豆をまいたので、私も二、三度見物に行ったことがある。

空襲がはじまると、私の家族はこのお寺に駈けつけて、防空壕のご厄介になった。どうしてかというと、私の家には防空壕がなかったからである。

町内に陸軍関係の人がいて、そこの子供が毎日キャラメルを食っているというので、子供のある家庭では勿論、大の大人までヨダレをたらしていることもあった。

話がへんなことになったが、実をいうとこの随筆は「節分に因んで」という出題なのだから、つい思い出したまでである。食べ物のうらみは何とかいうが、私どものその頃の隣組は、いまでは名を「高円寺会」とあらためて、毎年一回集会して、当時を語り合って、腹の皮がよじれるほど、笑い合うのである。もとの場所に住んでいるものは、一人もないのも面白い現象である。

そんな面白い会なら入れてくれと、旧隣組のそのまた隣組まで、入会希望者が続出だが、それは会場（個人住宅のまわりもち）の都合で、保留になっているのである。生きていて、年をとるのはたのしい。私は去年ちょうど、数え年でいって、自分の父が死んだ年だった。それがなんとなく気がかりだったが、新暦の正月がきて、旧暦の正月もきて、いよいよ節分立春になってきたから、あとはもうシメシメといったような気持になっている所である。

三十円だして、パチンコをして、「光」の一つはもう懐にいれて、チンジャラジャラとやっているような気持である。

去年一年はなんとなく長くて困ったが、これからはもう、おや、また一年がすぎたか、と思うようになるであろう。思っているうち、六十になり、七十になり、八十八の祝いでもくれば、馬齢であっても私は大満足である。

高円寺の若いお住持なんか、戦争中、四谷の何とか町の裏路をあるいていて、防空壕におっこちて、腰だか脚だかを打って、病院にかつぎ込まれたが、それっきり死んでしまった。死んでは、豆まきも、できんのである。

住居のゴミ

私はいま、極めて小さな家に住んでいる。正式には家とは云えまい。昭和二十七年の冬、材木不足の折柄、借間生活から脱出すべく、しゃにむに建てた家で、建坪はたった十三坪二合五勺、畳数は全部で十三畳半である。

その時、私が建築士につけた註文は、便所を二穴にすること、玄関を比較的広くとること、以上の二つであった。

住んで八年半にもなり、時世がおちついてくるにつれ、いかにもこの家は貧弱で、濡れ縁など腐りはてて、用心しないと足を突っ込みそうである。

朝、雨戸をあける時、雨戸の桟《さん》にホコリが一杯たまっているのが眼につく。このホコリの方が気になって、一度掃除をしなければと思っているが、なかなか実行にはうつせないでいる。

眼につくのが朝で、朝っぱらから箒《ほうき》やハタキでばたばたやる気にはなれないで、「いつかまた適当な機会に」ということにして、戸袋の奥にしまってしまうのである。昼、座敷なんか掃除する時、戸袋から出してついでにやればいいのだが、実際になるとわざわざそんなことをするのも大儀である。夜、ガラス戸をあけて、戸にたまっているホコリが眼について、うんざりすることもあるが、夜の夜中にしめきった部屋で、ばたばたやると衛生上よくないような気がして、やる気にはなれないのである。

以前、私は高円寺の借家にすんでいたことがあった。建坪などということは、当時考えてみたこともなかったが、畳数は全部で十八畳半であった。

この家に転居したのは昭和十二年の秋で、その翌春であったか大掃除をする時、二階の六畳の間のナゲシにへんなゴミがたまっているのが眼についた。ハタキの柄でつつき出してみると、それがなんと、からからになったゴムのミイラであった。大掃除だから取り出しては畳の上に放りなげていたが、いくら取り出しても尽きるところを知らないので、衆寡敵せず、私は掃除を途中やめにしてしまった。

隣人の話によるとこの借家には私がはいる前、中国人夫婦が住んでいて、この夫婦は支那事変がはじまると間もなく、ばたばた故国に帰っていったのだそうであった。どのくらいの期間、住んでいたのかは聴きもらした。中国人の前には、どんな人が住んでいたのかも、聴きもらした。

そのうちいつか機会をみて、途中やめになっているナゲシ掃除を完遂しなければと、私は心の隅のどこかで思っていたが、そのうち八年の歳月がすぎ、戦争はたけなわになり、昭和二十年の空襲でその借家は焼けて、大掃除代りになってしまったのである。

もっとも私は東京を留守にしてその実況を見ることはできなかったが、もしも嗅覚のするどい人がその場に居合せたら「変な匂いだな」と鼻の穴を二三べんぐらいひくひく動かせてみたかも知れないのである。

柳の下と水たまり

あいにく、僕のところのラジオは、目下破損中である。修繕屋に出そうともしないのは、もう多分、修理しても見込みがなさそうだからである。

実はこのラジオ、もらいものなのだ。今から七、八年前のことだが、少し親せきになる家で、新しいラジオを買ったからと、縁の下に突っ込んであったものを、僕がかついで帰ったのである。

それから七、八年もたっているから、ぼつぼつ、その家では、テレビでも買ったころではないかというような気がするのである。そしたら古ラジオはまた縁の下に棄ててあるかも知れないから、近いうちテイサツに出かけて見よう、と考えているところである。

僕のラジオは疎開から東京に戻る時、荷造りをするのが面倒だもんだから、田舎において来たままである。

田舎にいる時、僕は朝の十時にやる料理の時間を、毎朝、寝床の中できくのがたのしみであった。何という名前のアナ嬢であったか忘れたが、その玉をころがすような豊満な声をきいていると、僕も早く東京に家が見つかればいいなあ、としきりに心がうごいたのである。反対に、いやでたまらなかったのは、あれは専門用語で何というのか、番組と番組との間のわずか数秒の時間を利用して、マッカーサーの一の弟子みたいな声音で、えらそうに「封建打破」の説教をたれる男アナウンサーのいたことである。だから僕は、思想のない料理の話がよけいに好きになっていたのかも知れない。

直接思想に関係はないが、田舎ではこれから田植えだという時に、

「みなさん、蚊の発生をふせぐため、水たまりをなくしましょう。蚊は恐るべき伝染病をバイカイします」

なんて繰りかえされると、理論はなるほど立派だけれど、実際はどうもチンプンカンプンな気持がして困ったものである。

生活の知恵

数日前、押し入れを整理していたら、赤外線治療器が出てきた。いや、この名前は正しくこうであったかどうか忘れてしまったが、十年ほど前、鎌倉から女のひとが売りにきて買ったものである。健康増進用につかっていたが、いつの間にか肝心の赤外線電球がきれたので、押し入れのなかにつっこんでおいたものである。

家が小さいといろんなものがジャマになる。私は台所の裏へ捨てに行った。台所の裏には、リンゴ箱が一つおいてあって、いらぬものを捨てておくと、屑屋がきたときもっていってくれる。私のところにくる屑屋は正直ものだから、そのつどなにがしかの金をおいていく。といってもせいぜい七、八円から十四、五円程度のものであるが——。

いったん捨てて部屋に戻ったが、私は何となく未練がのこった。もう一度取り返しに行って、何かに流用しようと考えた。流用といえばまあ、電気スタンドぐらいなものであったが、取りもどしてきていらぬ金具を取りはずし、電気のコードのサシコミを買ってきてつけると、ちょっとしたハイカラなスタンドができあがった。

夜になって使ってみるとなかなか調子がよろしい。台は鉄か何かの金属にグリーンの塗料がぬってある。台の下には、ゴムのいぼがついているので、机の上をすべるような心配はない。いちばん気にいったのは、電球が直角にもなれば垂直にもなることだった。光の調節が臨機応変にでき、ことに寝ていて本をよむのにもっとも好つごうだった。

いまから三十四年ほど前、私は新婚ほやほやのころ、電気スタンドで火事をおこしかけたことがある。夜中に目がさめると、部屋中が火の海みたいになっていたのである。一瞬あわてふためいたが、妻をおこして調べてみると、座蒲団がもえていたのであった。灯をつけたまま寝こんでしまったので、電気スタンドが座蒲団の上にたおれて、電球の熱が座蒲団の綿にもえ移っていたというわけであった。水をぶっかけて消しとめた。

火事を契機に私はスタンドを別のものに買いかえた。買いかえたのは木製のもので、台の直径が十五センチ、高さが二十七センチばかりのものだったが、これをその後ずっと使用して今日にいたったわけである。いま私は火事を契機に買いかえたといったが、よく考えてみると契機にちがいなかったが、実際に買ったのは、一年ぐらい後であったから、約三十三年ほどそのスタンドを使用してきたことになる。

私の家は小さくて物を保存するには不便だが、それでも古ラジオが二つばかりどこかにしまってあるはずだ。

私がはじめてラジオを買ったのは昭和十二年のことであった。ラジオが放送をはじめたのは大正十四年だったから、私は、十二年ほどラジオとは縁なくすごした。

しかし当時われわれの仲間ではだいたいそういう傾向が強かった。時代にも何かそういったような傾向があった。ラジオがないからといって、隣家から軽蔑されるようなことはなかった。

このラジオとは別に、私は戦後ラジオを一つ知人からもらった。知人が新しいのを買ったので、そのおふるのほうをもらったのである。その二つのラジオがどこかにしまってあるはずなのだ。

なぜしまってあるかというと、私は、孫ができて小学校へ上がるようになったら、このラジオを孫にプレゼントするつもりなのである。孫がラジオをいじったりこわしたりするうちに、しらずしらずのうちに科学知識を会得する、そういうための一助にしようという顧慮なのだ。

いいかえるなら破壊用プレゼントといってもいいだろう。

貧乏人の考え出しそうなことだと笑われるかもしれないが、私は別に悪いことだとは思っていない。われわれはあまりにも破壊を禁じられて育ってきたからだ。

出歯

うちのカミサン

ついせんだってのことである。私は朝は牛乳を一本だけのむことにしている。朝といっても大抵十時か十一時ごろのことだが、私が目がさめた頃を見はからって、わがおくさまが牛乳をもって来てくれる。

私はそれを寝床の中で（といっても仰向けではない、起きるのは起きてるのだが）飲むのがここ数年来の習慣である。

さて一本分飲みおえて、私は炬燵の上の置板に、いま飲んだばかりの容器をおいた。そしてその容器をぼんやり見ていた。ぼんやりという言葉、単なる修飾語ではない。本当に私の頭は、朝はぼんやりしているのである。目がさめきるまでにはかなりの時間がかかるのである。

そういう状態のなかで、ふと、私は気がついて、言った。

「この容れ物、ずいぶん年期がついたなあ」

「ええ。そうですね」

わが奥さまが気のない返事をした。

その時、私はこの焼物に把手《とつて》がついているのに気づいた。気づいたといえば大袈裟になるが、私はこの把手を利して牛乳を飲んだことがなかった。把手は私にとってはいらざる長物だった。

「アメリカ向けなんだね」

「は?」

「いや、この焼物のことよ。お前、この焼物はどこで買ったの」

「荻窪の駅前です」

「道ばたに莫蓙《ござ》を敷いて売ってたの」

「いいえ、道ばたじゃありませんよ。ちゃんとした、荻窪では一流の店舗です」

「じゃ、一流店舗の見切品といったところか。おれにはこの焼物は、アメリカ輸出の検査にペケをくらった不合格品のように思われるんだけど」

「そんなことはありませんよ。このごろは生活の洋式化がものすごいんですから。このミルク茶碗だって、アメリカ向けのペケ製品ばかりじゃ間にあいませんよ」

「ほう、この容器のことをミルク茶碗というの。お前はものしりだなあ」

「そのくらいなことは知っていなければ、主婦は買物ができませんよ。あなたのように、あれを呉れこれを呉れでは、みすみす足元を見すかされちゃいますもの」

一本やられた形であった。ふだんは人一倍ケチケチしておきながら、案外女店員などにはあまいところがある旦那さまの弱点を暗々裡《あんあんり》に指摘したものらしかった。だがこのくらいのことで顔色をかえていては旦那さまはつとまらない。こういう時にはいくらわが愛する奥さまでも、そこらへんにころがっている雑巾かバケツくらいにおもうに限るのである。でないと三十年もつれそうていられるものではない。

「ところでこのミルク茶碗はいつ買ったんだったかなあ」

私が話をかわすと、

「一昨年、桜の花の満開のころでしたから、丁度一年十ヵ月ほどになります」

わが奥さまが即答した。

「お前はおれがものを頼むと、三つのうち二つは忘れてくるけれど、案外過去のことはよく覚えているんだなあ。それはそれとして、このミルク茶碗の上の方にあるこの青色の模様は何のつもりなんだろう。アブストラクトかな」

「アブストラクトじゃありませんよ。よく見てごらんなさい。ここに丸いつぶつぶがあるでしょう」

「なるほど。さてそうすると、これは何のつぶつぶかなあ」

「ぶどうですよ」

「なんだ、これがぶどうの実か。すると、このこちらにある長いのがぶどうの葉か」

「ええ、葉と蔓です。蔓が葉にこうからみ合っている絵です」

「なるほど、しかしいやにうねこねからみ合ったもんだなあ。ではその、その上にある豆粒のようなものは何かね」

「豆粒って？」

わが奥さまが反問した。

「そら、見えないのか。茶碗の口の縁に、茶色の豆粒のような模様がいっぱいついているじゃないか」

「ああ、あれですか」

わが奥さまが奇声を発した。

「あれはあなたの歯のあとですよ。わたしもはじめは何のことかさっぱりわからないで、不思議なことがあるもんだ、不思議なことがあるもんだ、とそうは思いながら考え及ばなかったんです」

「ええ？　なんだって？　それにお前はいつ気づいたのかね」

私は完全に目がさめた。

「そうね、半年も前になるかしら。あなたは牛乳をおのみになる時、把手を握らないで、こう茶碗をぐるぐるまわしみたいにしてお飲みになるでしょう。それに気づいて、その茶碗のキズあとの理由が解ったんです」

私は目を近づけて茶碗を凝視した。言われてみるとどうもそうらしかった。茶碗の縁に適当な間隔をあけて凹《へこ》んでいる豆粒大の穴は、私の出歯《でっぱ》のなせる業《わざ》にちがいなかった。カチカチやっても自分では気がつかなかったのである。さすがに三十年つれそうわが奥さまの眼力は、相当なものだと感心せざるを得なかった。

女房のお灸　女房万歳！

私どもの結婚生活も、かぞえてみると、三十年になんなんとする。もっとも、戦争のために、別居した年月が約五年あるから、実質的には二十五年ということになるが。

「奥さま、あなたは近頃ずいぶんお太りのようですが、目方はどのくらいありますか」

私はこの原稿をかくための参考資料として、彼女にインタービューをこころみたところ、

「存じませんでございます。はかったことがございませんから」とにげられた。

やむなく推定で書くよりほかないが、女房のやつ、尺貫法で言えばかるく十六貫をこすのではあるまいか。

結婚ほやほやの頃は八貫目くらいしかなかった。そこんところが気にいって貰ったのであるが、旦那さまの小生も、今日彼女のかくあるを、予見する能力はなかった。

過ぐる日彼女は旦那さまから、一日ヒマをもらってそそくさと外出した。行く先きは告げ

なかったが、その晩から白いなめらかな（少しほめすぎかな）膝小僧をまるだしにして、お灸をすえはじめた。

「熱いだろうなあ。それはいったい何にきくんのかね」と同情したら、「へ、へ、へ」とごまかされた。

蚊とり線香の代りにはなっているようである。めっきり蚊がすくなくなった。ご亭主の小生、そばでビールなどのみながら、秋の夜は静かに静かにふけて行くという此の頃である。

家出の真相

ロシヤの文豪トルストイが、

「私の出奔はお前を驚かせるだろう。これを私は心配している。しかしこうするほか手がないから、あきらめてくれ。我が家庭における私の境遇はもう我慢ができぬ。云々」

という書出しの置手紙をのこして、家出を決行したのは、一九一〇年（明治四十三年）十月二十八日のことであった。

この時、トルストイは八十三歳。といえばかなり相当なおじいさんである。

さて、八十三にもなるおじいさんが何故、家出なんか決行したかと云うと、その原因はこの置手紙にもあるように、その家庭に多大のハンモンがあったもののようである。

家庭というのはつまりは細君のことだが、この細君が、一言で云ってしまえば甚だしく（？）強欲だったらしいのである。

その一つの証拠。

一九〇六年十一月廿三日付の日記に、トルストイは次のように書いている。

「今日は大きな誘惑に出会ったが、これを征服することは出来なかった。アバクモフ（農奴）が私を追って走って来て、宅の楢の木を盗伐したため懲役になったことを告げ、それから不平をならべた。私は気の毒でたまらぬが、何事も思うようにならぬ事情があることを彼は知らないで、私が妻にかくれて、采配をふりパリサイをきめこんでいるかのように思っているのが、ありありと見えた。私はねんごろに彼をさとし、お前そう怒るな、私はもうここに住む資格を失っているのだから仕方がないと云った。彼はいたるところで私の悪口を云っているそうだ」

右の日記について、すこし説明をすると、トルストイ家は、一千何百町歩かの大地主であったが、その約半分が森林だったのだそうである。ところが例の農地改革で農奴は田畑を手に入れることができたが、森林は一つももらわなかったので、木材不足の彼等はしょっちゅう、森林の盗伐をやってのけていたのだそうである。

トルストイの細君はこれが大不満だった。それでいろいろな方法で取締りをやった。中でもいちばん農奴をフンガイさせたのは、細君は精悍な退役コザック兵を雇い入れて、四六時中森林をパトロールさせ、盗伐者をひっつかまえ、警察につき出したり、私刑を加えたりしたのである。

しかもトルストイはこの看視をやめさせることは出来ないで、却って自ら家を出る決心に傾いて行ったもののようである。

次にもう一つ。

それからしばらく経って、トルストイがノーベル平和賞の打診を受けた時、トルストイはこの賞金（二十万円）をおしげもなく蹴ってしまったのである。

併しはじめのうち、トルストイはこのノーベル賞大会には出席するつもりだった。しかし賞金だけは受取らぬつもりだったのである。ところが細君は、トルストイの意中を知って大フンガイ、

「ひとが二十万円（いまの金に換算すれば何百万円）もやろうというのに、断る必要がどこにあるのか」

と夜昼の区別もないほど責めたてたのだそうである。それでもトルストイの決心はかたく、細君の意見になびかなかったので、細君は、

「年をとってからの外国旅行は、危険です。おやめなさい」

と、折角の大会行きを阻止してしまったのである。賞金を受取らぬ大会に行くのは行っても無意味だというのが、細君の真意であったろうが、トルストイもとうとうノルウェー行きは中止してしまったのだそうである。

以上、私はトルストイと親交のあった小西増太郎さん（現在生きておられれば九十歳位

か）の古い著書で知ったのである。

そして婦人というものは、洋の東西をとわず、強欲なもんだなア、というようなカンガイがわくのを止めることが出来なかったのである。

さてその十月二十八日の未明、トルストイは四十八年間の長い間同棲し、十三人も子供を産ませた細君を棄てて家出したのであったが、前記の置手紙は老夫婦の末娘（当時二十三四歳位か）がトルストイからあずかったのである。

知らぬがほとけの細君は、十一時頃、寝室から出て来て、末娘の室に入って来た。そして、お父さんはどこにいるのかときいた。

「おとうさんは出て行きました」

「どこへ」

「それは知りません」

と、そこで末娘はあずかった手紙を母親にわたしたのだそうである。

するとと細君もぎとるようにしてその手紙を受取って読んだのだそうであるが、読み終ると、

「ああ出て行った。出て行った。おさらばだ。わたしは夫がいなければ生きてはいられぬ。池に飛び込む」

とヒステリックな大声で叫んで、家の外に飛び出したのだそうである。

トルストイ家の屋敷の中か外かは分らないが、本当に池がある。

末娘は、飛び出した母親の後を追って飛び出した。すると外套もきずに、はだし（？）のまま、並木道を走って行く母親の姿が見えた。と思う間もなく母親はあッというまに本当に池の中に飛び込んでしまったのだそうである。

が、幸いなことに水は浅くて、胸のあたりまでしかなかった。騒ぎをききつけて、使用人などもやってきたので、末娘たちは合計三人がかりで、池に飛び込んで細君を岸にひきあげたのだそうである。

それから家につれて帰り、ぬれた着物を着かえさせたが、興奮している細君は、ハサミやナイフや針で自分のからだを刺したり、もう一ぺん池に走って行こうとするので、末娘は傍につきっきりで、ケイカイの目を放すことが出来なかったのだそうである。

実をいうと、この事件を私は小説化しようとして、もうかなり日がたってしまった。が、ちょっと私の手には負えそうもないので、雑文の——風流滑稽譚としてここに書いてみたのだ。さっきも云ったように小西増太郎さんの文に負うところ莫大である。

私なんかも、家出がしたくなることがしょっちゅうである。しかしその原因はトルストイ家とは反対に、貧乏が原動力になって、女房がやんやん云うからのようである。

仕方がないから百円札一枚をふところにして、居酒屋に行って、おだをあげるのが、せい一杯のところである。

別のこと

相変わらず、酒は朝昼晩と、飲んでいる。けれども、ちっともツウにはならない。柄のよくない、がぶのみみたいなものである。

そこで別のことを書くことにした。何でもいいかといったら、チャコが、何でもいいと返事をしたからである。

そこでいきなり尾籠《びろう》な話になって恐縮だが、私は現在、自家製の西洋便所をつかっている。私には似つかわしくないように思われるが、いきさつはこうだ。

去年の六月、私は交通事故で自動車にはねとばされ、足の骨を折った。このことはほかの随筆にも書いたから、詳細は略するが、入院中、いちばん閉口したのは、便器の厄介にならなければならないことであった。

むろん、はじめのうちは、寝たままシタからさしこむのである。それから或る期間がすぎると、起きてまたぐことができるようになった。いや、またぐというのは外見のことで、骨が折れているから、実際はのっかるのである。

ところが便器を使用して、一番いやなのは、出たものが累積して自分のおしりにつかえることであった。もっとも本当はつかえていないのに、つかえているように思われるのがだんだんにわかったが、どうしてそう思われるのかは判らなかった。よく、お尻ぐらい鈍感な場所はないといわれ、賢母型の女性は子供が悪戯をすると、尻を叩いて教育するそうだが、なかなかどうして、あそこにも敏感な神経がきているのだ。

さて私は二ヵ月で退院して自宅療法にうつったが、私の家には便器の買い置きがなかった。仕方なく、台所から代用品として鍋をもって来て、やってみると、案外これがいただけた。鍋は市販の便器にくらべると背の丈が五倍も六倍も高い。上部は申すまでもなく円形になっているから、尻のはまり工合もなかなか調子よく、累積物との間隔は十分すぎるほどなのだ。

快適に悠々とやっていると、訪問客があったりすることがあって、これにはいくらかあわてた。私の家には残念ながら、応接間なんてゼイタクなものがないからである。で、そこは何とか適当にごまかして、

「どうもお待ちどう」と座敷にあげて、

「すこし何かへんな匂はしない?」と尋ねてみるが、返事はきまって、「いや、別に、何も」ということであった。

どうも少しくさい返事だと邪推もしてみたが、あえて追及するのは差しひかえた。

しかしなんといっても時候にはかてなかった。当時、季節は夏の終りから秋の初めにかけてであったが、秋もたけなわになり、つめたい風が吹きだすと、六畳一間を借切りみたいにして用をたしていた便所も、そぞろに寒さが身にこたえるようになった。

つまり、いいかえれば、窓をあけっぱなしにしたまま、用が足せなくなったのである。いくら自分のものだって、窓をしめきってやったのでは、嗅覚の方が承知してくれず面白くないのである。

思案のあげく、私は一計をめぐらして、というほど大層なことでもなかったが、自家製の西洋式トイレを考案して、今日に及んでいるのである。そのトイレのことに関して書くつもりであったが、すでに枚数もなくなったので、今日は割愛してペンをおき、くたびれなおしに一杯やることにした。

玉磨かざれば

ことしの夏、私はまる二カ月入院していた。交通事故で下腿の骨を折って、足首から上腿の付け根までギプスをかけられていたのだから、むろん膝をまげることはできない。

一直線にベッドの上にねたまま、大小便も人手をかりなければならなかった。人手をかりても、便器の上にお尻をのっける動作は大へんな苦労で、こんど退院したら〝便器つきベッド〟を発明して売り出してやろうかと真剣に考えたほどである。

つまり、ベッドの尻のあたっているあたりに、丸い穴をあけておくのである。するとその穴が便器の代用になって、ねながらにしてウンコが下におちる。下にはバケツでも受けておけばよろしい。

どうしてこんなに簡単で便利なベッドが、病院にはないのか、不思議でたまらなかった。大工さんでもよんで来て、穴をあけてやろうかと思ったが、実行には至らなかった。そのうちだんだん、折れた骨の痛みがやわらぐにつれ、尻の持ち上げ方が少しずつではあるが、上手になったからである。

それはさておき、こんな塩梅だったからムロン風呂にはいるわけにいかない。さいわい夏のことであったから、日に一度か二度、ぬれ手拭で体をふいてごまかしていたが、忘れもしない、入院してから二十八日目、私は自分の金玉にものすごい垢がたまっているのを発見した。

どういうきッかけで発見したか忘れたが、とにかくその垢たるやものすごいものだった。黒い岩に黒い銭ゴケか何かがぎっしり生えているかのような印象だった。

「あきれたもんだなあ。Pさん、ちょっとみてくれないか」

恥も外聞も忘れて、私は付き添い婦のPさんに助力をあおいだ。

「どうかね、もとどおりに、なるだろうか」

心配してたずねると、

「大丈夫です。洗えばおちます」

とPさんがあっさりいった。

「洗うって、どうするの。まだ風呂にゆくわけにも行かないし。こまったことになったもんだなあ」

私が顔をしかめると、

「行水をしましょう。いま、わたし、お湯をわかして来て上げます」

　Pさんがいった。

　Pさんは薬罐をさげて廊下にでた。それから十五分ばかりして帰ってくると、その薬罐の湯をじゃアじゃア洗面器にうつした。

「洗面器で行水するの？」

「ええ。でもほかに適当なものがございませんもの」

「きたなかアないかね」

「は？」

「いや、金玉を洗った洗面器で、また顔を洗うのは」

「大丈夫です。あとでわたし、きちんと消毒しておきますから」

　Pさんは、洗面器を私の股の間に置いた。置くのは置いたが、私はその洗面器にお尻をいれるのが大変な苦労だった。

「うまく乗れないなあ」

「じゃア、わたしの肩にだきついて、腰をうかしてごらんなさい」

「ああ、こうか」

「ええ、そうそう。でもそんなにお尻を後にひかないで、ジャブンとみんな入れておしまいなさい」

やっと、私のお尻が洗面器のなかに、すぽっとつかった。

「いい気持だなあ。くたびれたから、しばらくこうしているよ」と私はいった。

Pさんは気をきかして外をみていた。

そこへ看護婦が検温にはいってきた。

「看護婦さん、いくらお役目とはいえ、黙って入って来ちゃ困るね、ここは神聖な病室なんだから」

「だってちゃんとノックしましたよ」

「ノックをするのはいいが、あんたのノックは、ノックした時にはからだは半分なかに入っているじゃないの」

「どうも相すみません」

看護婦は検温器をおいて出て行った。

やはり私ははずかしかったのである。妙なもので、その看護婦は私が入院したばかりの時、手術をする前、浣腸などしてくれたことがあるので、私の尻の穴まで熟知している筈であったが、肛門と金玉はまた別のもののようである。

「Pさん、ぼつぼつ行水をはじめることにするから、石けんを取ってくれない」

「はい」

Pさんは石けんを取ってくれた。

「ひとりで洗えます？」

「洗えるかどうか、まアやってみよう。ぼくの上体を支えていてくれないか」

私は二本の手をベッドについて、体を支えているので、手で洗えば体がぐらつく勘定であった。

「そんなムリなことができますか。わたしが洗って上げますよ。またもう一ぺんころんだりしては、取り返しがつきませんよ」

「それはそうだけど、恐縮だなあ」

「恐縮なんてありませんよ。患者さんの世話をするのがわたしの役目ですもの」

Ｐさんは金玉を洗いはじめた。

まずはじめに石鹼をたっぷりぬって、ガーゼでもってポチャポチャゆすぐという方法である。

ガーゼというのは面白いアイデアで、直接彼女の指がきたない金玉にふれるのをさけるためかも知れなかったが、私は腹は立たなかった。

「Ｐさん、ガーゼは何でできているの」

「木綿の一等やわらかいところだと思います」

「いつか、どこかの赤ちゃんが着ているのを見たことがあるなあ」

「赤ちゃんも着ますが、以前は女の人がよく肌着にしたもんです」

「もっと強くこすってください。遠慮はいりませんよ。ガーゼもいいが、そんなに大垢がついているんでは、軽石かなんかでごしごしこすったらどんなものでしょう」

「まあ、そんなことをしたら、皮がむけてしまいますよ」

「へちまではどうかなあ」

「さあ、やっぱり衛生的でないでしょうね」

問答をしているうち、行水は終った。

行水は、思ったよりカンタンにすんだが、盥《たらい》から尻を出す動作がまた一苦労だった。

でも、Pさんが盥の水を棄てに行っている間、そっと内証のように下をのぞくと、全く生れかわった自分の金玉が、赤ん坊の皮膚のような表情で息づいているのを見た時は、なんともいえず愉快な気持がこみあげてくるのを、どうすることもできなかったのである。

年頭愚感

一月一日。快晴。

雑煮を三つたべる。

食べながら今年自分は何歳になったのかわからなくなって、

「おい、おれは今年、いくつになったんだい」

と、家内にきいてみた。ところが老妻は、

「さあ」と云っただけで、二十何年もつれそった亭主の年を忘れているのである。

「じゃアお前はいくつになったんだい」

私は家内より四つ年上の筈だから、引算すればわかると思ってきいてみたが、それもわからないとのことであった。

一月二日。うすぐもり。

十一時起床。

煙草三本すってから初風呂にはいる。

風呂にはいって、私はおっかなびっくり、臍の下をのぞいてみた。

どうやら、白髪はまだ一本も生えていないように思われた。しかし眼鏡は、はずしていたことだし、湯気でぼんやりしていたから、正々確々なことは断言できない。

たしか昭和二十七年の夏だったから、まる五年半前のことである。

「おい、白髪がでたよ」

と、私は親友Wの告白をきいたのである。

Wは私と同年生れだが、学齢で云えば私の方が一つ上なのである。

「ほんとかね」と私は念をおした。

「ほんとだ。彼女が見つけたんだ」とWは云った。

私は不思議なような気がして、さっそく自分のをしらべてみた。が、それ以来、座興にもそんな場所はのぞかぬことにきめていたのである。


風呂からあがって、雑煮を三つたべる。

一月三日、快晴。

雑煮をたべる前、ビールを一本のむことにする。

去年の秋頃から胃をわるくして、なるたけ節酒していたためであるが、手に握ってビール瓶のつめたいのにおどろく。炬燵にいれてみたが、なかなかあたたかくならない。

「お前、ちょっと、懐に入れてくれ」と私は家内にたのんだが、

「いやなこと」

と家内は身ぶるいして、私の願いを拒否した。

いっそのこと雑煮鍋の中にいれると、カンがつくかと思ったが、瓶が破裂しては正月早々縁起でもないと思って、つめたいのを我慢して呑む。

私のさかな

私はツーではない。ツー人になろうという気もない。だから酒のさかなもでまかせのようなものだ。だいいち、われわれの行く酒場にしてから、ろくなものは出してくれないじゃないか。もっともこっちの懐具合は棚にあげての話であるが。

ツーよりも私はバラエティに重きをおく。というよりも私は何でも喜んで食べる方だから、きらいなものはない。ダボハゼのようなものだ。

飲屋の女中や宿屋の女中は、私がサシミのツマまでよろこんでぱくつくと、この野郎育ちが知れるというような顔をして見せるのもあるが、バラエティ主義の私は、ミエなんかにかまってはいられない。

牛飲馬食の好物

わが家の味自慢

かつて私の女房の母親が私のことを、「あの男は仕様のないぐうたらだが、ただ一つだけ取得がある。何を出してもうまそうに食べてくれる」とほめたそうである。しかしこのほめ言葉は、牛飲馬食というのを換言したに過ぎないので、こういう文章をかく段になるとたいへん困るのである。やむを得んから、私は女房をよんで、おれは何んでもうまそうに食うそうだが、中でも特にうまそうに食うものは何か、ときいてみた。ついでにそのこしらえ方もきいてみた。——以下はその談話筆記である。

その一　先ず季節にそって春の方からはじめると、春先には我が家では蕗飯《ふきめし》がよろこばれる。材料の蕗は背丈が三四寸、茎の太さは竹の箸くらいなのが一等よろしい。この蕗を二三分程度に切って、砂糖と塩でちょっと煮ておく。またサカナは芝エビの皮をむいて塩ゆでにする。別に甲いかの皮をとり、熱湯をかけ、繊切りにして、さっと酢をくぐらせておく。飯は少し固目にたき上げて、以上のグと三味でまぜ合わせると、これが即ち蕗飯ということになるのである。この蕗飯は別名を蕗ずしとも言って、飯が冷めてから食べると一層おいしい。傍に特級酒でなくても一級酒があれば尚よろしい。酒をのんではすしを食い、すしを食っては酒をのむと、両者の味感が渾然と融合、酔ってくるにつれて、得も言われぬ心境になるもののようである。

その二　次はあっさりとしたもので、若布《わかめ》のぬた。こいつの作り方は至ってカンタンで、材料にぱっと熱湯をそそぐと、さみどり色を呈するから、すぐに熱湯からひきあげ、冷水をぶっかけて一寸位に切り、ショウガを少しすり落した酢味噌であえるとよろしいのである。但し、この若布は、六寸ものより五寸もの、五寸ものより四寸もの、と言う風に背丈が短いほどよろしい。二三尺も背の高いのはすでにおじいさんであるから、高校を出たばかり位の初心者は、見かけにだまされぬことが肝要である。

その三　次は毎晩たべてもあきないのが豚肉ロースの味噌づけ焼き。豚肉はメートル法で言えば、〇・五センチから一センチ程度の厚さのものを買って来て、味噌に醤油をまぜ、その中にショウガのすったのをぶちこみ、ゆったり漬けておく。時間は長いにこしたことはないが、少くとも三十分以上が必要、さてこれを油をしいたフライパンに投げこんで、両面をスピーディに焼きあげる。この時フライパンにぴったりフタをしておくのがコツと云えばコツである。焼き上ったら、これを繊切りにして、玉ねぎ、人参、ピーマン、何でもかまわぬから野菜をいためて附合わせる。これから間もなく秋が来て、松たけが出る頃になると、松たけを附合せれば一層結構である。

しかし松たけは、なんといっても単独に松たけだけ、昔風にホウロクで焼いてたべるに限る。むろん品物は幼い肉のしまったのにこしたことはないが、我が家ではそんなゼイタクは言ってはいられないから、六十後家みたいに笠がひらいたやつでもかまわん、目方を仰山買って来て大ホウロクで焼いて、一人あて皿に五杯分ぐらい配給してやると、みんながうれしげにほやっとするのだそうである。

マツタケのホウロク焼き　母の味

今から二十何年前、私が書いた詩に、こんなのがある。

久久のふるさとに帰れば
母は酒など買うて来てぼくにのますなり。
ゐなかぢやけん　さかなとて何もないけん
では大根おろしをこさへてあげよう。
母のおろした大根おろしつつきつつ
ぼくは古里の酒をのむなり。
みかんのかやり火がゆらゆらと
煙の向うより

母はほろよひのぼくに話してきかすなり。
年をとるにつれそなたの顔は
だんだん亡き父上に似てきたぞえ。

本当はいなかへ帰った時の作ではなく、東京でつくったものであったが、だいたいにおいて私の郷里はこういう所なのである。

内海から二里しかはなれていないのに、私が幼少のころ、魚類は行商人の足にたよらねばならなかった。自転車もない時代であるから、夏など腐敗寸前のものを、うまいうまいといって食べていたもののようである。

突然のお客があると、母はホウロクを利用して卵焼をつくった。いま食べると果してどんな味がするかわからないが、その卵焼は子ども心に大へんおいしかった。しかしホウロクで焼いたもので、一等忘れがたいのはマツタケである。秋がくるたび、ホウロクに大山盛りにしたマツタケを腹いっぱい食べてみたくなるのが、私の毎年の食欲である。

エビとカニ

私は食通でも何でもない。うまい物屋をさがし歩いて研究心を燃やすと言ったような道楽もない。子供の時は母親が出してくれるもの、結婚してからは女房が出してくれるものを、ハイハイ御馳走様と頂戴していつの間にかおじいさんになったウス馬鹿みたいな男である。芸のない話だが、最近たべてうまかった食べ物の話を一つ二つ書きつけて責をふさぐことにする。

去年の十月末、山陰の旅行をした時、山陰名物のマツバガニが食べてみたいと思ったが、どこの宿屋でも出して呉れなかった。わけをきくと、マツバガニは十一月一日が解禁だから、今はどうすることもできないと言われた。あと一、二日のことで食べられないのは気分的にとても残念だった。

ところがつい先日（二月上旬）鳥取へお嫁入りしている私の幼な友達から電話がかかって

来て、明日の午後四時半に東京駅へ出られるか、出られればマツバガニを知り合いの大学生にたのんで持たせてやろうと思うが都合はどうかとのことであった。

むろん万難を排しても出ると答えた。翌日ステッキにハンカチを巻いて所定の時間に新幹線のホームで待っていると大学生がおりて来た。大学生はほかに沢山荷物を持っていて、ちょっと気の毒のようであったが、それはまあ私のツミではないということにした。

大学生は私の幼な友達の伝言を次のようにつたえた。

「カニはもうゆでてありますから、もう一ぺん煮たりなどしないで、このまま食べてください。食べる時には足の関節を折って、縦に庖丁をいれてください。そうすると肉がうまくとれます。調味は三杯酢で食べるのが一等よろしいでしょう」

私はタクシーを奮発して郊外の家まですっとばした。さっそく女房に伝言どおりやらせて、酒のさかなにしたら大変おいしかった。貰ったカニはオスばかりのようであった。

それからこれは、今年の一月中旬のことだが、愛知県の渥美半島から船で三重県の鳥羽へ渡った。二見ヶ浦を見物したあと、タクシーの運転手にきいて、ある小店《こみせ》に入った。

伊勢の国に来て伊勢えびを食べない法はない、まず伊勢えびを生づくりにこしらえてもらった。私は魚類にせよ、野菜にせよ生のものが好きな方なのでそうしてもらったのであるが、いざ箸をつけてみると、えびがまだ生きて動いているのにいささか気味がわるくなった。気味がわるいから味の方も割引になった。

方針をかえて、板場にたのんで具足煮にしてもらって食べたところ、その味が格段とあがった。

この十年、こんなうまいものを食べたことがない、と言いたくなるほどおいしかった。本場で食ったということ、季節がよかったということ、板前（小店のおやじ）がよかったということ、多分こういう三者にめぐまれた為であったろうと思うが、小さな店でうまいものにめぐり合った喜びはまた格別であった。

安かろううまかろう食べ歩る記

通人でも粋人でもないから、手っ取り早いところで行こう。

先日伊豆へ行った時、山の中の宿屋に泊った。村に一軒しかない宿屋だ。宿チンは特等の部屋にとおされて、一泊六百円。私をふくめて四人で行ったのだが、晩飯の時酒をくれといったら、ビールならあるが酒はないという。もっとも一升みんな飲んでくれれば、酒屋から取ってきてもいいといった。そりゃ皆んな飲んでやる、たとえ飲まなくとも買い取ってやると云ったら安心して、息子の中学生が自転車で取りに行った。以前、酒を一合か二合かのんだお客のために残りの八合か九合かを腐らせて、大損をした経験があるらしかった。

酒のサカナに前の川でとれた川ガニが出ておいしかった。それはまあ特記するほどのことはなかったが、あくる日の朝、とてつもなく美味しいみそ汁がでた。箸の先で黒い団子のようなものをつまみ出して、いったいこれは何だとおかみさんにきいたら、昨夜と同じカニを加工したものだと云った。カニの腹をめくるとウニに似た黄色いものが少量ある。卵巣か睾丸か或いはその他の何か私は知らないが、あそこだけを寄せ集めて、メリケン粉でねったものだそうだった。本当は米のぬかの方がもっといいのだが、今日はあいにく米ぬかがきれていたので、メリケン粉を代用にしたのだとおかみさんが云った。

生きていたことを仕合せに思うほどのおいしさ——チン味だった。他の三人も異口同音に讃嘆したのだから、私のひとりよがりではない。

同じ伊豆の南端、石廊崎《いろうざき》の茶屋で、味つけワカメを買った。大中小と三色あったが、荷物になるのは覚悟で、大の三百円のを買った。ちかごろまた白髪がふえたので、何とかこの辺でくいとめたいという涙ぐましい心境からであったが、帰って食べてみたら、こいつはちょっといけた。もう二つ三つ買ってくるんだと、後悔したほどだった。

ただ呑助の私には、サッカリンだか砂糖だかの味が少々甘すぎるのは、個人の味覚として残念だった。

これにくらべれば、鳥取の板ワカメが私は大好きである。製造法は見たことがないから知らないが、海から取ったワカメをむしろか、ござの上にのせて、好天の海風で乾しただけのものらしい。大きさは半紙か美濃紙大で、色は磯の香に染まったような黒褐色である。

この野趣をおびた板ワカメを火であぶって、パリッと引き裂いて食うのが私は大好きなもんだから、「なんと云ってもワカメは鳥取だね。伊豆など足もとにも寄れんわい」と云ったら、はたから家内に、「目黒のさんまとか申します。あなた、鳥取でも近来は、味つけワカメを売り出しているんですよ」と一本やられた。

では少し西に行って長州の萩は夏蜜柑の名所だが、ここでこしらえている菓子に「萩乃香《かおり》」というのがある。甘いものは苦手の私も、この菓子にかぎって、ありがたく頂戴できる。製法にはどうやら秘伝があるらしい。

全然知らないひとのために紹介の労を取ると、夏蜜柑そのものがずばりと一つの菓子になっている。砂糖につけておくのか、砂糖で煮るのか、はたまた別の方法によるのか、お菓子になった夏蜜柑は、適当な甘味と適当な苦味が中和して、えもいわれぬ風味をかもし出している。切って口に入れると、シャキ、シャキとその歯切れのよさが何とも云えない。

大きいのが一個五百円。小さいのが一個三百円。少し高いようだが、食べてみると決して高くはない。それだけの値打ちがある。

もうちょっと西へ行けば、仙崎のウニとカマボコ。ウニ一瓶が三百五十円、カマボコ一枚が七、八十円。これらは以前、下関名産の名をかぶせて市販されていたものだが、ウニはともかくとして、カマボコはへんに料理屋などへ足を運ぶのを省略して、買いたてのやつをいきなりかじるに如《し》くはないようである。

ことしの五月、私は日本海の孤島粟島に行った。粟島は新潟県越後のうちだそうだ。

本土から三十五キロはなれたこの孤島は、折しも鯛の最盛期だときいて行ったが、それにしても一泊六百円程度の宿賃で、夕飯の時だけでも、鯛の料理を四皿もつけてくれたのには驚いた。サシミにしたのと、焼いたのと、煮たのと、てんぷらにしたのと、以上の四とおりであったが、皿数が多い上に量がたっぷりあって、大食漢の私もさすがに食べ残してしまった。

またその時宿屋で特別につくってもらった「わっぱ煮」という海岸料理が頬がちぎれ落ちるほどおいしかったが、これらは既にほかに書いたことがあるので、ここでは省略させていただく。

東京に話をもどすと、渋谷の道玄坂を登りきって、左に折れた左側に弥助という小料理屋がある。去年の冬、私は友人につれられて行って、その店でカニ料理をたべたら大変おいしかった。

それもその筈で、この店で食べさせるカニは越前の海に産する越前ガニを、産地から直接に輸送しているとのことだった。主人夫妻が越前の産だから、毎日直輸送のムリがきくのかも知れなかった。

「魚」のことばかり書いたので、一つおなぐさみに「肉」の方を書き添えると、私が以前、昭和二十七年頃住んでいた荻窪の駅前に、台湾青年のやっている小ぢんまりとしたラーメン屋があった。終電車頃になると銀座方面に通っている女給さんが一杯になる店だった。

私も一杯やりにちょいちょい行ったものだが、その店の調理場は中国式にお客の眼によくとまる場所においてあった。大きな鍋に一年中スープがぐらぐら煮えていた。煮えている鍋の中に、いつだって豚の足と爪がにょっきりのぞいて見えた。ラーメンがこってりとうまいわけだった。それでいてラーメンは普通相場だった。

先日所用で通りがかりに見たら、その店はまだあった。店主がかわっているかどうかまではつきとめなかったが、私は個人的に思い出のある店だから、この店にも近く行って見たい。

干物の秘密

所用で都心に出た老妻が、ヒモノばかり盛り沢山に買ってきた。新島のくさや、尾道のでびらとさより、秋田のはたはた、それにもう一つ下関のふぐだった。

私の生れた家は県こそちがえ、汽車にのれば一時間あまりで尾道へ行ける。戦後郷里に疎開中、この尾道から行商人がよくやってきた。むろん統制時代であるから、闇の行商人であった。あの頃は何を食べても美味しかった。ことしも秋が深くなって、私は尾道のでびらのことを思い出して、もし見つかったら買ってきてくれるように老妻にたのんでおいたのである。その他の品は老妻が、彼女の自由意志で買ってきたのだ。

説明するまでもあるまいが、このでびらというのはカレイをほしたものである。ツンコガレイともいう。つまりは干しガレイのことだが、尾道の干しガレイは海からとってきたものを、浜辺で干したり乾かしたりするのではない。沖で取ったカレイを船の上で潮風に吹かせておくと、船が陸に着くまでには、ちゃんとでびらになっている。そこに特色がある。食べるときには金槌でとんとん背骨をたたいて、それから火であぶると、骨ごと一緒に食べられる。

私はさっそく晩酌のさかなにしてみたが、かなり相当いけた。個人的のなつかしさも加わっているから、ひとにすすめるほど積極的ではないが、すくなくとも当夜は、最初にかいた数種の干物のなかでは、このでびらが一番おいしかった。

字引をひいてみると、干物は（塩をした魚類）とあるが、でびらには塩らしいものはふってない。その淡白な味が、私の舌にあうのかも知れない。でびらという語感も私はすきである。

私の知合いの或る奥さんの旦那は、或る銀行の支店長をしているが、毎年秋になると郷里の秋田からニシンの干物を二、三俵おくらせるそうである。旦那の郷里では、旦那が子供の時分のことの話かも知れないが、冬になる前、ニシンを沢山買いこむほど、金持なのだそうだ。貧乏人は買い込むだけの金がない。そういう金持の癖がいまに至るまで残っているのであろう。冬の間中、ニシンを飯がわりみたいにむしゃむしゃやって、ご機嫌なのだそうである。

こんど久しぶりに尾道のでびらをみた時、私は初狩せんべいを連想した。形ではなく、色からである。ことしの夏、箱根から伊豆へ団体旅行した時、隣に座っていたお花のお師匠さんが、バスの中でくれたのである。私は甘いものは苦手だからせっかくもらったのに困ったが、相手は妙齢かつ初対面の婦人なので、お義理で口にしてみたところ、そいつがとてもおいしかった。

お師匠さんはれいの「草加、越ヶ谷千住のさきだよ」という草加の住人で、初狩せんべいはその草加でこしらえているのだそうだった。原料はさつまいもで、まあいってみるならば大変お粗末な原料だが、そのお粗末な原料がどうしてこんなにおいしくなるのか不思議なほどおいしいせんべいだった。いもの切り方に秘訣があるらしく、紙のようにうすっぺらに切ったものだった。

落花生

昭和二十一年の秋から昭和二十四年の春にかけて、私は備中の郷里に疎開していた。その間にたった一度だけ落花生をつくったことがある。といっても百姓はもっぱら妻がしていたので、洒落て言えば、私は地主さんであり、妻が耕作人であった。晴耕雨読をもじってこのあり方を、私は婦耕夫読とよんでいた。

ある時妻の畑を見回りに行くと、畑の一隅に見たこともない黄色い花が咲いていた。エニシダに似たような可憐な花で、葉はクローバの葉に似た優しい葉だった。

「おや、珍らしいものを植えてるね。いったいこれは何だ？」

ときくと、

「落花生です。別の名を南京豆ともいいます」

と妻が言った。

「へえ、これが落花生か。……種子はどこで手に入れたんだい？」

ときくと、

「婦人会の会長さんの所へ用事があって行った時、ほんのちょっぴり、掌にのるほど貰って来て蒔いたんです」

と妻が言った。

何箇月かたって妻はこの落花生の収穫物を盥で洗って筵《むしろ》にひろげて天日で乾かした。あとは地主さんである私が食べればよい番だった。もっとも全収量は皮をむいてしまえば、わずか二合あるかなしかのちょっぴりであったのは、たいへん残念であった。

私は落花生を焼酎のサカナにした。当時は食糧難の時代で食物は何んでも貴重であったが、そういうことは別として、この落花生はとりわけ焼酎とよく調和した。もう一つ焼酎とよく調和するものに油揚があったが、よく考えてみると、油揚もやはり豆から出来ているのだから、根本的には何か理にかなっているところがあるのかも知れなかった。

ところで人間とは何と疎いものなのであろう。いやそういってはほかの人様に申訳ないから自分一人のことにするが、私はつい最近まで、この落花生のことをさつま芋とおんなじように考えていたのである。ご承知のようにさつま芋は種芋から出る芽を土に挿しておくと、根が出てその根に瘤のような芋がくっつく。あれと同じように考えていたので、ついこの間、茶の間で落花生を茶菓子にしてお茶をのみながら、

「さつま芋には花は咲かないが、この落花生には花が咲くのはどういうことなのだろう？」

と街の植物学者のようなことを、ついうっかり口走った為、

「ああら、いやだわ。あなた、落花生は地下茎ではありませんよ。あれはちゃんとした植物の実ですよ」

と妻に一本やられて、ぎゃふんとなってしまった。

二十年前耕作人であった彼女の経験によれば、落花生は花が咲いて受精が終ると、実のできたサヤは土の中にもぐり込んでしまう性質はあっても、うまくもぐらないやつもあるので、そういうやつの為にはバイ土をしてやらねばならぬのだそうである。どうもそのバイ土をしてやるのには砂が最も適しているらしいが、私の郷里地方は畑に砂が少ないので、そのバイ土がうまく行かないのだそうである。つまり落花生の適産地ではないので、妻は二年目は、栽培をよしたのだそうであった。

ためしに辞典をひいてみると、落花生の主産地は千葉県神奈川県だと書いてある。もともとは南米のブラジルが原産で、中国へわたって落花生になり、日本へわたってナンキンマメになり、英国へわたってピーナッツとなったのだと書いてある。また日本では所によっては唐人豆、異人豆、関東豆、地豆、底豆など色々なよび名があるとも書いてある。よほど豆ずきの著者がつくった辞典のようであった。

そういう私も一歩町へ出ると、停車場のプラットで牛乳の立飲みをするのが大好きである。

牛乳は喫茶店でも出してくれるけれど、たいていの喫茶店が私の好みに合った器では出してくれない。ひとくちに言えば、町の喫茶店で出す器は、器と口が接する部分が薄いのである。上品ぶっているのであろうが、上品のおし売りは私は御免である。それにくらべると、停車場で売っている牛乳は瓶のままだから、口に接する部分が分厚なのである。分厚なところに口をおしあて、顔を仰向けにして、一気に牛乳を飲みおろすところに、何ともいえない魅力があるのである。

この牛乳のラッパ飲みと並行して、あるいはそれ以上に、私は落花生をぽりぽりやるのが大好きである。家で畳の上で食べるのよりも、外でぽりぽりやる方が味が数等まさるように思われる。理想的なことをいうと、女の子とデートして、女の子の前掛に落花生を貯蔵させておいて、一つずつ出して食べるのが一番魅力的なのだが、このごろはそういう女は私の場合、相棒がいなくなってしまった。

それにああ電車が込んでは、電車の中でぽりぽりやる訳にもいかない。私は都内へ出かけた時は、最後のたのしみみたいに帰着駅でバタピーを一袋買って、バスを待つ間にぽりぽりやることにしているが、このごろの袋はビニール一点ばりになってるのが、どうも気に食わない。ああ中がまる見えでは明治生れの私など、膝上七十センチのような気がして、ほのぼのとした情緒がたのしめないのである。

時間がゆるせば、私は駅前の横丁まで足をはこんで、皮つきの落花生を買うことにしている。この店は間口一間で、娘の子が一人店番をしているだけの小店だが、小店とは言え豆の専門店だから皮つきの落花生も売っているのである。ちょっと私にとっては秘密のような店で、私は駅で売っているバタピーよりも皮ピーの方が好きなのである。

皮ピーを買った日は、私は出来るだけ歩いて家に帰ることにしている。バス代は二十円、タクシー代は百円の短区間だから、歩いて帰ってもくたびれるような気づかいはない。表通りは交通が頻繁だから、裏通りをえらんで帰っていると、思いがけず空にうかんだ月にめぐり合って、月見を兼ねるようなこともある。いうまでもなく皮ピーは皮をむきむき食べねばならないので、一袋食うのにもかなり時間がかかって、袋にのこった残り物は、期せずして妻へのお土産ということになる。

作家の日記

某月某日

朝の八時ごろ、三月書房の吉川志都子さんから、突然速達小包が届いた。表に「随筆集校正刷在中」と明記してあるので、中は見ないでも分った。突然というのは、この随筆集の原稿は、昨年の暮、吉川さんにお渡ししておいたものである。その時吉川さんは、「うちはゆっくりとやります」と言っていた。私は「どうぞごゆっくり」と言っておいた。以上二人とも、にこやかに笑っての会話だった、とご想像ねがいたい。

　このにこやかに笑っての会話というのにも、若干の訳があった。私が吉川さんから随筆集をたのまれたのは、今から五、六年も前のことである。あるいは六、七年前だったかも知れない。年月さえ正確におぼえないほどムカシの話である。私はまとめかけては中止し、まとめかけては中止した。そのうち本当に中止してしまった。二、三年たった頃、突然吉川さんから催促状がきた。本当のことをいうと、吉川さんはもう完全に私に愛想をつかしているだろうと思っている時だったので、私は少なからず驚いた。で、またやり直しをはじめたが、進行具合は前と同様で、私は再び中止状態に落ち入ってしまった。

二度目の催促状が来たのは、去年の秋の半ば頃だった。年末が近づくにつれ、私はこの約束を今年中に果さねば男がすたると思って、二週間ほどかかりっきりになって、やっと仕上げたものである。

電話をかけると吉川さんが自家用車を自家運転して駆けつけてくださった。車の名前は忘れたが、和服に草履ばきという吉川さんのいでたちが、とてつもなく素晴らしかった。私は幸福を感じた。

某月某日

随筆集の校正をする。五頁ほどしたら疲れが出て中止にした。

某月某日

暑さがぶりかえしたので、ここ数日運転中止にしていた扇風機をもう一度かけることにする。かけるとヘンな音がするのが閉口である。

八月の半ば頃だったが、どちらかというと暑さずきの私も、さすが今年の暑さにはたまりかねて、妻に命じて扇風機を買いにやった。買って来た扇風機を組立てて、電流を通してみるとヘンな音が鳴り出した。販売店で試験はして貰わなかったのかと妻に訊くと、T電機は一流メーカーだから、無試験でパスさせてやったとの返事だった。プロペラが吹き飛びそうな気がして恐いので、販売店に電話をかけて音をきいて貰ったが、電話ではよく分らないので、持ってくれれば直してやるとのことだった。

あいにくな時には、あいにくなことが発生するものである。妻は重い器具をさげて帰ったので、持病のリューマチ性神経痛を起してしまった。持って行けばなお悪くなる危険性があるので取り止めにした。こういうわけで、ヘンな音のする扇風機は、ヘンな音を出しつつ、八月一ぱい、とにもかくにも私の防暑のご用を勤めてくれたのである。

大分なれたつもりでいたが、今日数日ぶりにかけてみると、音が前より一層ヘンに私の神経を刺戟した。それればかりが原因でもあるまいが、今日も私は校正の方は五頁ほどしか進まなかった。

著述業

十日ほど前、職業別電話帳の交換があった。私の家ではこの電話帳を利用したことは殆んどないので、今回も一回も使わないうちに交換になったのかも知れなかった。上下二冊もあるこの大冊は、どうやら貸してもらっているような形なので、屑屋にはらうわけにもゆかず、ふだんは持てあまし気味なのがわが家の実状である。

今日、私は昼飯ができるまで少時間、その電話帳を持ち出して日なたぼっこをした。著述業のところをひろげて調べてみたが、私の名前は出ていなかった。これは私が思っていたとおりだった。

八、九年前電話の申込みをした時、私は職業欄に著述業と記入した。申込用紙を受取った女の子が、これはと（著述業の文字の上を指で叩いて）どんな商売かと訊いたので、ものをかく商売だと答えておいたが、女の子に十分通じたかどうか怪しいものだった。

多分そういうことが元で、私の職業は電話帳の上では無職となっているのである。無職も著述業も大して変りはないと思って、別に訂正を申込む気にもなれずそのままになっているのである。

でも私は旅行をして宿屋に泊る時には、宿帳にはっきりと著述業と書く。無職も著述業もおなじではないかという気は起きない。女中の手前、多少でも金がありそうな顔がしてみたいのである。

ところが私が泊る宿屋は二、三流どころが多い為か、この著述業が何をする商売か相手に通じたことは一ぺんもない。何やら変にむつかしい商売があればあるもんだくらいには思うらしいが、女中は電話局の受付係とはちがって、深くは追及しないから、それっきりになってしまうのが常である。

職業欄は見なくても名前だけ見て、アッ、このひとは小説家だ、と分るようになればしめたものであろうが、私などその点非常にらくなものである。らくだなどというとひねくれた言い方だと思うひとがあるかも知れないが、私は本当にそう思うのである。

私は旅行に出て、宿屋で多少は粗末にされた方がすきなのだ。あまり粗末にされすぎても困るが、ちょっとくらい粗末にされた方が、もてるのよりは好きなのだ。

誰がつくったのかは知らないが、私は昔から著述業という言葉は、字画も語感もあまりすきではなかった。仕方なく、戸口調査その他主として官庁向けにだけつかって来た。今でもそうである。けれども旅行して宿屋に泊る時だけはがらりと気がかわって、この言葉がすきになる。感謝の念さえわいてくる。いくら無名でも、著述業という言葉がなかったら、戦争中の雑炊食堂の行列のように、並ばねば損だ式に色紙など持ち出されないとは限らないからである。

枚数と時間

いまから三十年ほど前、われわれが同人雑誌をやっていた時、ある年の忘年会である男が「おれは来年は一日一枚平均書く」と揚言して皆んなからどやしつけられた。どやしつけられたというのは大袈裟だが、はじめ一枚平均という数字にひっかかって何だヘンくらいに思っていた一同も、よく考えてみるとそれは三十枚の短篇を十二も書かなければならないことがわかって、そんな無茶なことができるかという結論に達したのである。

今日の常識からすればまるで嘘みたいな話だが、いまの若い人は一日何枚平均を目標にしているのであろうか。もし同人会の席上で、おれは一日一枚平均云々とでも云ったら、反対の意味でどやしつけられるのではあるまいか。

時代がかわったのであるから、その是非をいう資格は私にはない。しかし考えてみるのに、私が三十年前、志を大きく立てて、一日一枚平均を実行していたとすれば、私の書架には短篇集がずらりと三十冊ならんでいる筈である。もしその姿を自分がみたら、やはり少々うんざりするのではないかというような気がしてならない。

今日雑誌をよんでいたら、ある人がある人の説を次のように紹介しているのが目にとまった。

「人間が行なう性交行為は、お盛んな方で（一生の間に）数千回、一見多いように感じられるが、これに費す時間は、累計たった百七十時間。日に直すと一週間と二時間。しかも息づまるような絶頂感は、人間一生を通じて十数時間そこそこだ。こう思えば人生ははかないもので、このたった十数時間のためにあらゆる犠牲を払い、歓喜し、笑い、泣き、怒り、人のもつあらゆる努力を払っていることになる。」と。

面白い統計だと思って味読したが、この十数時間という時間に多少の疑問がおきた。統計のとり方の基準によってどうでもころぶのは云うまでもないが、私の計算によると、絶頂感の累計はせいぜい二、三時間くらいにしかならない。

人生わずか二、三時間、芸術のむつかしさ、小説のむつかしさも、大体それに似たもののように思われた。

カロッサの金言

町医者であったカロッサは、『ドクトル・ビュルゲルの運命』のはじめの方に、

「よく私が患者たちに、その病状や私の処置に関して余儀なく言う些細な嘘や、また隠しごと、それはやはり嘘ではないのか。ところでだれが嘘を口にしながら、その内部で、たとえ影の影ほどでも、自己を疎外し、自己をいつわらないでいられようか。けれどもそれが毎日のことになり、偽装が仕事のようになってしまい、もうなんの恥ずかしさもおぼえなくなってしまったら、——一体まだどこに高貴なみずからへの道があるだろうか」

と反省している。この反省が彼の身上のようである。


私はむかし彼の従軍もの『ルーマニア日記』を読んで感動した。その中に戦線の砲声をのんびりと暖炉の中で火がもえる音にたとえているところがあった。こう書いただけでは意がつくせないのだが、しずかで落ち着いた心境でなければ書けるものではなかった。また別の

戦線で病気の仔猫を一晩じゅう看病してその死を見とどけてやるところがあった。しかしこれもこう書いただけでは私の意はつくせない。ある戦線では何千軒という家が破壊された中に、たった一軒だけが無事にのこっていた。それを彼はこういう風に書いていた。

「千軒もの家がこわされたなかに、たった一軒の家がそこなわれずにいるかどうかなんてことは、普通の意味では何でもないことを、私はよくよく心得ている。しかし私の心には、あのような半ば夢想の護り場所が必要なのだ。それは私の心にとっては住家であると同時に獲物なのだ」

　彼の精神が求めていたものは何であったか、それは専門の評家にまかせた方がよさそうだが、一と口だけ言わせてもらうと、人間がそうあらねばならぬ本然的なもの、それをさがし求めている作者の息づかいがひしひしとこちらに伝わってくる。心がひきしまる。彼はおしゃべりではない。自分の経験に即して実に鋭利な観察でものを言う。だからページの各所で金言ならぬ金言にでくわす。その金言は金言だけをちょんぎって披露はできぬ彼独自の文体である。私は見ならいたいのだ。

報告

随筆というやつは何を書こうかと思案するのに案外時間がかかる。ひとはどうか知らないが私はそうである。こんどもあれにしようかこれにしようかと迷っているうちに時間がきてしまった。机に向って紙をひろげてもまだきまらない。

窓ぎわまで立って行ってぼんやり庭を見ていると、今年はうちの庭には葉鶏頭が一本も生えていないのに気づいた。

この葉鶏頭のことは前にも随筆に書いたことがある。そもそも発端は昭和三十六年の晩春、私の女房が近所の家から苗をもらって来たのが元である。葉鶏頭は移植に弱いのでその年の成績はあまりかんばしく行かなかった。せいぜい、一尺か一尺五寸伸びただけであった。前に書いた随筆には何尺伸びたと書いたかは忘れた。その随筆を出して見ると分るのだが、私はこういう時、前に書いたものは見ないことにしている。見ると新しいのが書けなくなるのである。
ところがその次の年に自然発生した葉鶏頭のものすごさといったらなかった。美しさのことは省略するが、背丈が私の背丈よりもうんと高く伸びた。その次の年もほぼ同様であった。ところが三年目になってガタ落ちした。二年の間に葉鶏頭のやつ、葉鶏頭に必要な養分を土から吸い取ってしまったのである。

その次の年にも生えるのは生えたが、高さはやっと二尺くらいまでしか伸びなかった。その次の年はもっとひどく、高くのびたやつでも、五、六寸程度を出でなかった。

ことわっておくが私の女房が肥料をケチケチしたのではない。彼女はことのほか肥料ずきで、町へ出ても晩飯のおかずは倹約しても、肥料を買ってくることが度々なのである。そのため肥料をやりすぎて、草木を枯らすことも度々である。

思うに、葉鶏頭には葉鶏頭に必要な特殊な養分があるらしい。その養分はちょっと人工ではつくれない、不思議な養分であるらしい。だからはじめての土地に実生《みしょう》が生えると、人間で言えば来年の貯蓄のことなど忘れて、栄養不良児みたいにがつがつ養分を吸い上げてしまうものらしい。

私も栄養失調の経験はあるのでその気持がわからぬではない。まんべんなくやるのが才能なら、一度にどっとやるのも才能である。そうは思って見たものの、あったものがなくなるのはやはり一種のショックであった。前に随筆に書いた手前もあるので、ここにその顚末をご報告申し上げておく次第である。昭和三十六年から数えると、今年は五年目にあたるから、今年と昭和三十六年を差し引くと、うちに生えた葉鶏頭の寿命はわずか四年だったということになる。

たしか昭和三十八年だったと思うが、毎日放送の篠崎礼子さんが所用で私の家に来て、私の家の庭の葉鶏頭を大層ほめてくれた。篠崎さんは葉鶏頭が大好きで、篠崎さんのお母さんは篠崎さんよりもっと大好きだということだった。

これが御縁になって、篠崎さんはたまにパーティーなどで逢うと、にっこりと私に微笑みかけてくれるのである。私もにっこりと微笑み返すのは言うまでもない。ちかごろは男と女が微笑を交してもうたぐり深い目で見るものは少くなったが、なかにはあの微笑は何だろうと不審に思った人が一人もないとは限らない。打ちあけるほどのことでもないが、二人の微笑のカゲには、葉鶏頭の取り持つ縁で、おそらく私と同年輩であろうお母さんの姿が、後にひかえていたのである。

十日ほど前、私は篠崎さんとあるパーティーで出逢った。篠崎さんは取材に来ていたので忙しくしていて、お母さんのことも葉鶏頭のことも話す暇がなかった。いや、その時は私はまだうちの葉鶏頭が今年は生えていないことに気がついていなかった。だから、こんどこの報告——随筆を書く気になったのも、まっさきに篠崎さんの顔を思いうかべてのことである。

ボケの実　歳末雑感

師走だからといって、別にかわったこともない。机の上においていたボケの実がくさりかけたくらいのものである。

もともとわが家の庭にあるボケは、花は白だといって買ったものである。カンバンにいつわりなく白い花が咲くが、それとは別に赤い花も咲く。根っこの方の台木が芽ぶいて咲くとそれが赤い花になる。ところが白い花の咲く枝よりも、赤い花の咲く枝の方が三倍も勢力がいい。台木の芽を摘みとったり切りすてたりするのにかなりの努力がいるわけだが、今年はついうっかりしている間に、赤い花の咲いた枝にボケが実を二つぶらさげた。

十月のはじめごろ、大きな実が地上にころげおちた。女房がどこからきいてきたのか、ボケ酒をつくってやろうかと進言したが私は辞退した。私は今年が還暦だからボケ酒などのんでぼけたくなかった。それもあるがこの実がじつにいい芳香を放つのを知って、焼酎につけるのがもったいなく、机の上に置いてにおいをかぐことにしたのである。ボケの芳香はくさりかける前が一番すばらしかった。

来年のことを言うと鬼が笑うかも知れないが、私は来年はボケの木は天然自然にまかせて、赤い花を沢山咲かせてやるつもりである。都会娘のような白い花には少々あきが来た。苦労ばかりかけて実の一つもつけやしない。咲きたければ咲いてもかまわぬが、来年は気持ちとして私は赤に転向である。しこたま実がなったらボケ酒をしこたまつくって、友人にもじゃんじゃん飲ませてやりたい。というのがまあ、私の歳末雑感である。

六度目の年男

明治三十七甲辰生まれの私は、今年還暦に達する。うれしくて仕様がない。こんなうれしいことがほかにまた二つとあろうか。

それというのも昨年の一年は私には実に長い一年だった。子供の時正月を待っているような待ち遠しい気持ちでくらした。普通の年、年をとるのはちょっとさびしいものだが、去年から今年にかけては例外中の例外だった。せっかく数え年の六十になったのだから、満でも六十まで生きてやれという欲が出たのである。

欲には不安がつきまとう。例にあげては恐縮になるかも知れないが、つい最近、映画監督の小津安二郎さんは、還暦を数日後にひかえてなくなった。ひとごととは思えず私は残念な気がした。

ああいうこともあるからまだまだ手放しで楽観はゆるされないが、二十代の時、三十代の時、四十代の時、私は自分が六十まで生きるとは考えてもいなかった。自分の父親が五十代で死んだという引け目もあった。

そういう私にも、今年の三月が来さえすれば、還暦の日が迎えられそうな気分が格別なのだ。あとはわが人生の儲《もうけ》もの、天から勲章をもらったようなものである。

人生なんてそんなにおもしろいところでもなかったというのが私の六十年の実感だが、行きの汽車では見なかったところが相当沢山あるので、帰りの汽車では勲章を胸にぶらさげて、ゆっくり見物することにしよう。

III

右か左か　青か赤か

去る一月十九日から一月二十三日まで、米原子力空母エンタープライズが佐世保港に滞在した。新聞の写真を見ながら、私の思ったことは、私が昭和二十一年満洲から引揚げの時、三十数日間も滞在していたのは、あああの辺だったのだなということだった。

三十数日間も滞在したのはコレラ患者が引揚船に発生して、上陸がなかなか許可されないからであった。一昨年佐世保に行った時、私は佐世保の裏山夕張岳に上って、その位置を見定めようとしたが、それはどうしても私の記憶だけでは不可能だった。天然自然の良港といわれるだけあって、佐世保の湾は海と陸と島とが二重三重に入り乱れたような感じで、おおよその見当をつけることさえ困難だったのである。新聞写真は飛行機で海側の方から写していたので、やっと大体の位置を推定することが出来たというわけである。

私は洋服のズボンをはく時、左足からはく。こんなことは長年無意識にやっていたのだが、ある時人に尋ねられて明答できなかったのが元で、自分で自分を調べて見たところそうであることが分った。しかし何故自分が左からはくようになったのかその訳はわからない。

私たちが小学校のとき、私たち生徒は全部和服でおしとおした。今言葉でいうパンツ、むかしは猿股といった下ばきも滅多にははかなかった。はくのは運動会で駈けっこをする時ぐらいのものだった。私たちのあこがれは、大人になって白木綿のフンドシをしめることにあったのである。

小学校の体操の時間、前へオイの時、足は左から出すものだと先生から教えられた。従順な生徒であった私たちは、素直に先生の教えに従った。そういうことが元で洋服のズボンも左足からはくようになったのか、それとも他に理由があったのか、色々考えてみるがはっきりしたことは今もって自分ではわからない。

戦後、左側通行が右側通行にかわった時、私はずいぶん戸惑いを感じた。年が四十をすぎて骨が固くなったせいもあったであろうが、もともと私は頭の切替がうまく出来ない性なのである。その頃私の外出には徒歩と自転車と二とおりあった。いまは歩いているのだから右、いま自転車だから左、と自分で自分に言いきかす頭の作業がたいへんだった。それも初めのうちは交通がはげしくなかったので、どうやらこうやらゴマかせたが、いまから八年ほど前、身に危険を感じた私は、自転車は屑屋に売りはらってしまった。屑屋は屑鉄代として百五十円私にくれた。

私は左側通行が右側通行にかわったのは、アメリカの占領政策によるものかどうかをよく知らない。しかし当時思ったことを一つだけ述べると、日本の交通の基幹は何んといっても鉄道ではないかということだった。すべて物事をあらためるには、この基幹を第一にして、それから順次枝葉に及ぼすのが尋常のやり方ではなかろうかということだった。

戦後私は満洲の長春にいたが、満洲を占領したソ連軍も、占領早々左側通行を右側通行に改めた。それと同時に電車の運転も左側通行から右側通行に改めた。占領された方は万事おもしろくなかったので、郷に入りては郷に従ったらどんなものかと私などツムジをまげたものだが、後からよく考えてみると、あれは甚だ合理的なやり方だったのだと思い直した。

日本の国鉄は今もって左側通行を頑固にまもりつづけている。お得意の予算の関係なのかと私は思っていたが、新設された新幹線その他の高架線などでも皆そうなのだから、必ずしも予算のことばかりではないらしい。どこの駅へ行って見ても「ここは左側通行です」の札がいまだにぶらさがっている。あれは一体どういうことなのだろう。私のような明治生れの人間に、故郷へ帰ったような懐旧気分をめぐんでやろうという了簡ならその気持はありがたいが、実際問題としては、ああ左といえば茶碗を持つ方の手だったな、と一ぺん一ぺん自分で自分を確かめて見なくてはならないところが、どうにもこうにも困りものなのである。

去年の年末ある祝賀パーティの帰り、私は湘南住いのある女のひとと一緒になった。もっとくわしくいうと女のひとが拾ったタクシーに私が便乗させてもらったのである。東京駅でキップを買う時、二人ともキップ売場がすぐには分らず当惑した。が、ともかくさがし出して、それぞれの窓口でキップを買うと、女のひとには青キップ、私には赤キップをくれた。

私は祝い酒が少し入っていたので、「おや、あなたは一等ですか。さすがは別荘地に住んでいる人はちがったもんですなあ」と女のひとにひやかしの言葉をあびせると、「ちがいますわよ。私も二等ですよ」と女のひとがムキになって言った。それで念のため顔つき合わせて二人のキップを並べてしらべてみると、なるほど両方ともまぎれもない二等キップだった。しかし何だかわけがよくわからなかったので、もう一度改札口で鋏を入れてもらう時、駅員にわけをきいてみると、現在二等キップは二種類発行されているのだということだった。

私たちは大笑いして別れた。ちかごろ私はあんなに大笑いしたことはなかった。女のひとも同様のようであった。つい数日前、別のパーティで女のひとに会った時、私たちはもう一度大笑いした。はたの人が何がそんなにおかしいのかときいたが、ちょっとやそこらでは説明ができないので、説明するのはやめにした。

私の推察によれば、キップだけ青にしても中身がかわらなければ当事者としては気がひけるので、なるべく人には気づかれないように元の姿に戻しているらしいのである。大笑いさせてもらったお礼に、これは近頃めずらしいおもしろい考え方だとほめておく。

割カンについて　くらしのエチケット

国電のキップ売場で、キップ買いの競争をしている人に、時々ぶつかることがある。こうした人にかぎって、行列を無視して、一番前に飛びこんでくるから奇妙である。男性よりも御婦人に多い現象である。

しかし私なんかも経験のあることだが、十円の国電キップ、十五円のバス代をおごられて、大きな顔をされたのでは、たまったもんではない。相手は別に大きな顔をしているつもりではあるまいが、こちらは何となくそんな気がすることもある。そこらへんの所を、おごる人は考慮のうちに入れておいてもらいたいものである。

さて右のようなのは金額のタカが知れているが、呑ン平の私が、過去四半世紀に人からおごってもらった酒を金目に直すと、どの位になるであろう。ちょっと見当もつかない。たいていの場合、「おい、パイ一やろうか」「だってぼくは〇がない」「〇なんかいいよ」といったような塩梅で、それが四半世紀もつづいてしまったのである。

人徳の致すところと片づければ外聞はいいが、実は私はいささか、それが苦になって来たところである。別におごってくれた人に返す必要もあるまいが、人が呑ませてくれた位の酒は、誰か他の者にでも呑ませてやって、それから、この世をおさらばしたいのである。

齢をとってつまらぬことを気に病むより、はじめから割カン主義に徹すべきだった。俗な言い方をすれば、徹して居れば、私も、もう少しは「出世」していたに違いなかったのである。

バスの中

二、三年前であったろうか、あるPR誌のアンケートに答えて、私はご婦人の悪口を書いたことがある。その悪口は、私がいつも乗降りする国電駅のキップ売場に並んでいると、横っちょからつかつかと出て来て、行列を尻目に、キップの買逃げをするご婦人をヒナンしたのだった。

ところが、それは今でも変りはないのである。横っちょから出てくるのはご婦人にきまっているのである。図々しいというのか、厚顔というのか、無恥というのか、何というのかよく分らないが、私は腹が立って、

「ねえ、キミ、キミ、みんなこうして並んでいるんだぜ」

と五度に一度は余計なお節介をいってやる。が、そういう時、

「あら、そう」

と相手は尤もらしい返事はするが、行列の尻にくっつくかと思うとさに非ず、

とか何とか窓口にお金を突き出し、キップをうばうようにして早逃げしてしまうから、六十のじいちゃんの私の忠告たるや、屁にも等しい結果になるのがおきまりなのである。

「有楽町一枚」

もう一年以上も前のことになるが、私は交通事故で足の骨を折って二ヵ月ばかり入院したことがある。退院して何日かして初めて通院という日、私はバスに乗った。むろん松葉杖をついて、足にはギブスをはめたままの痛々しい恰好であった。二段か三段かあるバスの階段をのぼるのも命がけみたいな思いで、私はやっとバスに乗ったが誰一人として席をゆずってくれるものはなかった。

丁度時刻は午後一時から二時の中間で、郊外の団地にでも住んでいるらしいご婦人が買物籠を持って、四十人の定員とすれば四十五人位乗っていたが、

「じいちゃん、お気の毒ねえ。でも、そんな重病人はタクシーにでも乗った方が無難じゃないかしら。今度からはそうしなさいね」

と言わんばかりの顔をして、私の不恰好な姿を見ているだけなのである。

私は左の腕に松葉杖をかかえ、右の手でバスの金具につかまり、ゆらぐバスの中に一本足でつっ立って、汗だくだく、やっとの思いで終点まで着くことができたのである。

私は断然、病院ゆきは中止してしまった。

少々治りはおくれても、イヤな目にあいたくなかったのである。

が、どうしても外出しなければならない用事ができて、それから半月位すぎたある日、やはり同じような恰好で同じバスに乗ると、その日は女子高校生がぎっしりだった。

私は女子高校生は団地夫人よりも純情であろうから、ひょっとしたら席をゆずってくれるかもしれないと思った。が、私の勝手な期待は完全に裏切られた。

「じいちゃん、何をきょろきょろしているの。そのお気持は、わからないでもないけれど、あたしたちだって、学校の勉強で疲れているのよ」

というようなしかつめらしい顔をして、とうとう一人も席をゆずってくれるものはなかったのである。

偶然にもその高校の校長は、私の友人だったので、私は腹立ちまぎれに、

「こら、お前ところの教育方針は、なっちょらんぞ」

と電話でもかけてやろうかと思ったが、思い直してヤメにした。そんなら貴様うちの生徒を一人、大学に闇入学させてくれるかと逆襲でもされたら返す言葉に窮するからであった。

生存競争ははげしいのである。

それをうまく調整するのが政治家であろうが、政治家もご自分の生存競争に一生懸命のようである。

すみません

人に迷惑をかけたら、すみませんと一言くらい云ったらどんなもんだろう。しかしこれをいうと、現代人の資格を欠くことになるらしい。

私のところにも時々まちがいの電話がかかってくる。

「何々さんでしょうか」

「いや、ちがいます」

ガチャンと電話をきる。

あたかも私が悪いことをした人間でもあるかのように。

尾籠な話になって恐縮であるが、便所にはいっている時なんか、急ぎカラブキして出てくる場合だってあるのだ。衛生にも悪いし、健康にもよい筈がない。

ところが先日一日の労をいやすべく、おもむろに晩酌を一杯やっている所へ電話がかかってきた。

「もしもし、何々君がそちらへ行っているだろう」

相手が高飛車に出た。

「いや、来ていません」

私は正直に答えた。

「ナニ、行ってない？」

相手がおこり出した。

「それはおかしいね。では某々君は行っているか」

「いや、某々君も来ておりません」

「へんだなあ」

「はあ、どうも」

「それでは何々君が行ったら、こちらへすぐ電話をかけるように云ってくれ」

「ハイ、かしこまりました。来たらすぐにそう申し伝えます」

座にもどると、酒の相手をしてくれていた女房が、

「どなたからかかって来たんですか」ときいた。

「名前を云わないから、誰だか分らない。こちらは聞かれたことをありのまま返事してやったまでのことさ、……」

あか電話

二タ月ほど前、ある新聞社の何とか次長の肩書を持つK女史が、髪は金髪にそめ、形は二百三高地型に結って私を訪ねて来て、息をはずませて云った。

「先生の家が分らなくて困っちゃったわ。それでそこのお菓子屋さんで電話をかけたんだけれど、ちっとも通じないじゃないの。先生、まさか電話を売ったんじゃないでしょうね」

「売りはせんよ。君が粗忽者なんだ。あの菓子屋は市外電話、わが家は市内電話なんだから、初めに03をくっつけなくちゃ通じないんだ。距離はたった三百米でも、こちらは歴とした都内居住者なんだからね」

「なあんだ。そういうことだったの。先生はひでえ所に住んでいるのね」

「ひでえのは君だよ。とかく新聞記者は電話にかかりたがる。電話などかけなくとも、口できけばすぐ解ることだったのだ」

「あたしバカみたわ。電話料金を三通話も損しちゃった」

「そりゃお気の毒みたいだが、ぼくに補償の義務はないぞ。何も国会あたりの真似をして云うわけではないけれど」

「でも先生、よろこびなさい。あたし偶然だけれど、面白いことを発見しちゃったの。市外から03を廻さないで先生の所に電話をかけると、誰が出てくると思う？」

「そいつはちょっとは解らんね。いかに木山大先生の大直感をもってしても、……しかしまさか、刑務所や火葬場が出てくる訳ではないだろう」

「ううん、もっといいところ……」

「銀座あたりのバーか何かか？」

「おあいにくさま。もうちょっと神聖なところよ」

「いやにじらすなあ。あまりじらすと、君が多分今日持ってきている筈であろう用件をきいてやらないよ」

「では申しあげます。先生のところへ電話をかけると、美しい女の声がきこえ、妙《たえ》なるオルゴールの音も一緒にきこえて参ります」

「ちぇッ、またじらすのか」

「じらしは致しません。つまりそれはお天気相談所が天気予報を報じている声なのであります」

そのあと女史が持出した用件は、一分間とかからないで片がついた。女史は待たせてあった自動車にふんぞり返って、意気揚々と引きあげて行った。

遅咲きの桜が満開の郊外の道に、新聞社の社旗がぱたぱたとはためいた。

さていつの間にか二タ月がすぎて、つい数日前のこと、私は菓子屋の前でバスを待っていたが、バスがなかなかやって来ないので、時間つなぎにわが家に赤電話をかけてみることにした。いつか一ぺんはきいておきたいと思っていたきれいな女の声とオルゴールの音を、実地にわが耳に入れておきたかったのである。ところが十円玉を何回いれてダイヤルを廻してもツーともカーとも返事はなく、十円玉は徒らに下にころがり出るばかりであった。

気の毒とみてとった菓子屋のおかみさんが出て来て云った。

「どこへかけていらっしゃるんですか」

「いやあ、ちょっと家内に云い忘れたことがあるんでね」

私は嘘を云った。

「それは駄目ですよ。お宅へかける時は、一たん武蔵野局を呼び出して、つなぎ直してもらわなくっちゃ、かかりませんよ。どれ、わたしがつないであげましょう」

「いや、もういいんです。大した用事でもないんですから。あ、バスが来ました」

私はあわてて菓子屋の軒先をとび出し、往来の向う側へ渡った。

私はまんまと食わされていたのである。こういうのは何仕掛というのか知らないが、私は二箇月間も女史のぺてんにいい気持で引っかかっていたという次第であった。

たまたま、その日の読売の夕刊のコラムに電話の話が出た。筆者は云うまでもなく女史と同業の新聞記者で、この記者先生、ずいぶん早婚と見えて、もう孫があるのだそうである。そのお孫さんが電話ずきで、記者先生にかかってくる電話の取次が上手で、「先生、いらっしゃいますか?」とかかってくると、「先生を呼ぶんですか? 先生ですか」と先生の押売りをしたりしてご満悦であったが、幼稚園へ行くようになってから、「先生って、幼稚園の先生みたいに、えらい人のことを云うのよ」と一本やられてべそをかいている一文であった。

私は苦笑同感、その記事を鋏で切抜きながら、ひょっとしたら、この記者先生、新聞社お膝元の銀座あたりの高級バーで、何とかいうインチキ・ウィスキーを舶来のウィスキーと誤信して、じゃんじゃん飲まされた一人ではないかと、勝手な想像をめぐらした。

わたしの失言

失言は頓馬《とんま》からおこることもあれば、性急《せっかち》からおこることもあり、からだ具合の悪い時におこることもある。

いまから十八年ほど前、私は杉並区の西のはずれのような所で自炊していた。言うまでもなく男のやもめぐらしで、古い諺が教えているとおり、ウジがわきかねないような生活だった。あろうことか無かろうことか、尾籠な話で恐縮になるが、私は痔をわるくした。尾籠にもこまったが、なお一層こまったのは、薬をぬったあとの衣類のあと始末だった。

考えあぐんだ末、私は薬屋へ月経帯を買いに行った。女主人が三つほど見本を出してくれた。私はとっくに四十歳を越えていたがどれを選んでいいか迷っている所へ、世間なれした三十すぎの婦人が入ってきたので、

「奥さん、どれがいいでしょうか。教えてくださいよ」と助力をもとめると、

「失礼しちゃうわ。あたし、奥さんじゃなくてよ」とその婦人がきつい目玉で私をにらみつけ、地べたを蹴るようにして店を出て行った。

あわてふためいた私は、とうとう月経帯を買わないで店を出た。「じゃあ又、この次にします」とかなんとか女主人に言ったとは思うが、それさえはっきり覚えていないほどのあわて様だった。

あとで考えてみると、その婦人はやはり生粋の処女だったのかも知れなかった。当時流行していた日本のカミシモを変形したような、四角形の洋服を着て、背中をまる見えにしているのが印象的だった。むろん婦人が何を買いに来たのかは、私の想像力の及ぶところではなかった。

行列の尻っ尾

薫風かおる五月晴れのある日、私はミロのビーナスを見に行った。上野駅の山側の改札口を出たのがちょうど十一時だった。すぐ目の前に行列があったので、列に沿って反対に歩いた。ところが行けども行けども尻っ尾が見つからない。こんなことなら、上野で下車しないで、鶯谷で下車した方がよかったという地点まできた。

ちょっとした失敗だったので、私は行列している人間の顔をのぞきのぞき歩くことにした。もしも誰か知合いがいたら、「やあ」と一声、声をかけてやろうと思ったのだ。知合いを利用して、割込みをしてやろうという了簡は、更になかった。割込みに成功しても後味がわるくなって、美女を鑑賞する時の邪魔になって、それこそマイナスの方が多くなるに決っていた。

ところが東京は広いというのか何というのか、エンエンとつづく行列の中に、私は一人の知人も見つけることが出来なかった。上野の山下近くまで来ると、行列が十重《とえ》二十重《はたえ》になって、同じ地点を堂々めぐりしなければならなかった。都電通りまではみ出しては、交通の邪魔になるからそうしているもののようであったがそのかわり、尻っ尾がどこにあるのか分らなくなった。でもやっと捜し出して時計を見ると、その時がちょうど十一時半であった。こんなことなら、御徒町《おかちまち》で下車した方が、時間が少なくとも二十分は倹約になっただろうと思ったが、それは後の祭……。

帽子をぬいで額の汗をふいていると、誰かが行列の整理員にこれからどのくらい待ったら入館できるかと聞いているのが聞えた。「まあ、四時間でしょうね」とメガホンを持った整理員が返事しているのが聞えた。

「四時間か。一と雨ざあっと、夕立でも降って来ないもんかなあ」

私は声に出して叫んだ。しかし周囲からは何の反響もなかった。私はカサの用意をして来ているのではなかった。もし夕立がきたら、私は一番に逃げ出さなければならなかった。女のひとの中には持って来ているのがあって、そんなのはちゃんとカサを日かげにして、カサの中で本をよんでいるのもあった。

私の前にいる二人づれの若い女は、カサは持って来ていなかった。二人とも齢は二十歳前後のようであった。

私は退屈まぎれに、行列の性別をしらべてみた。動いている人間だから、うまくは数えられないが、だいたいにおいて男を三十五とすれば女が六十五くらいの比率になるようであった。

「ねえ、ねえ、この行列をみてごらん。女性の方がずっと多数だよ。やはりビーナスに関心を持つのは、せんじつめれば同性である女性がビーナスに嫉妬心をもやしている証拠になるのかなあ」

と私が一大発見でもしたように、前の女の子の肩をたたいて言うと、

「嫉妬とは何の関係もありません。おじさん、今日は火曜日なんですよ」

と女の子が言った。そういわれてみて気づいたが、女性は十代、二十代、三十代と若いところをつらぬいているのに、男性と来ては学校をさぼってきたもの以外は、五十五歳以上の男ばかりのようであった。

一本やられた私はくやしまぎれに、

「尻っ尾のうまいものって、何だか知っているかい？」

「タクアンでしょう」

「そのとおり、ご明答。ところがもう一つあるんだ。これは多分知らないだろうから、館までの宿題ということにしておこう」

「あらいやだ。気を持たせるなんて、意地わるじいさんのすることよ」

「ねえ、おじさん、教えてよ」

「ダメだ。ダメだ。君たち若いものは、ものをよく考える習慣をつけなくっちゃ。そういう習慣をつけておくと、へんな男にひっかかったりする心配がなくなるのだ」

私は行列を逆順に歩いたので、科学博物館の前に鯨の標本がたくさん並んでいるのを知っていた。そこまで行ったとき、教えてやるつもりだった。鯨は魚ではないから、頭よりも尻っ尾の方がうまいのだ。

一時間ほどすると、行列の尻っ尾ははるか彼方に去って、やっと行列が一列になった。一列といっても本当は三人並びだったが、私はふと気づくと、前の女の子がはいていたクツが、何だか様子がちがっていた。

「どうもおれは変だぞ。足がくたびれたので、視神経までくるってきたのかなあ。どうもおれはへんだ」

と不審がると、

「ふ、ふ、ふ」

と、もう一人の女の子がふき出した。それで私も大体の想像がついた。

「なんだ、君たち、目の前にいるおれの目をごまかして、クツの交換をしたんだね。しかし驚いたなあ。クツの交換をすると、少しは足のくたびれがなおるかい」

「とてもいい気持です」

「だったら、おじさんも仲間にいれてくれないか」

「それは、お断りします」

私は言下に拒絶された。

二時間ほどすぎたとき、私の足の甲にマメができた。マメはたいてい足の裏にできるものだが、足の甲にできたのは、私が寸暇を利用して、何度も地べたにしゃがんだり立ったりを繰返したためのようであった。

「あと、まだ二時間か。しかしいま、ここで帰ったら損だろうなあ」

私がいくらかヤケを起して、そう言うと、

「おじさん、絶対に帰ってはいけません。もしおじさんが、あたしたちの前にいるんだったら話が別だけれど」

と女の子が止めた。

「じゃ、おつきあいさせてもらうことにしよう。君たちも、こういうときによく男ができるもんだが、今日は若い男の子が少なくて、何だか申訳ないみたいだなあ」

私がとめてくれたお礼みたいにいうと、

「あたしたち、男は一人あれば沢山です。二人とも、一人あるんです」

とまた一本やられた。

一寸きざみに歩いて美術館の正門まで来たが、そこで中に入れるのではなかった。もう一度美術館の裏へまわり、それから更にその裏の科学博物館の裏へまわり、そしてもう一度美術館の正門に舞い戻ったときが本格的の入場であった。そのとき、時計を見るとちょうど四時十五分であった。私はついうっかりして、科学博物館の前にある鯨の宿題のことはすっかり忘れてしまった。

捷平さんの東京見学

ビアホール・ローゼンケラー

夜ふけて階段をおりて行くという気持、あれはいいものである。こつこつ、靴の音だけが、ビルのしじまにこだまする。

ここは銀座のどまんなか。地下一階の酒場がある。お客さんは外人と日本人がゴブゴブ。飲むほどに酔うほどに、私はスウエーデンの片田舎にあるが如き気分になった。芳紀まさに十七歳の彼女は、食器戸棚の引出をあける時は手であけるが、しめる時は腹でおす。お嫁さんに行ってからは、絶対にしてはいけないこと――。それをいまのうちにタンノウしておこう、というつもりなのかもしれない。

カンゲキに胸ふるわせて、陶唇をカチンと合わせた一瞬……。

東京タワー展望台

上にあがるのはいい気持である。精神よりもむしろ肉体が、その事実を承認する。あがる時間を、時計ではかってみたら、丁度一分かかった。もっともっと上りたいのだが、エレベーターはそこでストップ。

展望台は田舎からきたおのぼりさんでぎっしりである。

「おばさんお願いします。ぼくを先に見させてください」

「あら、いやなことだ」

「でも、今日は年の順ということにして」

「そんならよろし」

おばさんはにっこり。

はるか彼方の東京湾を船がゆく。船がゆく、ボウ州の方に向って船がゆく。

後楽園スタジアム

東京はもう初夏だ。欲ふかくジェット・コースターに乗り、ローターに乗り、野球場にはいってから、私はこう感じた。土曜でも日曜でもないのに、この超満員の人の渦。若さにはじける、エネルギッシュなアトモスフィアー。

へっぴり腰で自席をさがすもどかしさ。だが、席はどこにあるのか見当もつかない。

「くたびれ休みに、まあ、ちょっと一杯」

ということになるのも、お年のせいかも知れない。

頭が暑い。帽子は忘れてきた。

このあとすぐ、左方にホームランが飛んできたのも知らないほどだった。

浅草フランス座楽屋

ここの楽屋はウナギの寝床のように細長いのが特色だ。

「おじさん、どうぞ奥へ。もっと奥へ」

と彼女たちに言われるまま、私は一番奥へ通る。

「ストリップにきて、上着をつけているの、へんだわ。おとりなさい」

と言われるままに、私は上着をとる。

「御命令とあれば、ついでにシャツもぬいでもいいけれど」

郷に入りては郷にしたがうのが仁義だと思って、そう言ったら、

「いや、結構です。おどり子たちの芸がさがりますから」

と演出部長さん（男性）の声がかかった。

石油カンに火箸

モンキーダンス初見参

「モンキーダンスを見てその所感をのべよ」というのが与えられた課題である。お引き受けした理由は、私がダンスなどには縁なき男なのを十分知りつくした上のこと、明治人間の古頭のありどころを何かの参考資料にしよう、そういうところにネライがあるらしいからであった。逆に言えば私の方はいくらボロを出しても平気だという気楽さがある。

東京の気温の最高が二十一度五分、最低が十二度五分、時は十月中旬のある土曜日、いうまでもなく天気は快晴であった。しかも道づれが松任谷国子さんという妙齢の婦人である。こういう風に手際よく好条件がそろった日は、一年のうちでもざらにあるものではなかった。

夕飯をすました後、私は会場へ直行した。

エレベーターで六階まで上る。

待合室をへて廊下をとおって行くと、その奥の方にホールがあった。すでにパーティははじまって、ざっと四百人ぐらいの男女がおどりに熱中しているところであった。見物しながら観察すると、女同士でおどっているのは、男の方が約二割がた不足しているためのようであった。年齢は二十前後が大多数で、三十代がほんのちょっぴり、四十代五十代は皆無といってよかった。私のそばにおよそ二十四歳に見える女が一人立っていたので、参考のために、「あなた、お相手がないんですか」

ときいてみると、

「ええ、まあ」と言葉をにごして、「あたし、しばらくぶりでこんな所へ来たので、すぐにはついていけなくなってしまっているんですよ」と女が言った。

「ついて行けないというと、どういうことですか」ときくと、

「時代おくれというのかしら、時間差というのかしら。この世界は、一年もたたないうちにすっかりフンイキがかわっちゃうんです」

と女が言った。

「話はかわりますが、こういうダンス社会では、これはと思う好きな男性がいたら、とんでいってお相手の申込みをなさるのですか」ときくと、

「いいえ、女性の方からは絶対に致しません」

と女が言った。

「それでは反対に、男性の方が申し込みをしても、この男イヤな奴だと思われた時はどうな

さるんですか」

ときくと、

「そういう時は、今あたしは疲れているから、とか何とかいって、うまく体をかわしちゃうんです」

と女が言った。

きけば私には学問になることばかりだった。今の女は男に恥をかかさない工夫もしているらしかった。見あげた精神である。ただ残念なのは、私はこの女にダンスの申込みができないことだった。万一申込んで承知されたら、私の方が困らなければならなかった。そんなことを考えながらダンスを見物していたが、ややあって、

「まだなかなかでしょうか」

と女にきくと、

「は？」

と女がききかえして、

「ええまだですけれど、十二月十七日には式をあげることになっております」

と何かカンちがいしたことを言った。結婚はまだかときかれたかと思ったらしかった。

「いや、それはどうも……。ところで実はぼくはモンキーダンスというのが見たくて来ているんですが、まだなかなかでしょうか」ときき直すと、

「それは私にはわかりません。でも、モンキーダンスでしたら××の△△△△へ行けば必ずやっていると思います」

と教えてくれた。

私たちは△△△△へ行くことにした。料理店の玄関を出るとタクシーをひろって××へ急いだ。△△△△というダンスホールは、××のある映画館の地下室にあった。

ここは正式の営業でやっているだけに、手を突っこむ式窓口でキップを買えば誰でもはいれる。金を出して入るのだから、こんどは大っぴらだった。ホールの大きさも、前の貸切ホールの三、四倍くらいはあった。私はバンドの正面に腰かけてダンスを見物した。ビールなど飲む場所もあった。ホールのまわりには見物する腰掛が置いてあった。おどっている年齢層は前のホールと大体同様か、いやそうではなくこちらの方が大分若いのではないかと思われた。女と男との比率は、大体前のホールと同様だった。女の数の方が二、三割がた多いのである。あぶれた女は、ここでも女同士でおどっていた。それからもう一つ、ホールの大きさに比して人間の数が多すぎて、身動きができない状態なのも、前のホールと同様だった。日本国のせまさと住宅難の縮図が、ここにも顕著にあらわれているように思われた。

私は隣に腰かけていた二十四歳ぐらいの年増（といっては失礼になるが、ここでは十代が断然優勢なので、二十四歳でもそう見えるのだ）にモンキーダンスがはじまったら教えてくれとたのんで煙草をくゆらしていると、およそ三十分ほどたって、

「おじさま、今、これからはじまります」

と女が息をはずませて教えてくれた。正面のステージに立っている数人の男が肩からぶらさげているのは、エレキ・ギターとかいうものだそうであった。ギターに紐のようなものが結びつけてあって、それに電流が通じているらしかった。

石油カンを火箸で叩くような音楽が鳴って、場内が沸騰した。今夜の本命はこのダンスにあるらしかった。見物が目的で来ているのだから私がカタズをのんで一所懸命見物すると、このダンスは男と女が手をつないだり腰をかかえたりしないところに特徴があった。個人個人がめいめい勝手におどればよいのである。おどりの形は猿が二本足でつっ立って、ころんではならぬと二本の手で拍子をとっていると思えばよろしい。私はなぜかホッとした。このダンスは男が女にあぶれたり、女が男にあぶれたりする危険性が少しもないからであった。四民平等といったらいいか男女平等と言ったらいいか、たとえて言えば民主主義の精神にのっとって作られた日本国新憲法の実践躬行がいまここで行われているかのように思われた。

「おじさま、少し中へ入ってご見物なさいません？　お一人でてれくさかったら、私がご案内してさし上げます」

左側の女が言った。

わたりに舟と私は女に手をとられて、熱狂のルツボの中へ入って行った。人と人との間を縫うようにして遠くからよく見えなかった若い男女の顔の表情を観察した。だが表情よりも私は一つ気づいたことがあった。それは何かというと、これら何百人かの若い男女がほとんどといっていいほど、普段着で来ていることだった。私の古い明治式の観念ではダンスといえばすぐ貴婦人を連想する傾向が強かったのだが、そういう虚栄心みたいなものや、見せびらかしみたいなものは、ここへ来る男女は一切放擲しているように思われた。かれらはおどりに来たのだからおどっているのだ、そのようにしか見えなかった。

ふたたび腰掛にもどって、一服すっている時、長々つづいたモンキーダンスが終った。で、私は女にお礼を言って帰ろうとすると、

「じゃ、私も……」

と女も立ち上った。

階段づたいに一階へ上る時、私は私の額に汗がいっぱい流れているのに気づいた。見学に熱中していたため、むんむんする地下室の空気のことは、すっかり忘れていたためのようであった。ハンカチで汗をふき、出口から外へ出るとそこは街路で、街路樹の木の葉が枯れたまま、枝にくっついているのが街燈の光に見えた。ほっとした気持でその葉を仰いでいると、

「おじさま、ホールから出て吸う東京の空気はおいしいでしょう。……では、さよなら、バイ、バイ」

後からついて来た女が先手をとって、左の方へ去って行った。

まさにそのとおりであった。東京の十月の外気がとてつもなくおいしかった。

炭焼と金もうけ

今年の三月、私は生まれてはじめて高野山に登った。たまたま、高野山大学の卒業式が行なわれていたので、特に乞うて式に列席させてもらった。

もっとも知ったのが遅かったので、私が講堂に入って行った時には、卒業証書授与などは終って、文部大臣の祝辞が代読されているところだった。代読はどんなことを言っていたか全然記憶にないが、続いた立った来賓の一人が次のような祝辞をのべた。

「本学の卒業生の中に、炭焼をしているものがある。炭焼のごとき労働は小学校出の農夫でもらくにやれることである。諸君のように学問をしたものは、学問を生かす道はいくらでも他にあるのであるから、絶対にそのようなはしたない労働には近づいてもらいたくない」

大体こういうような要旨であった。次に立った来賓の一人が次のような祝辞をのべた。

「諸君は本学卒業後は大いに金もうけをやってほしいものである。金を軽蔑してはいけない。

すべからく諸君は金もうけに留意し、出来る限り奮闘努力をしてくれるよう切望するものである」

　大体右のような要旨であった。

　私は傍聴しながら、二つとも大変おもしろかった。半年以上も前のことだから、こまかい話の筋道は忘れてしまったが、話の印象だけはいまだに鮮明にのこっていて思い出すたびにしみじみとさせられるのである。

　いつかどこかの大学の学長は「やせたソクラテスになるとも太った豚になるな」と訓示を垂れたことがある。時代的にいってそんな遠い昔のことではなかった。

胸のハンカチ

殆んどテレビの場合だが、男の紳士が談話をする時、胸のポケットにハンカチをのぞかせている。西洋の習慣にあんなのがあるのかも知れないが、私は向うの習慣には大へんうとい方である。

「おい、あれは一体、何のつもりなんだろう」

茶の間友達といえば女房ひとりだから、ある時私は女房にきいたら、

「私は赤ではございませんという証拠じゃないかしら」

と頓知教室みたいな返事をした。

そういえばしかし、フルシチョフも中国の要人もあまりあんな真似はしていないようであった。が、確かな記憶はなかった。日曜日のお昼にやる政治座談会では、社会党の議員さんも、胸のポケットに白いハンカチをのぞかせているのは確かなようだった。

私は小学校の一年生の時、胸に手拭をぶらさげた記憶はない。田舎の小学校のことだから、迷い子になる心配がなかった為かも知れない。

兵隊で召集になった時、はじめて名前入りの白い布を胸につけさされた。白い布にはM三ホ木山捷平と書いてあった。Mとは活字がないからこう書いたが、これは本当は富士山の形で、その意味する所は関東軍富嶽特攻隊というのを模様化したものであった。

いよいよ日本に還る時には、日僑俘第一二四六号木山捷平と書いた白い布を胸にぶらさげさせられた。家にたどり着くまでは絶対に取ってはいけない、というきつい命令だった。

私がテレビの白いハンカチを見て何かこだわるのは、こんな経験が心のどこかで作用をしているのではないか、——と思うこともあるが、しかしそれは多分こじつけというものであろう。あれとこれとをごっちゃにしてはいけない。

ところが先日、フランスのポンピドー首相が日本に来て、日本の前駐仏大使と対談をやっているのを見たが、ポンピドー首相は胸にハンカチをのぞかせていなかった。私は何ということなく胸がすっとしたので、この随筆を書く気になった。

私も戦後は外出の場合、たいてい洋服を用いている。駅の便所や酒場に行って用をたした後、ハンカチが何処にあるのか分らなくてまごつくことが度々である。左のポケット、右のポケット、上衣のポケット、下衣のポケットとさがしているうちに、手についた水は洋服のどこかに吸い取られてしまう。洋服がハンカチがわりになる。そういう時、用を足す前、胸のポケットにハンカチの先をのぞかせておけば、大層便利だと思うが、まだ一度も実行したことはない。

しかしもしもテレビ紳士の胸のハンカチの発生源がこんなところにあるとするならば、ずいぶん失礼なことをしているものだということになりそうである。

私の注文

あれは総称して何番組というのか、視聴者が登場する番組がある。たとえばラジオの「三つの歌」とかテレビの「シャープさんフラットさん」――。ああいうふうな番組には一般大衆が登場してくる。私はああいう番組が好きである。ことに地方でやったものなど、見ていて旅行気分になるところが楽しい。美人不美人を鑑定するのもおもしろい。テレビの発達のおかげで、私の頭には日本中の美人不美人の分布図ができ上がってしまった。

ところで、一つ注文がある。見たり聞いたりしていて、どうももの足りないのは、アナウンサーが「お名前は?」とか「お名前をどうぞ」というと、大抵の人が姓だけしか答えない。あれは本当はたいへん失礼な返事の仕方だと心得てほしい。どうも日本人は名をいうのを恥ずかしがる傾向がある。(実は私もその一人なのだが)早い話「私は池田です」といわれれば、聞く方では池田首相とまちがえることだってある。反対に池田首相が「わしは池田だ」といばってみても、全然首相を知らなければ、どこの何兵衛かな、と首をひねるものだってある。無意識ではあろうが、相手の頭を混乱させたり、もの足りない感じを与えるのは、あまりいいことではないのである。

さすがに宮田アナウンサーは名アナウンサーだけあって「私は宮田輝です」とはっきりいっている。ラジオやテレビに出て宮田といえば大抵の者は宮田輝だと思うにきまっているのに、ちゃんと折目正しくフルネームをいっている。見上げたものである。

そこで、いまここでは一人だけのアナウンサーを名ざして宮田さんにお願いしてみたいのだが、あれを一般の登場者にもキャンペーンしてもらえないであろうか。放送には時間の制約ということもあるであろうが、たいした時間つぶしになるとは思われない。姓名をはっきりいう習慣は、大げさにいえば、個人を尊重する民主主義の発展のためにも役立つように思われる。登場者側に向かっていうならば、せっかくお名前をと聞かれながら、何も半分でガマンしたり遠慮したりする手はちっともないではないか。大いに自己をPRしたまえといいたい。

羊頭狗肉

ことしの春に入社する大学生の入社試験にＰＲというのがでて、ある大学生、羊頭狗肉《ようとうくにく》と解答して落第になったのがあるそうだ。わたくしなら百点をつけてやりたいところだが、その試験委員はよっぽど腹にこたえるものがあったらしい。

ここまで書いてわたくしは、念のために昭和三十年発行の国語辞典をひらいてみたところ、ちゃんとＰＲがでているのには、驚いた。ひいたついでだからつぎに書きとってみよう。

「公衆関係・広報と訳す。企業体または官庁などがその企業が公共の利益である旨を広く大衆に知らせる宣伝」

親切な解説だが、国語学者といえども、外国語のはんらんにおされ気味だという証拠にならぬこともない。

ペテン、インチキ、ピーアール……。

由来、日本人は外国語には弱い特性がある。明治以来といいたいところだが、もっとさかのぼれば、奈良・平安時代からの伝統をもつ。むかしは何軒長屋といったものが、アパートにかわったかと思うと、最近ではマンションにもあきたらなくなって、コーポラスと、きやがった。

これらは国語辞典には、まだのっていないところが最大の魅力というところなのであろう。国会議員が歳費を上げれば、地方議員も歳費値上げがしてみたくなる。あれとこれとは性質が違うにしても、上のやることを下が見ならうのは、現代日本の生存競争の要諦でもあるかのようだ。

路地の奥の屋台ばりのやきとり屋でも、ブタのゾウモツだなんていっていたら買い手がつきゃしない。レバーといって宣伝すると、美しく着飾った奥さま族が、弁当箱をかかえてじゃんじゃん集まってくる。

これは、わたくしがあるやきとり屋からきいた裏話だが、こんなのは羊頭狗肉でないところたいへん可憐だと申さねばなるまい。

一方通行

去る七月四日の参議院選挙の日、午後二時頃になっても選挙公報が届かないので、その旨を選挙管理委員会へ電話すると、そんなことは絶対にない筈だ、あなたが家を留守にしたのではないかと逆襲された。家を留守にすることはないでもないので、それは何時のことかと訊きかえすと、七月二日頃だという。いや、七月に入ってからは家をあけたことはないと返答すると、配布ずみの報告はこちらにちゃんと入っているから間違いはない筈だという。一方的なおかしな論理だと思ったが、未配布を証明する証拠は何もない、現実問題としてぼくは公報を見てから投票したいのだと云うと、それでは投票所へ行った時投票所にいる係員にその旨を申し出てくれと云って電話がきれた。

投票所へ行って受付にその旨を申し出ると投票所の主任（？）のような人のところへ連れて行かれた。で、もう一度その旨を伝えると、たしかに配布ずみの報告はこちらにも入っているから間違いはない筈だという。では本当に風がふきとばしたのかも知れないと思った私は、とにかく公報をモウ一部もらえまいかと依頼すると、いまここには持って来ていないからあげられないという。では面倒でも郵便で送ってもらいたいとかねて用意の十円玉を卓の上におくと、いやそれには及ばない、こちらからお宅まで持って行ってあげるから所番地をこの紙にかいておけという。いや、公務御多端なおりから郵便で結構だと私は力説したが相手は承諾してくれなかった。

翌日であったか翌々日であったか約束どおり公報がとどけられた。あいにく私は不在だったので家人にきくと、相手は二人づれでやって来たということだった。なぜ二人づれでやって来たのかその理由はいまだに分らない。もっとも公報の方も二部（ひとの倍）くれたのは気がきいていた。交通機関は何で来たかと家人にきくと、二人とも自転車に乗って来たということだった。

くじの日

ちかごろ「くじの日」という妙なものがまた一つ増えた。私に与えられた課題は、この「くじの日」新設をきっかけに、従来からあった何とか何々の日にまで及んで、愚感を述べて見よというところに課題の趣旨があるらしい。そこで先ず調べて見たところ、この「くじの日」というのは、日本勧業銀行がひとりで勝手にこしらえたものである。国会や代議士らとは何の関係もない。同銀行の調査によると、宝くじに当選しても受け取りに来ない金がたまりたまって毎年二億、三億円の多額にのぼっている。これでは当選者に申し訳がないので、九月二日を「くじの日」ときめて不注意ものの注意を喚起しようというところに設定の眼目があるようである。

私も宝くじを買ったことは何べんもある。当せんしたことも何べんもある。ところがこの当せんたるや五十円を越えたものは一度もなかった。私はこの五十円の受け取り方にひどく困った。勧銀へ持って行くのが一番理想的なのはわかっていたが、そうすると電車賃の方が損になるのである。便宜法によってくじ売り婆さんの所へ持って行くことにしたが、あれはどういう気持ちの変化によるものか現金は受け取らないで、次の宝くじをもう一ぺん買ってしまう結果になってしまうのである。そういうことの繰り返しをしただけで、私はこれまでに買った宝くじで、一銭たりといえども自分の身につけた金はないのである。

こんど調べて、私は前に書いた二億円、三億円という大金の大半が、この五十円の集計であることがわかった。もったいないからどうか受け取りに来てくださいという宣伝のようだが、私はむしろ受け取りに行かなかった連中の方に軍配をあげたいのである。いまも言ったように、私のようにケチケチして受け取りに行ったものは、結果的には損が二重になっているのである。九月二日を「くじの日」ときめたのは九（苦）が二重になる日だと、そこを見込んでの宣伝かどうかは知らないが、すくなくとも私個人の受け取り方としてはそうである。善良にして純真なるわれら市井のくじ仲間の皆さん、どうか五十円は年貢の納め時だと思って、何をたくらんでいるか知れない向こう側の宣伝には乗らないように気をつけて下さい、というのが今回私の頭に思いうかんだ愚感である。

さて私は何々の日というのを私の手元にある資料によって調べてみたところ、その数の多いのにびっくりした。国民の祝日として代議士がきめてくれた十二の祝日のほか、かぞえて見るとなんと七十近い多数にのぼったのである。国民の祝日と合わせればらくに八十は越えるので、普段私たちが覚えていなくてもちっとも恥にはならぬと思われる数字だった。

たとえばこういう風なのがある。「バレンタイン・デー」というのだが、皆さんはこれが何の日かご存じであろうか。こう質問などしてみるところは、私がこれまでちっとも知らなかった証拠になるのだが、この日（二月十四日）はイタリアで小鳥がはじめて交尾をする日なのだそうである。アメリカやイギリスでは、恋人たちのあいだでハート形をした物品の贈りものや、またキューピットの絵などをかいた恋文を贈ったりする日なのだそうである。またこの日は女から男へ愛の告白をしてもいい日であり、反対にからかいの恋文をおくってもいい日なのだそうである。

右は自然現象と人間現象を合致させたところがお愛嬌であるが、別の意味でお愛嬌があるのが「耳の日」と「鼻の日」であった。私はこれを初めノーベル賞ものの大博士の誕生日でも祝う日かと思っていたところ、一覧表をつくっている間に、実は三月三日をカナ読みにすればミミ、八月七日をカナ読みにすればハナであることがわかった。科学性を欠くうらみは多少あるにしても、バカでも覚え易く出来ているところが大変お愛嬌であった。

ところがこれで分かったのだが、九月二日をクジの日ときめたのには、その方法において、右のミミの日やハナの日の真似をしたと思われる節が多分あるのである。真似必ずしも悪いとは思わぬが、前者の耳ざわりいい語感にたいして、クジだなんて鼻がつまったような語感は、どうにもこうにも頂きかねるのである。二重苦を連想するのは個人の勝手だとしても、語感が非常によくない所が、このクジの日の大欠点だと私は思った。

新聞の報道によると、このごろまた代議士が月給の値上げ運動をおこしているようである。人のことでも月給があがるのは私は大好きな方だが、連中の言い分がどうも私は気にいらない。連中の言い分は税金が高くて手取りが少なくて困るというのである。そんなら税金を安くする運動を先にやったらどんなものかというのがわれわれ庶民の物の考え方である。

そこで庶民の一人として一つ提案がある。クジの日から得たヒントでは少々知恵不足の感なきにしも非ずだが、八月二日をハジ（恥）の日に設定して、代議士連中その他ハシにもボウにもかからぬ無策者連中の猛省をうながす日にしたらどんなものであろう。

税金で苦労する話

数年前私は、私たちが所属している日本文芸家協会の会報に小文を寄せたことがある。諸君の中には、毎年四、五月の候になると税金が戻ってくるのでほくほくしているものがあるが、（実は私もその一人であるが）あまりほくほくし過ぎてはいけない。おさめ過ぎた税金が戻ってくるのは当然のことであって、天から金が降って来たのとはまるっきり性質がちがう。まあよく考えても見給え。

僕なんぞしょっ中貧乏しているので、金がなくなると質屋へ馳せ参じて一時の難をのがれるが、あそこはタダでは金を貸してくれない。利息を取る。利率は月八分から一割の高利で、一年もたたないうちに借りた金の倍にはね上ったのと同じ結果になる。千円の借金に千円（以上）の利子がつく。千円という金が少額だからといって小バカにしてはいけない。

そこでわかり易く書くと、今僕の生活費が月に一万円かかるとする。うまい具合に僕の収入も一万円あるとする。ところが僕らの収入には源泉徴収というやつが一割天引きされるから、実際に手にはいるのは九千円である。生活難はその一千円を枢軸にしておこる。

生活難には夫婦喧嘩はつきものであるから、僕が座敷箒をふりあげて虚勢を張った拍子に電球が割れるともう何十円かの損である。女房が足をすべらせて割れた電球で足の怪我をすれば、繃帯も買ってやらなければならない、アカチンも買ってやらねばならない。これまた何十円か何百円かの損である。

貧乏とは三国同盟のようなもので、千円の貧乏がたちまち何万円もの被害をこうむる可能性をふんだんに秘めているのである。

達人は知らず、僕の貧乏はかくの如くであるから、総合所得税が返還になって来ても、僕は手ぶらで喜ぶわけにはいかない。だいいち、あの返還金には利子が一文もついていないのが癪である。僕個人の金額はわずかなものだが、日本国中のを合せるとどんな莫大な金額になるのだろう。

返還は四月以降にきまっているのだから大蔵省は大安心、その間、闇金融にでもまわしておけば、べらぼうな利ざやが稼げるに違いない。それならこっちは株主ということになるから、正当な配当金をまわしてほしいものだ。

併しそれでも質屋がよいの時間の損失や、電球代繃帯代アカチン代の損失は埋め合せられない計算になるから、返還金が戻って来たからといって、仰山なよろこび方をするのは、ちと人間がおめでたすぎるのではあるまいか。

大体こういう趣旨の小文を寄せたのだが、反響はちっともなかった。古来文士には金銭に恬淡《てんたん》なところがあるので、木山のやつ、相変らず重箱の隅をほじくるようなケチなことを言ってやがる、そんなケチなことにかかずらっているようでは貧乏から足が洗えぬぞ、と思われたのが関の山のようであった。

戦後間もなく何大臣の時だったか忘れたが、大蔵省は脱税のスパイを奨励したことがある。新聞に広告まで出して大奨励をやった。エサは賞金で、ひとのガマロの中身を密告したものには、金一封をオスソ分けするという寸法だった。

つまりは自分の調査能力の不足を白状したようなものだったが、あの頃は食糧不足で栄養失調のものが多かったから、足を棒にして調査に出向いていては事は命に関することだったかも知れない。多少同情に値する点がないでもなかったが、由来日本人は密告というやつはきらいなのである。そこに彼等の判断の誤謬《ごびゅう》があった。多分予期したほど成績があがらなかったのであろう、スパイ徴収はいつしか沙汰やみになった。

しかし一ぺん横着な考えをおこしたものは、もう一ぺんやって見たくなるのが人情というものらしい。一体我等は何をボヤボヤしていたのだ。煙草の税金は煙草屋から取ればいいのだし、酒の税金は酒屋から取ればよかったのだ。これはまず文士や月給取からやってみようということになったらしい。

やってみると案外うまく行った。日本人は密告はきらいでも、お上《かみ》には十三歳の少年であるからである。文士や月給取は酒や煙草と同じくあわれな物品になりさがってしまったのである。

その証拠には一と月汗水たらして働いた月給を、かわいい女房に一目みせてやることも出来ないのである。世の奥さんは婦女の性癖として、さわることによって満足感を覚えるものである。たとえ千円札二枚か三枚でも余分にさわらせてもらうと、亭主には重みが出、奥さんのヒステリーはすっとび、町内の井戸端会議にもふくらみが出、一石三鳥の利益があるのだが、密告奨励から出発した大蔵省では婦女の人情などにはかまってはいられないらしいのである。

こんな随想を書く予定はなかったので、たしかな資料はないが、三、四年前銀座方面のある中小企業者が、源泉徴収は憲法違反だと最高裁に訴え出たことがある。法には法をもってせよという了簡からであったのだろうが、中小企業者の方があっさり敗訴した。

私の記憶であれば違憲にならないばかりか、何より便利だというのが最高裁の言い分だった。大蔵省にとっては便利かも知れないが、われわれ貧乏人にとってはちっとも便利ではないというのが、その時も私が抱いた感想であった。

議論めいたことは柄でもないのでこの位にするが、私は固定資産税の滞納で差押えをくらったことがある。これは大蔵省ではなく東京都の方である。

ある朝の午前十時ごろ、東京都の役人がわがボロ家にあらわれた。私はまだ寝床にいたので、応対に出たのはわが古女房だった。

「木山捷平さんのお宅はこちらですね。私は東京都のものですけれど、固定資産税の差押えに伺いました」

役人はまずこう云った。

「あら、そうですか。ではまあどうぞお上りくださいませ」

古女房のいう声がした。何しろ役人はこういう場合、必要以上に大きな声を出すので、女房は早く上へあげて、役人の声を隣近所から遠ざけてしまいたい了簡らしかった。

「電気洗濯機はございませんか」

役人のいう声がすると、

「ありません」

古女房のいう声がした。

「テレビはございますか」という声がすると、「ございません」という声がした。

「ミシンもございませんか」

「ございません」

「ではちょっとその箪笥《たんす》のなかを見せてください」

「さあ、どうぞ、どうぞ」

女房の陽気な声がした。うちの女房もこんな陽気な声を出すことがあるのか、と思うほど陽気な声だった。家が小さいので、声は私のところへ筒抜けなのだ。

しばらく話声がとだえた。シーンとすると小さな家でも何となく無気味だったが、

「ではちょっと、こちらのお部屋も見せていただきましょうか」

役人の声がした。

「そちらは只今、主人がねているんでございますけれど」

「ご病気ですか」

「いいえ、病気というほど大したことはないんですけれど、ちょっとその、神経衰弱気味で不眠症にかかっているもんで、明方からやっとねついたところだと思いますので」

しどろもどろ、女房がいった。

私は本能的に頭を布団の中にかくしたが、再び布団をはねのけて、

「いいよ、いいよ。入ってもらいなさい。眼はいまさめたところだ」

と声をかけると、二人が襖をあけてはいってきた。役人は私の枕もとに坐った。女房が役人を紹介した。齢は四十前後のやせっぽちの男だった。

「ご病気なんだそうですね」

「ええ、ちかごろ流行のノイローゼという奴らしいんです。心臓は悪くもないのに、心臓の

あたりがどきどきしましてね。なあに、金さえあれば直ぐ治るんですけれど、その金がなかなか入らないもんでしてね」

「いまも心臓はどきどきしておりますか」

「少ししております。へんなものでしてね、焼酎を飲むと一ぺんにどきどきがとまります。……おい、おれに焼酎を一ぱいくれ」

女房に命じると、手なれた女房が焼酎を一ぱいコップについで持ってきた。きゅっと一ぱいやると頭が爽快になった。

「へえ、そうおやりになると、心臓のどきどきが止るんですか」

「止ります。不思議なもんでして、自分でも仮病ではないかと思うほど変な病気ですから、ましてや第三者のあなたが仮病だとお思いになっても、弁解の余地なしです」

「いやいや、決して……そうは思いませんけれど、焼酎はからだの毒ではありませんか」

「そりゃ毒でもありましょう。しかし、こう貧乏していると日本酒やビールは買えませんからね。あなたは貧乏のご経験がないから、そんなことをおっしゃるのです」

「いやいや、貧乏の経験は私もさんざんしましたよ。私は戦争中軍需工場にいたもんですから、戦後は失業者になりましてね、丁度いまのあなたと同じようなノイローゼになりましたよ」

「ほッほう。それじゃ、私たちは同病じゃありませんか。で、あなたはそのノイローゼをどんなにして治しましたか」

「信仰です。信仰にはいったら薄皮をはぐようにノイローゼが治っちゃいました。就職が見つかったのも信仰のおかげです」

「ほう、そりゃいいことをききました。で、その信仰というのはどんな信仰ですか」

「キリスト教の一種です。私の信仰している教会はここですから、ご参考のため地図を書いておきましょう。まあ、気が向きましたら行ってみてください。私もはじめは人にすすめられて、しぶしぶ行ったのですから」

役人はおんぼろラジオ一台を差押えて帰って行った。

その時役人が置いて行った差押調書は、記念のために取っておいた筈だと思って捜してみたら出てきた。ところがその調書によると、差押物件は箪笥一棹となっている。ラジオだとばかり思っていたのは私の記憶違いであったようだ。滞納税額は一、一四〇円である。日付は昭和二十八年十月七日である。

ところで同じ書類袋の中からもう一つ変なものが出てきた。これは箪笥のような座敷にある動産ではなく、外にある不動産の宅地の差押調書である。

私は思い出すことができた。私は東京のほかに郷里の方にも、もはや人間は住めないようなおんぼろ家を一棟所有しているが、そのおんぼろ家の固定資産税の差押えをうけたことがあるのである。

話の筋をとおすため初めからいうと、或る日突然一通の配達証明が舞い込んだ。あけて見ると上記のようなわけだったが、発信人は東京都となっているのには驚いた。私の郷里の市役所が東京都庁に財産の差押えをたのんだものらしかった。

なんにせよ、私は根は至って小心の方だから、一日気分がすぐれなかった。焼酎の酔いをかりて、

石をもて追はるるごとくふるさとを出《い》でしかなしみ消ゆる時なし

と啄木の歌を感傷的にうたってみたところで、気分がはれるものではなかった。

私はもはや少年ではない。差押調書の日付は昭和三十四年一月二十一日となっているから、一月二十二日か三日か、なんでもそのへんの日のことであった。

そういうことはともかく、私が一番びっくりしたのは、役所という所は予算の時など縄張りがきびしく、A省はB省を眼の敵にするが如く、横の連絡はちっともないと聞いていたので、正直な私はそんなものだろうと考えていたのだが、こと税金にかけてはそうでもないらしいのである。まことにツーといえばカーという恋人同士であるかの如くである。知らない人があるかも知れないので、一言書き加えておく。

委員手当

戦後郷里に滞在中、私は民生委員という役についたことがある。昭和二十何年だったかはっきりした年度がわからないので、辞令だけは保存してあるはずだと思って、さきほど家中大騒動してさがしてみたが、見つからない。

この辞令がある日突然、私のところに舞いこんで来たのだ。持って来たのは、村役場の小使いだった。受け取ったのは女房だったがあけて見た私は泡をくった。

なぜかというと、私はそのころ公職には絶対つかない信条をかためていたのだ。公職にさえついていなければ、将来公職追放などという汚名を着る心配は絶対にない。小さな村に住んでいると、上のやっている政治がかえってよく見えることがあるものだ。その少し前に行なわれた村の部落長の追放などもその一つだった。戦争中たかが十軒か十五軒の部落長をやっていたというだけで、総理大臣や陸軍大臣並みの追放をくらうなんて、部落長にしてみればやりきれない気持ちがするであろうと、私はひそかに同情していた。

で、私はさっそく民生委員の辞令は突き返すことにした。向こうも使いが持ってきたのだから、私も女房を使いにして村役場にやった。

ところが一時間ばかりすると、女房は役場の収入役の自転車のケツにのっかって帰ってきた。私は女房を自転車のケツにのせてやったことは一度もないから、彼女はたいへん上機嫌だった。自転車からおりると、顔を紅潮させて、何べんも何べんも収入役にお礼を言っていた。ふざきゃあがるなと思っても、人の前だから叱るわけにもいかない。

もう大体、私はことの次第がわかっていた。女房は辞令を返上するだけの腕がなかったのだ。はたして厚生係も兼務している収入役が、七重の腰を八重に折るようにして、どうか今回だけはすなおに受けてくれと交渉が始まった。

それにしても収入役さん、今は時代が民主主義ということになっているのだから、いきなり押しつけるというのは困りますね。たとえば事前内諾とかいう方法もあってよかったのではありませんか。いったいこんな人選はだれがしたのですか。

私は抗議した。が、収入役の話によると、民生委員の人選は村議会がやったもので、その人選を県庁に答申し、その答申を県庁がさらに厚生省に上達し、厚生省がうんこれならよかろう、ということになって決まったのだということだった。ややこしい手続きがとられたうえの任命で、発令者はその辞令にもちゃんと書いてあるとおり、厚生大臣だった。

だからいまさら嫌だといわれても、村の厚生係は立場上こまるばかりだと収入役はこぼした。

それにしても収入役さん、今は時代が民主主義ということになっているんだから、民生委員も立候補制にしたらどんなものでしょう、と私はリクツをこねてみた。すると、なるほどそう言われてみると、その方が数等民主的のようですね、しかし残念ながら現在の法規ではどうすることもできないのです、と、収入役がなげいてみせた。私の歯の立つところではなかった。

私は作戦を変えて、民生委員というのは一口に言えば生活に困っている者を助ける役目をするのが仕事でしょう。そうするとわしは現在非常に生活に困っている、わしこそ民生委員に助けてもらいたい方ですよ、と言ってみたが、そんなのはご冗談でしょう、あまりむちゃは言わないでください、と相手にもされなかった。

話は堂々めぐりで、およそ二時間ばかり同じようなことばかり繰り返して、私はくたびれてしまった。相当がんばったつもりだったが、生来の意志薄弱が、頭をもたげた。ではとにかくお引き受けしましょう、ということになってしまった。ただしわしは民生委員の仕事は何もしませんからね、それでもよければという条件をつけた。それでけっこう、そのとおりにしてください、と収入役は意気揚々ひきあげて行った。

ところがあとで困ったことが起きた。民生委員には手当というものがあるのを、私はそのとき知らなかった。約一年すぎて、税金を払いに役場に行った女房が、手当を受け取ってきたのだ。何もしない民生委員が、手当を受け取る手はない。諺にもタダより高いものはないというではないか。

こんどは二人だけの場面だったので、私は声をはりあげて女房を叱りつけた。しかし女房は四十をすぎていたから、子供のように泣きはしなかった。

そして彼女がすました顔で言うのをきくと、収入役がハンコをお持ちですかとさりげなくきいたので、ハイ持っていますと答えたら、ちょっとお貸しくださいとハンコを何かの紙についていて、税金の領収書といっしょに返してくれたのだそうであった。税金のおつりがたくさん来すぎたのでわけをきくと、だんなさんの委員手当と差し引き計算したので、そういうことになったのだと説明されたのだそうであった。

あざやかな手並みだったらしく私はそれ以上女房を叱るわけにもいかなかった。

民生委員の任期は二年だ。しかしその二年を待たないで私は上京した。やれやれ、これで民生委員も自然消滅だとおもっていたところ次の回にも、私は民生委員に任命された。まだ郷里に居残っていた女房から、そういう知らせがきた。そのころは都会地転入抑制法とかいう法律があって、役人の転任などのような場合をのぞいては、いくら新憲法が居住の自由を保障していても、私のような風来坊は容易に都市にはいることはできなかった。私は東京へは旅行でいっていることになっていたので、その点にかけては文句の言いようがなかった。

で、四年間、私は何もしないで民生委員の手当だけはもらったことになる。手当の金額はいくらだったか忘れた。受け取ったのは女房で、自分自身の手にもらったことがないからであるが、およそにして年額四百円か五百円だったらしい。五百円とすれば四五、二千円、私は政府からタダ取りしたようなものだった。

ふりかえってみて、国民の皆さまには申しわけないような気がするけれど、それと並行して私は何かしらちょっと愉快である。意志薄弱もたまには女房孝行になることがあるものだ、と思うからである。厚生大臣様、どうかごめんあそばしませ、とおわびを申し上げて筆をおく。

Ⅳ

旅先の話

田舎を旅行中、ある宿屋に投宿して、お風呂にはいり晩酌を一ぱいやった。三、四本のんで食事もすませたが、まだ時刻ははやかった。

「お退屈でしたら、ストリップでも見にいらっしゃいませ」

女中が云いだした。

「へえ、ストリップ？　どこでやっているんだい？」

この小さな町に、そんなものがあるとは、私はたいへん意外であった。

「いらっしゃるのでしたら、わたしが御案内いたします」

女中が親切に云うので、私は行ってみることにした。

十分も歩かないうち、劇場に着いた。

名前は忘れたが何とか座という名前もちゃんとついていた。木戸銭をはらって中に入ると、観客席は五十人入れるか入れないかの土間だった。座敷で一人の女がストリップダンスをしていた。

　間もなくダンスが終って、次のストリップ演技がはじまった。演技は煙草をすう演技だった。演技がおわると、かぶりつきの椅子席にいた若い男が、その煙草をもらってぷかぷかふかした。演技そのものには拍手はおこらなかったが、若い男の喫煙にどっと喊声がわいた。

　夜は卵を出す奇術だった。卵がとび出ると、かぶりつきの椅子席にいた一人の中老が卵を受けとって、かぶりついた。おいしそうに、むしゃむしゃみんな食べた。再びまた、どっと喊声がわいた。

　その時、客のいれかえ操作がはじまった。早く来たものは、二回も三回も見てはいけないという操作らしかった。

　私は後に立って見ていたが、足が寒くなったので女中をうながして帰ることにした。全部一回見たのかどうか分らなかったが、私の気持はそれでもう満足だった。話にはきいたことはあるが、まだ一度も見たことのないストリップを、こんなさびしい田舎町のしもた小屋で、正式の木戸銭をはらって見ようとは夢にも思っていなかったからである。そういう満足の仕方であった。帰途、

「いま、卵をくった中老ね、あれは何者だい」

と女中にきくと、

「どこかの会社の重役さんだそうです」

「それからあのストリップの女は、どこのものだい？」

「どこのものって？」

女中が反問した。

「つまりこの土地の者か、よその者かということよ」

「よそのものです」

「そうすると、旅役者のように、日本全国を、あちこち廻っているのだろうか」

「いいえ、まわってはいません。この町に下宿しております」

この返事に私はおどろいた。

「下宿をねえ。それじゃ、町のひとと、毎日顔を合わせるじゃないか」

「そりゃ、もちろんです」

「面映ゆい気分にならないものかなあ」

「すくなくとも、よそ目にはそういうものは感じられません」

私はふしぎな気がした。

「やはりお金がたまると、人間は心臓が強くなるのかなあ」

「お金なんか、そんなにたまっているとは思えません。月給が三万円だそうですから」

「へえ、月給制か」

私はもう一度おどろいた。

「それでは勤務時間は、何時から何時までなんだろう」

「晩の五時から夜の十一時までです」

女中が云った。

私は、ストリップそのものよりも、彼女たちの生活の方に興味がわいた。直接下宿をたずねていろいろ話がきいてみたくなった。その道にはその道の苦労話も沢山あることだろうし、話してもらうと本を十冊よむよりも、わが人生の参考になるのではないかと思われた。

そう思いながら床についたが、翌日は事情がゆるさず、早朝にその町をあとにした。

宿屋のトイレ

私の家のトイレは玄関の横っちょについている。

この家、正確にいえば家なんてものじゃない。戦後、まだ木材の払底していた時代に建てた急場しのぎの掘っ建て小屋である。

当時建築界に革命があった。この革命という言葉は、流行と置きかえてもよい。つまりそれが、玄関と便所を並べることであった。私も流行にしたがったまでである。

爾来、くさいのに閉口している。通風筒をつけたらいくらか臭みが逃げるかと思ってつけてみたが、あんなものは何の役にも立たない。ああの家には、あそこに便所があるんだなと、外からの目じるしになるだけである。

家人が外出したような時、女のお客さんがあったりすると、

「はあい、ただいま」

と大声で返事をするのも遠慮がちになる。まるっきり、泥棒がよその家にしのび込んだみたいな気持で、なるべく音をたてないように気をつかって外に出ると、保険の外交員がつっ立っているようなことも度々である。

この間、私は九州へ旅行した。第一日目、佐世保の宿屋にとまった。若い友人と一緒だったが、夕飯の時、私は自分が夜ねてひどいいびきをかくのを思い出して、

「どうかね。今晩、まだ部屋はあいている？」

と何気なく女中にきいてみた。ところが宿屋はあいにく満員で、あき部屋は一つもないとのことだった。

夜の十一時ごろになって、私は散歩に出た。ゆっくり散歩して帰れば、友人はねているだろうと思ったのである。ところが街で一ぱいやって十二時すぎに帰ってみると、友人はまだ寝床にもはいらず応接セットの椅子に腰かけて、本をよんでいるのには当てがくるった。

「もうねようか」

私は友人をさそった。友人を私よりも早くねかせようという作戦であった。

ところが並んで寝床にはいると、友人はそれが若いものが年寄に対する礼儀であるかのように、電燈を消してしまった。私は困った。電燈を消されては本もよめない。そうかといって折角消してくれた電燈をつけ直すのは、友情にそむいたようで気がとがめた。ままよと枕に顔をおしあて、友人の方へ背を向けた途端、ふかい眠りにおちた。

朝おきて、しまったと思ったが、もうどうすることもできない。私がおきた時、友人はまだねむっていたのがせめてもの気なぐさめであった。やがて友人も目をさましたので、

「昨夜、おれ、いびきをかかなかった？」ときくと、

「すこしね」と友人がいった。

すこしという表現がどうも、くさかった。

「じゃ、君、ねむれなかったんじゃない？」とき直すと、

「いや、いびきといびきの間を、縫うようにして眠りました」とのことだった。

恐縮して二日目の宿屋では部屋を別々にしてもらったので、友人は前の晩の睡眠不足も、ある程度解消したらしかった。

次の日の宿屋は長崎であった。ところが汽車の都合で長崎へ着いたのが夜の十一時ごろで、宿屋をさがすのに骨がおれた。駅のタクシー案内所にたのみ込んでさがしてもらったが、どの宿屋でももう食事は出せないの一点ばりであった。

タクシーにのりこんで宿屋につくと、女中が寝巻の上に羽織をひっかけて出てきた。着いたらこちらのものだと思ってあらためて食事を交渉したが、板前さんが帰ってしまったのでどうすることも出来ないということだった。

「じゃ、冷やでもいいから、お酒はあるね。それではそのお酒を二本」

というところで妥協した。

「それからついでだから、外から何か食べるものを取ってくれたまえ」

勢いにのってたのむと、

「ラーメンでしたらとれます」

食うことに気をとられて、部屋のことは二人ともすっかり忘れていた。ラーメンと冷酒二本がきて、女中が寝床をとり出してから、二人ともはじめてそのことに気づいた。

それにしても早く寝床をとりたがる女中だった。

「バカにいそぐんだね。もっともわれわれがおそく来たのはこっちが悪いのだけれど」

というと、

「うちは新婚さんが多いもんですから……」と女中が言った。

部屋はあいていて、私と友人は別々の部屋がとれたのはしあわせであった。

食後、ゆっくりバスにつかって、私はひとりでねた。

なるほど、女中にいわれてみると、部屋は新婚さんむきにできていた。六畳の日本間に、三畳ほどの洋間、三面鏡もおいてあれば洋服ダンスもくっついている。入口の土間のわきにはトイレの設備もととのっている。

どことなく窮屈な感じを受けるのは日本全国どこへ行っても同じ傾向である。それさえ辛抱すれば、まずは上等の部屋といわねばならなかった。いや、いくらか窮屈な方が新婚旅行には適しているのかも知れない。

そんなことを考えながら寝て、あくる朝は女中に八時におこされた。私は睡眠不足だったが、今日の行動をおもって、そう女中にたのんでおいたのだから、起きないわけにはいかなかった。

顔を洗って、ヒゲをそって、トイレにしゃがんでいると女中が食事をはこんで来た。実際目には見えないけれど、目に見えているのと同じ感じだった。いくら年増の女中でも、ついそこに女がいると思うと、私は思う存分力むわけにいかなかった。

間もなく友人がはいってきて、女中と話をはじめた。話の内容までが手にとるが如くであった。

早く出て来いとはいわないけれど、状況的にはそういわれているのと同じであった。

私はとうとう自分の目的は達しないでトイレを出た。

宿屋が家庭の延長であってはつまらないというのが私の結論である。

三度の飯は二度にへらしても、脱糞ぐらいは大船にのったような気分でやらせてもらいたいものである。

暗闇旅館の真夜中

私はこの年になっても、酒も女もわかったとはいえない。はずかしい話だがそれが実情である。これから書く話も、いくらかツーぶった顔をするかも知れないが、その点、あらかじめ考慮のなかに入れて読んでいただきたいものである。

今年の正月、山形県赤湯の友人から酒田の「初孫」という酒を数本おくってもらった。お客があったりしてがぶがぶ飲んでしまった。あとになって市販の酒にかえて、ああの酒は実にいい酒だったと分った。いうまでもなく分った時は、酒瓶はからっぽだった。そんならもっと味わいながら飲んでおけば、こういう随筆を書く時読者によくわかるように書けるのだが、と思ったが、思った時は既に後の祭だった。

女にしてもそうで、新潟の女といえば、私は今から三十七、八年前、金沢で出あった女のことを思い出す。色がすきとおるように白くて、顔がぽちゃぽちゃした感じだった。髪の色や爪の色までは覚えていないが、新潟美人といえばすぐその子のことが思い出される。客観性など言ってはいられないのである。ああの子は何とも言えずいい子ちゃんだったと思い出すのである。若い時の印象だったからであろうか。

去年だったか八幡平《はちまんたい》へ行った時、藤七《とうしち》温泉で飲んだ「岩手川」という酒は「初孫」よりも口だった。藤七を行政区にもつ松尾村の村長さんが、東京から飲んべえが来ていると聞いて、山自動車に「岩手川」を積んで駆けつけてくれたのである。「味はどうか」ときかれたので「いや、これは日本一の地酒だ」と答えておいた。お世辞というよりも、吟味力に欠けているものは、えてしてこういう返事をしたがるものである。旅で疲れていた私はへべれけに酔って、肩のしこりをほごす方が先決問題だった。タダだと思ってじゃんじゃん飲んだ。でもその結果、あくる日私はちっとも二日酔いはしていなかったので、やはりこれはいい酒だったのだと分った。

藤七は岩手県の西のはずれだが、蒸《ふけ》の湯は秋田県の東のはずれである。(もっとも南北はこの場合問題外としての言い方である。)この蒸の湯の宿屋では地酒の「千歳盛」というのを飲んだ。ことわっておくがこれは自前であった。味は大体において「岩手川」と同じくらいなものだった。雨がふっていたので、しみじみとやっているうちに六、七本はのんだであろうか。ひと風呂あびて床についたまではよかったが、眼がさめてみると部屋がまっくらだった。

この宿屋は山の中の一軒宿で自家発電をしているので、夜の十一時になると送電を中止してしまうのである。女中に言われて知ってはいたが、私は眠れなくなって困った。備えつけの懐中電燈をたよりに本を読んでみた位では、睡眠薬のかわりにはならなかった。

私は「夜這い」を決行することにした。私は昼間谷の底の方にあるオンドル小屋へ遊びに行った時、そこにいた女たちと夜這いの約束ができていた。

オンドル小屋というのは、地中を流れている温泉の上にゴザを敷いて、その上で古風な仰臥療法をする横長の小屋のことである。小屋は十幾棟もあった。その中の一つに遊びに行く前、小屋の近くにある女風呂をちょっと覗いてみた。女風呂には一尺も一尺五寸もある男根の模型がごろごろ浮いていると聞いていたので、それを見学しようと思ったのだが、男根は風呂には浮いていなかった。そのかわり洗い場の隅のようなところにごろごろ積み重ねてあった。

「あんたたち、どうして男根をあんな隅のようなところに片寄せておくのかね」と質問すると、「だって、あんな大きなものを股にはさんだら、股がはりさけちゃうよ。股がはりさけちゃ、赤ん坊は出来ないもの」との返事だった。

ここの温泉は昔から子宝の湯として有名なのである。しかし湯治客が全部が全部、赤ん坊をほしがっているのではないらしかった。相当な年輩のものもいるのでそう想像できたが、「あんな大きいのより、おじさんのような小さい方がいい」と一人の女がいうと、

「そうよ、そうよ、おじさんのような小ぢんまりした方がずっといいわ」

ともう一人が言って、あたりが大笑いになった。

「よし、それでは今夜おれが夜這いに来るからね。雨戸をしめないで待っていなさい」

と言い置いて別れたのである。

むろん女たちは長湯治に退屈していて、こういうバカ話をしていると心のしこりがほぐれて、それが湯治を一層効果あらしめるもののようであった。だから私にしても冗談に応ずるに冗談をもってしたまでのことであったが……。

しかし洋服に着かえて傘をさして急な坂をおりて行きながら、私はだんだん自分が本当の夜這いに行っているような錯覚をおぼえた。坂道の途中で、何度もころびそうになったのも、夜這いにふさわしいスリルだった。

引戸にカギはかかっていなかった。引くとすぐあいたので土間の入口につっ立って、

「おーい、来たよ。君たち、あのじじいとした約束を、よもや忘れてはいまい。われと思わんものはローソクでもつけなさい」

と叫ぶと、ねていた女どもが一せいに眼をさまし、

「バカねえ。夜這いにローソクをつけるなんて、日本女性のするたしなみじゃないわ」

と一人の女がいうと、

「そうよ、そうよ、夜這いは手さぐり足さぐりで来るものよ。でも、バケツをひっくりかえ

さないように気をつけてね」

と一人がいうと、女たちがどっと嬌声をあげた。

雨はふっていても窓から入ってくる明りをたよりに、昼間みていた一番美人をめがけてムシロの上に上り、毛布をかきあげてのぞくと、果して私が目あてにしていた彼女だった。

彼女は無言のまま、片手を上手につかって私の洋服をぬがしてくれた。これはオンドル温泉の熱気が下からむれあがって、洋服がぬれてしまわないようにする配慮だった。いうまでもなく、彼女は秋田地方の風習にしたがってパンティーひとつだけの真っ裸だった。

もっともげすな第三者がかんぐるほどの事は、夜があけるまで何も起らなかった。しかし古風なオンドル小屋の温感は、朝まで私の背中でぽかぽかして、終生忘れることができない一夜になった。

白骨温泉

酒と旅の歌人若山牧水に、白骨《しらほね》をうたった歌がある。

山路なる野菊の茎の伸びすぎて踏まれつつ咲けりむらさきの花
おほかたの草木いろづける山かげの蕎麦の畑を刈り急ぐ見ゆ
湯の宿のゆふべとなれば躬《み》みづからおこしいそしむこれの炭火を
消えやすき炭火おこすといつしかにこころねもごろになりてゐにけり
露干《ひ》なば出でてあそばむあかつきの薄《すすき》が原の露のかがやき
来て見れば山うるしの木にありにけり樺の林の下草紅葉
冬山にたてる煙ぞなつかしきひとすぢ澄めるむらさきにして

こういう歌をものした牧水が、白骨に遊んだのは何時のことであろう。大正年間、いやもっと遡って明治時代のことであろうか。いずれにしたところで、牧水は草鞋《わらじ》ばきに杖などついていたことは、想像にかたくないのである。

さて「最近貴君が行かれた温泉」と云っても、私の場合、十二三年も昔の最近なので甚だ恐縮なんですが、まだその時は戦争以前だったので、私は至極のんきに着流しなんかで、新宿から汽車に乗って信州へ出かけたのでした。切符は何処まで買ってあったか、私は茅野《ちの》という駅で下車して先ず蓼科《たてしな》へバスを飛ばした。思い出したが、私が生れて初めてモンペ姿の女性を見たのが、このバスの中からである。私は中国生れなので、子供の時からこういうものを知らなかったので、ひどく珍しい心地がしたものです。

しかし肝心の蓼科はひどく混んでいた。宿屋は満員の盛況だというので、やむなくその日のうちに私はひきかえした。しかし大して残念とも思わず、私は帰りのバスの中から八ヶ岳など望見して、その日は上諏訪の温泉に辿り着いたのである。

上諏訪はひどく閑散であった。私が泊ったのは何館であったか忘れたが、あまり閑散すぎて、それで却って暑いような気がして、折角しようと思って来た仕事もできそうになく、二日ばかりでそこを引き上げて、白骨に向ったのである。

何ら予備知識があるわけではなかった。旅行案内一つをたよりに殆んど出鱈目に松本で電鉄にのりかえ、島々で下車、それから上高地行きのバスに乗ったのである。島々から上高地までは十里あると云う。と、本誌（「温泉」）の十一月号に長谷川春子画伯が書いているが、多分そんなものであろう。その途中に沢渡《さわんど》という部落がある。春子画伯はこの部落までバスに乗って、あとは上高地まで歩いたと書いているが、私はそれとは逆に、上高地行きのバスを沢渡ですて、あとは白骨まで歩いた。

尤も歩くより外に手はないのだ。そこから道が細くなり急になるので、もしも仮りに人力車をやとうとしても、悠に十人力を要するであろう。仕方はないので、私は浴衣の裾を尻からげにして、風呂敷包を小学生の遠足のように背中にくくりつけ、すたこらすたこらと山路を登った。道をまちがえたら飛んでもないことになると思ったが、そこはカンをたよりに、凡そ一里ばかりの道をてくって、やっと宿屋らしいものが数軒散在しているのを見つけたのは、その日もぼつぼつ暮れかけた時刻であった。

ところが、こんな淋しい――一里の間人にも出会わないような淋しい山の中に来ても、宿は満員であった。一軒、二軒、三軒もことわられて、私が三軒目の玄関でべそをかくと、「それでは別館の方にでも……」と言って、宿の女がそこから三丁ばかり離れた家へ連れて行った。

あとで分ったが、別館というのは八分は嘘で、二分だけが本当のような用語なのであった。もっと詳しく言えば蕎麦やラムネを売る店屋で、宿屋の免状は多分持っていないであろうような家であった。もちろんお風呂なんかないから、入湯の時はちょっと本館のを借用さして貰うという訳になるのである。

夕飯をすますと、私は手拭をぶらさげて、畦道の夜道を入湯にでかけた。途中、電信柱が二本つったって、裸の電気がうっすらと道をてらした。これも後で分ったことだが、ここの数軒の宿屋では、谷川を利用して自家発電をしているのである。

しかし本館の温泉はどうしたものかそれほど明るくはなかった。少し段々をおりて凹んだような所にある湯舟は、白くにごって、湯舟の中にはじいさんやばあさんのようなものが、じいっとしゃがんでいるのが私の目にとまった。薄暗い光線の中で、ガマのように糞落着きに落ちついているのは、もう何年も通いつめて、この湯舟はおれのものだと言っている風な感じを与えた。

一心同体、湯の三昧境とはこういうのを言うのであろうが、もらい湯の私は、一寸照れたような気持になって、そそくさと体をながして別館にもどると、その夜はさっそく寝床にもぐり込んでしまったのである。

よく眠れた。山登りにくたびれていた私は、隣の部屋に二組ばかり呑客があって、さわいでいるのが聞えたが、それらの客がいつ引上げたのかも覚えなかった。

ひとつには、八月上旬だというのに、蚊帳《かや》もいらない涼しさが私の安眠をたすけたに違いない。谷川まで顔を洗いに行くと、水が手のちぎれるほど冷かった。水引草の咲きみだれた小径を、私は足をびしょぬれに濡らして帰ってくると、つい、朝っぱらから一杯やりたくなったのは、自然の趨勢というものである。

「ねえさん、此処の温泉には、あれは何と云ったかなあ。城崎なんかにはあるんだが、……そうそう夫婦、……夫婦風呂とかいうものはないのかネ」と私はスキヤキでビールをのみながら、女中のハンちゃんに訊ねた。

「夫婦風呂? そんなのないよ。だけど、野天風呂ならあるよ」とハンちゃんが教えた。

「どこさ?」

「………」

ハンちゃんは、くどくどとその道順を教えた。けれども、初めての私にはまるでチンプンカンプンなので、あとで連れて行ってもらう所まで話はすすんだのである。

午後の一時ごろ、私はハンちゃんとでかけた。ビールの酔心地で、私の足は軽快であったが、目じるしのない山路というものは、教えることも教えられることも、むつかしいのである。宿から出て、はじめて四五丁坂道を降り、それから二丁ばかり又のぼり、次は割合平坦な道を十丁ばかり行くのだ。知ってしまえば極めて簡単な道である。

「あれだよ」

とハンちゃんが言った時、私は目の前の白樺の林の中に、四五人はいれば一杯になる野天風呂を見つけた。先客が二人あって、男と女だった。じっと静かに湯をたのしんでいる風であったが、向うでも私たちの気配に気がつくと、女の方が立ち上って湯舟を出た。

それで私はその翌る日からは、一人でその野天風呂につかりに出かけたのであったが、実を言うと、だんだん懐中もさびしくなって、逗留はわずか三日間でしかなかったのである。かえる時、私はまた来ることをハンちゃんに約した。ハンちゃんはまだ黄色い三尺帯などしめた、高等小学を出たばかりの小娘で、仮りにも私が思いをよせるのには遠すぎたが、——いろいろ話をきいているうち、私は晩秋初冬の頃、も一度ここへ来て見たくなったのである。と云うのは、ここの温泉は、十一月いっぱいで店をしめて、みんな里へ下りしてしまうのだという。考えてみると、夏場いちばん温泉がこむ時、温泉へ出かけるなんて野暮なのだ。客が二人へり三人へり五人へり、宿屋の部屋がガランとあいてしまったような時、——紅葉の美しい十一月の中旬に来て、私は宿の人たちと一緒に名残りを惜しみながら、うらがれた山を下りるスリルを味《あじわ》って見ようと思ったからである。

けれどもそういう目ろみも約束も、ふいになってしまったのは、その後日本が戦争に突入して、そんなことなどしていられなくなってしまったからである。

それでその後、私は牧水の歌をみつけて、時々内証のように取り出しては、よんでみたりしていたのである。

牧水の歌に、「薄が原」とあるのが、私とハンちゃんが二人づれをびっくりさせた野天風呂のある高原のことなのであろう。

はじめに谷の水が流れてゐる。
さうすると水をくむ人が其処へ来る。
冬が来て樹が枯れ、落葉する。
里の人が来て枯枝を拾ひ、落葉を掃き集めて冬の仕度をする。
情趣とは此事を云ふ。
情趣とは自然と人生と交渉するところにある。

これは中川一政画伯の文句だが、白骨温泉がまさにそういう所なのである。
あれから十年以上になるけれど、ハンちゃんもいい年増になっていようけれど、私はいつか約束を果さなければならない。

東北紀行

ことしの八月、私は福島県から宮城県へ行った。国鉄仙台鉄道管理局と福島観光連盟の好意によるもので、同行は約四十名の団体旅行だった。

午前十一時、上野駅に集合、赤い造花を胸につけて急行列車吾妻号にのる。白河の関ならぬ白河駅を過ぎて、先ず降りたったのが郡山《こおりやま》だった。

さっそくバスに分乗してある饅頭屋に連れて行かれた。オートメーション化でやっている流れ作業の饅頭の製造を見学して、薄皮饅頭の試食にうつる。辛党のためにはビールがでる。そのオツマミが唐もろこしをふかしたものであったが、さすがはお菓子屋さんの技術だけあって、大人気をよんだ。

その昔、芭蕉は「奥の細道」で、「風流のはじめや奥の田植うた」とうたっているが、私どもの風流のはじまりは唐もろこしということになった。

バスの中から見ただけではっきりとは云えないが、郡山は落ちついた静かな町である。久米正雄の戯曲「阿武隈心中」も宮本百合子の小説「貧しき人々の群」もここが舞台になっているのだそうである。

その晩は岩代熱海温泉に投宿。一風呂あびて旅の疲れをいやして、ホテルの広間で熱海芸者の「会津白虎隊」の剣舞など見せてもらった。もっとも一杯やりながらの観覧であるから、見ようが見まいが勝手なようなものだが、私ははじめこれは土地の娘さんの有志がやっているのかと思った。が、だんだんそれが芸者衆だとわかって、びっくりした。それほどおぼこいのであった。

あくる日の朝、同室のもの三人（いずれも作家）から私に抗議がでた。お前のいびきが大きくて、昨夜はねむれなかったというのである。さんざんにあやまったり恐縮したりした挙句、バスにのって会津若松に向う。

途中、下車して野口英世の生家を見る。野口博士の生家は粗末なかやぶきの百姓家だが、博士が医学に志す糸口になったイロリはそのまま残っている。博士は幼時、母親が裏の流れに菜っぱを洗いに行ったわずかな隙にそのイロリにころげ落ちて不具になったのだそうである。流れといっても溝《どぶ》のようなものだが、その溝の水はきれいであった。屋敷の庭に徳川時代から生えていたような桑の大木があるのが印象的であった。

それから九十九折《つづら》の山坂をこえて、白虎隊奮戦の地を車窓に眺め、飯盛山《いいもり》に到着。山を登って白虎隊の墓に参る。お線香をあげたのはむろんのことである。十六、七才のいたいけな少年が十何人腹をたち割り咽喉を突き合って自刃した場所も見物する。その場所は赤松など生えた山のくぼ地で、いんさんなムードはなく、はるか彼方に会津若松市の放送局のアンテナが見わたせる明るい斜面であった。

バスは若松に到着、車にのったまま鶴ヶ城址を見物する。

春高楼の花の宴
めぐるさかづき影さして
千代の松ヶ枝わけ出でし
昔の光いまいづこ

と土井晩翠がうたい、滝廉太郎が作曲したこの歌はあまりにも有名であるが、来てみると晩翠が詩興を催した素因も、手に取って見るかのようであった。

姫路城のようにお城はのこっていないけれど、私は城址をみるのはすきである。ことにあの石垣が私は大好きである。何百年か前の人間が、どんな風にしてあの大きな石を動かして積んだのかは知らないが、あの石垣を見ていると、そういうことも忘れて飽きるところを知らないのである。

東山温泉で昼食をとる。昼食時間を利用して、土地の芸者衆が会津白虎隊の踊りをみせてくれた。

バスはひき返して、猪苗代湖《いなわしろ》に出た。猪苗代湖は東西十キロ南北十四キロあるそうだが、私たちはほんのちょっぴり、といっても三十分くらい、十六橋《じゅうろっきょう》という所から長浜という所まで遊覧船にのせてもらった。船の上からは左に磐梯《ばんだい》山の姿がくっきりと見えた。このへんから見える磐梯山の姿を表磐梯というのだそうで、あとで段々わかったが表から見た方が山の姿がやさしいのである。裏は明治二十一年の大噴火で削り取られたようになっているので、ごつごつして醜いのである。画描きさんたちはスケッチブックをひろげて、しきりに表磐梯の容姿を写し取った。

無風流者の私はシャツの胸をひろげて湖上をわたってくる涼風をたのしんでいると、土地の若者が二人、船の周囲にきて水上スキーの妙技を展開してみせてくれたのは、思いがけない収穫であった。映画のようなものでは知っていたが、この山の中の湖で、水上スキーが見物できようとは想像もしていないことであった。

陸上を先まわりして待っていたバスにのる。バスはくるりと裏磐梯に出て、裏磐梯高原を右往左往して、明治二十一年の大噴火でできた秋元湖、小野川湖、桧原湖などを見学する。

これらの湖にはこの日は見えなかったが、水量がへると、噴火当時のまま墓石や鳥居がにょこっとのぞいて現われるそうである。冬になるとその上で、スキーをやるのだそうであった。

　夕方近く飯坂温泉に着。一風呂あびて夕食。夕食はある旅館の大広間で、ここでも土地の芸者衆が「会津白虎隊」の剣舞を熱演して見せてくれた。

　飯坂はまだ町のようだが、町の中央を流れている細流を摺上川《すりかみ》という。阿武隈川の支流だそうであるが、私はこの摺上川の上流の穴原というところにある旅館に一泊した。昨夜、いびきをかいて人の安眠を妨害したツミで、三階の一等の奥にある室に一人でおしこめられた。とは云え昔から人間の禍福はあざなえる縄のようだというが、その室はご新婚さんなどを泊める室のようであった。ふかふかしたダブルベッドはむろんのこと、バスつきトイレつきの豪華な室であった。が、ダブルベッドに一人でねるのは、なんとなく私はもの足りなかった。せっかくのバスにも、たった一回はいっただけであった。

　あくる日は福島市をバスで通過して、高湯温泉に向う。高湯温泉のお茶屋のようなところで、名物のトコロテンの接待にあずかり、それからがいよいよ吾妻スカイラインのドライブということになった。

　このスカイラインは近頃できたばかりの有料道路で、高湯にはじまり土湯に終る全長は三十キロ近くもあるのだそうである。大昔人間は山の尾根づたいに旅行したものらしいが、それから段々麓へ麓へと下った人間も、歴史はくりかえして、山のてっぺんにあこがれるようになったのかも知れない。

りくつは兎《と》に角《かく》一歩あやまれば谷底にツイラクしてオダブツになりかねない山のてっぺんを空とすれすれにして行く愉快さは、私のような老人にもたいへんなスリルがあった。

「どなたか御入用の方には、この新聞を四十円で差し上げます」とテレビ・タレントのH青年が突然バスの中に立ちあがった。なんだ、なんだ、どうせ宿屋から失敬して来たのに違いないものを四十円とはひどいぞとヒナンの声があがったが、「あたし、いただくわ」と意表をついて買い手がついた。婦人ジャーナリストのN嬢であった。N嬢は十円玉を四つ、H青年の掌に握らせて、新聞を受けとった。あざやかな手さばきで、あとのものはちょっと開いた口がふさがらない恰好だったが、こんなのを海抜一千メートル上空の、レジャー・ブームというのかも知れなかった。

午後二時、土湯温泉に着。一風呂あびておそい昼食となる。その昼食時間を利用して、土地の芸者衆が総出で、おんな白虎隊のおどりを見せてくれた。

そこから福島駅までは平坦な平野で、道の両側の畑にたわわになったリンゴの実がもう色づいているのがことのほか印象的であった。福島駅で団体旅行は一応解散になり、私は有志数名にさそわれて宮城県小原温泉に向ったのである。

あとから仄聞《そくぶん》したところによると、N嬢はその後たびたび勤務の余暇を利用して、銀座に唐もろこしを喰べに出たそうであった。

孤島へのひとり旅　粟島

日本海に粟粒のように浮ぶ孤島粟島は、周囲が十八粁《キロ》、面積が九平方粁、人口約九百人の小島である。交通は新潟から北へ六十粁、岩船から西北三十五粁、もちろん海路を利用するのほかはない。

毎日一回定期船が出ている。粟島を午前九時に出航した船が、午前十一時に岩船に着く。その船が午後二時に岩船を出航して粟島へ帰って行く。船の便《びん》といえば一日一回往復の、この便船にたよるのほかない。

私がこの島へ渡ったのは、五月中旬の天気の晴朗の日だったので、たいした番狂わせもなく、予定の時刻に粟島の波止場に着いた。おりたお客は数人に過ぎず、それらのお客もみんな島のひとのようであった。私は前に交渉がしてあったので、宿屋の番頭（六十歳位）に出迎えられて、コンクリートでかためた細長い波止場の上を、足が辷《すべ》らないように用心しいしい、海岸ぞいの道路まで出た時、そこにあるキップ売り場の前に一人の若い女が立っているのを認めた。若い女は黄色いカーディガンにスラックスをはき、自転車のハンドルを片手で握っていた。

「ホテルのおじさん、東京からのお客さま?」

と若い女が番頭に声をかけると、

「ああ、そうだよ」

と番頭が返事をするよりも早く、若い女が私にお辞儀をした。

「商売が繁昌でいいわね。じゃ、さようなら……」

若い女はひらりと自転車にまたがって、右の方へ消えて行った。

私が今晩泊る宿屋は左の方らしかった。

番頭につれられて、海岸沿いの道を歩いて行くと、海辺の砂浜には今日水揚げしたばかりのワカメが一杯ほしてあった。しょっ中かきまわしてやるのがコツらしく、顔の黒い女が、せっせと乾燥作業に余念がなかった。

「番頭さん、さっきの若い女、あれはナニモノ?」

私がきくと、

「小学校の先生だよ。さびしがり屋でねえ。毎晩のように、うちへテレビを見に来る。今晩もきっと来るだろう」

番頭が島言葉で、だいたいこんな返事をした。

ホテルは島の部落からすこし離れた場所にあった。もともとこの島には、旅人宿めいた宿屋が一軒しかなかったのだが、去年このホテルが新築されて二軒になったのだそうであった。けれども私は着いておどろいた。ホテルの室数は新興ホテルらしく、五十くらいはあるらしかったが、お客様は今夜は私がたった一人だということだった。女の先生が、「商売繁昌ね」といった言葉を思い出して私は苦笑した。

夕食までの時間を利用して、島めぐりをして見ることにした。いくら島が小さくても、徒歩で一周するのは肉体的にも時間的にも無理なので、私は小舟を一艘、番頭にたのんでチャーターして貰った。

小舟は四、五トン程度の、ワカメ取りのディーゼル船だった。舟が小さいので、ホテルのすぐ前の砂浜に横づけにしてくれた。

ところが小舟が時計の針とは反対に、砂浜を出発して間もなく、島の内浦のさっきの波止場の前を通りすぎた頃からポツポツ雨が落ちはじめた。

「船頭さん、大丈夫かね。こんなことになると分っていれば、傘を持ってくるんだったなあ」

と私が不安がると、

「なアに、大したことはあるめえ。一時間とちょっとだから。そこにあるゴザを頭からすっぽり冠《かぶ》っていなせえ」

と船頭が島言葉で言った。

私は言われたとおり、ゴザを頭からかぶると、海には風があるので、却ってこの方が傘よりも具合がよさそうであった。舟は島の東の突端をまわって、島の裏側に出た。波が一層強くなった。島の裏側は断崖絶壁の連続で、表を心やさしい女性とすれば、裏は荒らくれ男が歯をむいているような形相だった。でも、その断崖絶壁の上を黒い鵜《う》の鳥が嬉々ととびかわして、営巣にいそしんでいるのが見えた。早く生れたヒナは巣の中から首をつき出して、雨と風とのこの世を物珍しそうに見物している姿も見えた。

小舟は波しぶきに濡れながら進んだ。私のかぶっているゴザから雨がもって、私の肩も濡れ出した時、左側に人家のむらがりが見えて来た。

「船頭さん、あれが外浦部落だね。あれで何軒位あるの」

と私がきくと、

「三十軒位だね」

と船頭が云った。

山の裾と海岸との間の狭い場所にある部落は、とても三十軒あるとは見えなかった。団子がくっついたように寄り添って、部落は雨にぬれていた。人間の姿は一人も見えなかった。人間の姿が一人も見えない部落の光景が私には異様だった。

一時間あまりで島の裏側の見物を終え、再び砂浜から宿に戻ると、夕食には酒を注文した。見物がたたって、私は風邪をひきそうになっていたのである。でも島はいまタイのシーズンで、タイのさしみに舌鼓を打ちながら、山形からきている女中を相手に取り止めもないお喋りをしているうち、風邪の気配もぬけた。

夕食を終えて、私はホテルの玄関に出た。すると小学校の若い女の先生は既にやって来て、テレビに見入っていた。

「やあ、どうも、どうも、……雨の中をよく来ましたね。実はぼくはあなたがいらっしゃるのを、心の中でたのしみにしていたんです」

私は一杯きげんも手伝って、なれなれしく声をかけると、

「あら、いやだわ。でもそれにしちゃ、ずいぶん長いご夕食ですこと」

と若い女の先生が逆襲して、私たちはすぐ仲よしになることが出来た。

以下はその若い女の先生が、私に話してくれた彼女の身の上話の要約である。

わたしは新潟県人ではなく、長野県の山の中で生れたんですけれど、大学が新潟だったもんで、この粟島へやって来るようになったのです。大学を出たのは去年の三月ですが、小学校の教員を志望しましたところ、県庁のえらい人から、

「どうかね、キミは僻地教育に興味はないかね」

ときかれたので、

「あります。大いにあります」

と大威張りで答えちゃったんです。その心理を後から分析して見ますと、私の心の中には寂しい所へ行きたいという気持が、多分にあったのは争えませんけれど、いよいよ赴任地がきまって、粟島だとわかった時は、嘘いつわりのないところ、物すごくがっかりしちゃいました。だって、新潟県出身のひとでさえ、こんな所にこんな島があるのを知らないひとの方が多いくらいでしたから……。

「へえ、おれはそんな島、知らねえぞ。きっと、平出朱実のやつ、失恋が原因だろう」

と男の学生がささやいているのが聞えた時など、涙がぽろぽろ流れました。

でも、四月にこの島にわたって来て、四、五年生の組を受持たされ、授業をはじめると、一ぺんに気持が落着きました。生徒は皆んなで二十八人ですが、その二十八人の生徒が一人残らずあたしになついてくれますし、先生は中学校の方もいれて全部で十三人ですが、その先生方がとてもあたしに親切にしてくださるので、こんないい学校が日本に二つとあろうかと、すっかり嬉しくなっちゃいました。

ええ、先生方は十三人が十三人、全部陸のひとです。この島のひとは一人もおられません。校長先生は学校内の校長住宅に一人でお住いですが、ほかの方は全部漁師の家に下宿しておられます。下宿といっても部屋も食事も家族同様ですから、自然に人情が交流して、男の先生など冬になると大酒をのんでも、誰も叱るものは一人もありません。

この島では、いま、タイ網などの最盛期で男は一生懸命海で働いていますが、秋になると、陸へ出稼ぎに行って、島には女と老人と子供だけが残ります。人間がすくなくなると、人間はひとりでに仲よくなるものらしく、陸の漁師にはとかくあり勝ちな喧嘩沙汰など一つもありませんから、この島には駐在所もなければ巡査もいないのです。もっともお医者さんが一人もいないのは、病気になった時、ちょっと困りものではありますけれども……。

ええ、そりゃ、さびしいこともあります。去年の冬は海がよく荒れて、定期船が四十何日も欠航してしまいました。毎日毎晩、耳にきこえて来るのは、ごうごうという海の音ばかり……。それに島は自家発電ですから、夜の十一時になると電燈が全部消えてしまうんです。そういう夜中にふと目がさめて、真っ暗やみの中で、ごうごうと鳴る海の音をきいていると、ちょっと口ではいえないほど、寂しい気持に胸をしめつけられることがあります。

定期船が入らないと、郵便も来なければ、新聞も来ませんから、あれは何というのですか、人間の女の孤絶感といった風なものに苦しめられますけれど、そのかわり、四十何日ぶりに新聞や郵便がどさっと山になって着いた時のよろこびといったら、これまたちょっと口や筆ではとても表現できない、島ぐらしのひとでないと分らない喜びがあるわけです。

大抵の先生方は二、三年すると陸にお帰りになるのが通例ですけれど、あたしは今のところ、五年でも十年でも、ずっとこの島にいたいような気持でおります。

若い女先生は、まだ話したりない風であったが、十一時の消燈の時間が近づいたので、スラックスにゴム長靴をはきしめ、どしゃぶりの雨の中を勇ましく帰って行った。

あくる日、私は予定を変更せねばならなかった。一晩中ふりつづけた雨はあがって、島は五月晴れの好天気にめぐまれたが、私はついうっかりして、今日は定期船が出ない日だということを知らなかった。定期船は一艘しかないので、その定期船は、昨日の午後、新潟へ行って、今日の午後にならないと帰って来ないということだった。そういうことが、月に四回ほどあるということだった。

幸い、番頭のはからいで、私は魚をつんで山形県へ行く貨物船に便乗をゆるされた。貨物船は昨日定期船が着いた同じ波止場から出た。船が出ると、もちろん、貨物船には船室のようなものはなかった。なまぐさい魚箱の間につったって、私はあくことなく島のたたずまいを眺めた。

おかしなものだ。わずか一日の滞在であったが、昨日来がけに眺めた島とは、また別な感情が島にはあった。

私はなんとなく、島が陸で、陸が島であるかのような錯覚におちいった。やがて、島の波止場も見えなくなり、昨日女の先生が立っていたキップ売場の小屋も見えなくなると、故しらぬ涙がすっと一条頬をながれるのを、あわててハンカチでふいた。

北海道と私

去年、私は生まれてはじめて北海道へ渡った。雑誌社の取材で行ったので、その印象記はすでに雑誌に書いた。書いた時はずいぶん書きおとしたと思っていたが、それが何であったか今ははっきり思い出せない。

私は札幌に着くまではスケジュールはなかった。しかしぼんやりと、日本の一番ハシまで行ってみたいという気持はあった。ハシといえば稚内か根室である。で、札幌に着く早々、畏友更科源蔵に相談したところ、それはお前の足と持時間では無理だといわれ、にわかに積丹《しゃこたん》半島に模様がえしたような次第であった。

先日私はテレビを見ていたら、北海道のストーブ列車が出た。テレビは後で調べなおすわけにはいかないので正確なことは言えないが、私のおぼろげな記憶では旭川から北見あたりへ行く汽車のようであった。お客がストーブを取りかこんで一ぱいやっているところへ、車掌が石炭をくべにやって来たりしていた。私も乗って一ぱいやりたいものだという気が強くした。

札幌で私がとまった宿屋は、ガスストーブだった。ガスストーブは大層便利で私の家でもつかっているが、私はしんからこれが好きなのではない。だから北海道まで来て今更、という気がしないでもなかった。だから翌日、バスで小樽に着き、美国《びくに》行きのバスに乗りかえる時、美国行きバスの終点の待合室で燃えている石炭ストーブを見た時は、なんとも言えぬほどゆかしい気がした。

ストーブのまわりに置いてある木椅子にお客が二、三人腰かけていた。割ってはいって私もストーブ気分を満喫したかったが、バスの出発時刻がせまっていたので、キップを買いながら横目でちらっと、見物しただけなのは大変残念だった。

この日とまった美国の宿屋では石油ストーブを焚いてくれた。その次の日とまった小樽の宿屋は、やはりガスストーブだった。その次の日とまった定山渓《じょうざんけい》でも、やはりガスストーブだった。ついに私は石炭もしくは木炭ストーブにめぐり会うことが出来なかった。

ぜいたくを言うなと叱られそうだが、だから旅行というものはつまらないのである。もちろん全然つまらないことはないけれど、たとえば私が札幌へ行ってまずさがすのは下宿屋だとする。下宿をさがすのには若干の苦労がいる。一と月分の前金はらったりすれば、懐中もいたむ。だが仮りにもせよ自分の居をさだめて、狸小路へ一ぱいやりに行くのと、旅館の下駄をつっかけて行くのとでは、大分事情がちがうと思うのである。前者を木炭ストーブだとすれば、後者はガスストーブほどの差がある。大した違いではなくても、そこにちょっと口ではいえない重大な差がある。去年私は日本のあちこちを大分歩いたので、こういう感想を抱くようになったのである。

札幌から定山渓へは車をとばした。南三条の三条センターで飲んでいて、外へ出たのは夜中だったが、通りかかったタクシーをよびとめてから、行く先をきめた。北海道最後の夜を、ゆっくり温泉につかって見たいと思ったのである。

ところが着いてから二、三軒宿屋をことわられた。中には玄関の戸をたたいても開けない宿屋もあった。もっともこれらのことは運転手がしてくれたので、なければ仕様がない、札幌へ引き返そうと思っている時、運転手がやっと一軒見つけてくれた。

翌朝目をさまして外を見ると、一日中太陽のあたらない宿屋だった。南側に新築の何階建てかの大きなビルが建っていて、これでは温泉気分も何もあったものではなかった。

こんど北海道へ行くことがあったら、北か東か一番ハシまで行ってみたい。二つをのぞむと虻蜂とらずになりそうだから、どちらか一つへ行ってみたい。

私は最高とかてっぺんとかいうものは性に合わないが、ハシという場所には妙にひかれるところがあるのである。

V

自慢のタネ

私はロシヤの文豪チェーホフが死んだ年に生れた、というのが自慢のタネである。

それでかどうだか、この年生れの日本の作家には、丹羽文雄、寺崎浩、佐多稲子、藤沢桓夫、福田清人、徳田一穂、そのほか数えきれないほどの皆さんが居る筈である。

功成り名とげて死んだ人では、堀辰雄、林芙美子、武田麟太郎。

これら多士済々の皆さんのシンガリにちぢこまって、しかし私は皆さんよりもいちばん年長者ではないかしらと思うのが、これまた私のひそかな自慢のタネである。

換言するなれば、小学校が一年上級だったわけだが、三月二十六日という学年末に生れた私は、その他の原因も入りまじって、小学校に上った時、背の高さが組の中で一番ひくかった上、知能指数が甚だしく劣等だったのである。

それが証拠に、明治四十三年四月四日の父の日記帳には、

「捷平、今日は学校で〝ハ〟の字を習って帰った。〝ハ〟の字だといって書くのを見ると、右の、を先にかいてみせた」

といういうガイタン的記事が、いまなお歴然と残っているのである。

一事は万事、私の一生の運命はこの時きまったようなものである。よくもまあ、かつがつながら文字を書くショウバイが出来ているものだと不思議にたえない。

門札

笠井信一
松村翠之輔
こう二つ名前をならべたのは、ほかでもない。いまから四十何年前、私が小学生だった時、先生から暗記させられた名前だからである。
前者は、時の県知事であった。
後者は、時の郡長であった。
どうしてまたこんな名前を暗記しなければいけないかというと、郡視学が学校の視察にやって来た時の用心に、必要だったのである。郡視学が生徒に県知事の名前や郡長の名前をきいた時、「知りません」では学校のメイヨにかかわるばかりか、先生がたの浮沈にも関した。
いま考えてみると、少々おかしいが、総理大臣の名前や文部大臣の名前は、先生の浮沈には関係はなかったようである。

　せんさくはともかくとして、郡視学来校の前日には、私たちは知事と郡長の名前だけは是が非でも覚えておかなければならなかった。

　しかしそれは、まあわりあいカンタンだったが、それよりも大掃除の方が大変だった。廊下もピカピカ、窓ガラスもピカピカ、運動場はチリ一本おちていないほど、清掃しておかなければ、郡視学のご機嫌が斜になるからである。

「お前たちの家でも、祭の前の日には大掃除をするじゃろう。つまりこれは礼儀というもんじゃ」

　と先生は言訳のようなことを云い云いしていた。

　ところが礼儀は礼儀でも、当の郡視学は私たちがピカピカにみがきあげた廊下を、土足でもってあるくのである。郡視学は膝まである黒い長靴をはいていたが、その長靴をキュッ、キュッと鳴らして廊下を平気で歩くのである。

　或る時、それは私たちが尋常科二年生の時であった。何学期であったかは忘れたが、その郡の視学が土足の長靴をキュッ、キュッと鳴らしながら、私たち二年生の教室のそとの廊下までやってきた。郡視学はちょっと廊下に立ちとまって、先生の出入口の扉の上にかかっている時間割表に書いてある、私たちの受持である池内先生の名前を手帳に書きとめた。

　それから扉をあけて教室に入り、私たちの学習ぶりを一分か二分か見ていたが、

「おい、なぜ、君は生徒にわしを紹介しないのか」と池内先生を叱りとばした。

叱られた池内先生は真赤になって、あわてふためき、

「気をつけえ。みんな視学さんに向って、最敬礼」

と声をはりあげて号令をかけられた。で、私たちが視学さんに向ってうやうやしく最敬礼をすると、視学さんもさすがに照れくさくなったのか、顔を真赤にして、キュッ、キュッと長靴をならして、廊下に出て行ったのである。

ところが照れたのかと思ったのは私たちの早合点で、私たちが三年生に進級した時、つまり学年がわりが来た時、池内先生は瀬戸内海の離れ島に転任してしまわれたのである。いわゆる左遷というやつで、その年数え年九つだった私たちにも、おぼろげながら、その理由がわかったのである。

ずっと後年、私が東京の大学生になっていた時、小石川の台地をぶらぶら散歩していると、全く思いがけないことに、
笠井信一
という門札を私は見つけた。

場所は盲唖学校のすぐ近くであった。

感慨無量という言葉があるが、私は全く感無量な気持になった。私たちの大事な先生だった池内先生を島流しにした郡視学よりももっとえらい、郡長さんよりもっとえらい、県知事

さんの家が、こんなところにあろうとは、夢にさえ思ってみたことがなかったからである。

知事さんの家はたいして大きな家ではなかったが、みかげ石の門柱にはめこんだ白い陶器に黒文字をうかせた門札を、私があきもしないで見ていると、

「何か、ご用？」

と、私と同年輩ぐらいの女中が出て来て、なれなれしげな口調できいた。

「い、いや、別に」

と私はいくらかどもるように云った。

「そう。じゃ、いいわ」

と、女中が言った。

女中は私がアルバイトの口でもたのみにきたのかと、カンをはたらかせてくれたのであったろうか。

彼女はからころ下駄の音をひびかせて、盲唖学校とは反対の坂道をくだって行った。

時は大正十四年新緑のけぶる頃で、盲唖学校の方から単調なオルガンの音に合わせて、盲唖学校の生徒が唱歌をうたっている、時刻は午後一時半ごろのことであった。

うどんのかつぎ売り

われらが母校

大正の中期、私が五年間いた中学校を岡山県矢掛《やかげ》中学校といった。県立だが、門札などには立の字はつけないことになっていた。地理の関係で、生徒の三分の一は隣りの広島県から来ていた。が、その頃は越境入学というようなへんな言葉はなかった。後年いざこざの種になった配属将校も、まだ配置されていない時代のことである。学科のなかで、私は体操などをすいた。体操が上手というのではなく、この時間ばかりは予習をしていかなくても、大いばりで授業にのぞめるからであった。

体操の教師F先生は、私たちの校長先生の六高時代の恩師でもあった。そのA校長にF先生がぺこぺこする図は、私たちの生徒のちょっとしたレクリエーションになった。体操の教師は毎朝朝礼の号令をかけねばならないから、(つまり校長の一番身近にいるから) いやでもその図が毎朝見物できた。ある日体操の時間に、F先生は私たち生徒にこんな話をした。

「わしはそのうち、教員をやめて、うどんのかつぎ売りをしようと思っている。健康にはこれが一等いい。みんなの家にも売りに行くから、その時はどっさり買ってくれ」

しかしF先生は私たちが卒業して間もなく、在職中に死去した。で、つまりうどんのかつぎ売りは、先生の夢に終ってしまった。その時先生はまだ五十前であったろうか。先生の年齢などあまり気にしない時代のことであるから、はっきりしたことはわからない。

新学期

戦後、「人間の形成期」とかいう言葉をしきりに耳にする。十代から二十代にかけての、青少年期のことを指して言っているらしいようである。そのことから、思いついたことを、少々書いて見る。

私が旧制中学に入学したのは大正六年の四月であった。小学六年から入学したのではなく、高等科一年を終了してから入学した。その頃は尋常科からすぐに中学に行くと、脳が悪くなると言われていたからであった。学校の先生もそう思っていたし、親もそう思っていた。中学という学校は、幾何だの代数だの、英語だの、むつかしい学問をする所だから、脳が悪くなって、気違いにでもなっては大変だと思われていたのである。それで私の組では、私とO君の二人が高等科一年から中学に入学したが、入学してみると六年からきたものが少々いるのが意外だった。よほど脳のいいやつなのだろうと思ったが、しかし自分がそんな生徒にくらべて一年おくれたというコンプレックスは感じなかった。高等科二年を卒業してきたものも相当いたし、更に高等二年を卒業してから脳をよくするために一、二年家でぶらぶらしてきたものもあったからである。

私が中学二年になった時、小学校の同級生が二人、一年生に入ってきた。当時その中学では、下級生は上級生に敬礼をしなければならない規則があって、私は二人の同級生から敬礼を受けた。何となくくすぐったい気持であったが、欠礼をほかの上級生に見つかると、鉄拳制裁を受ける危険性があったから、表向きはそうせざるを得なかったのである。

話がそれたが、その時分は小学校の卒業式（或いは修業式）がすんでから、中学の入学試験が行われた。はっきりした月日は覚えないが、三月二十五日頃卒業式があって、二十八日頃入学試験を受け、四月十日頃の入学であった。日本の人口が朝鮮、台湾、樺太をふくめて六千万人であったから何事ものんきにしていられたのかも知れないが、学校を正式に卒業して、それから入学試験を受けるというのは今思い起してみても奥ゆかしいかぎりである。

中学に入学して、四月五月の二ヵ月、私たちは着物に袴をはいて通学した。もし気の早いものが洋服を着て登校すれば、学校はどういう処置を取ったかわからないが、誰もそんなに急ぐものはいなかった。ただ落第生だけは洋服を着て来た。落第生は一学級に数人ずついて、あいつ落第したやつだなということが、一目瞭然、すぐに見分けがついた。

校長先生はまだ三十代の少壮であったが、しかしそれは今そう思うので、その頃は先生の年齢などに関心は持たなかった。東京帝大の出身で、上級生が畏敬していたので、新入生の私たちも畏敬した。いつだって詰襟の洋服を着て、頭には学生帽のような帽子をかぶって登校する校長先生であった。モーニングやフロックコートは持っていなかったのであろう。式の時も詰襟の服で教育勅語をよんだ。東京帝大を三番で卒業したのだと、上級生が教えてくれた。しかし三番は三番でも、先生の専攻したのは何とか哲学科で、その哲学科には同級生が三人しかいなかったので、三人中の三番だったのだ、と上級生が教えてくれた。しかし三人中の三番でも、私たちには大へんえらい人のように思えた。

中学に大分年をとった（と云っても四十代であったろう）体操の先生がいて、生徒監をかねていた。生徒がうどん屋に入っているのでも見つけると、職員会議に持ち出して、退校の手続きを取ったりするのが役目だった。生徒にはこわい存在だった。この体操の先生は、校長先生が高等学校の時、やはり体操を教えたのだということであった。校長先生にとっては恩師で、校長先生はこの体操の先生にだけは「さん」づけで呼んで敬意を表していたが、体操の先生は校長先生にだけ必要以上にペコペコしているのが、私たち生徒には何とも言えずツーカイであった。

「労働文化」もはや四月号だというので新学期にちなんで、スピードのない昔話をしてみたが、どうか読者の皆さんも、交通事故に気をつけられて、お怪我などなさらんようにとお祈りする次第である。

習字の先生

私は大の悪筆である。

その上にもってきて、ふとしたことから右の人差指にガラスが突きささって、それが元で指の神経を痛めて、今は四本指で字を書いている。本気で書くと速度がにぶるから、なるべく汚く汚くと心掛けて書くので、ますます字が下手になった。

こんな大悪筆でも、昔、小学生の時は字がなかなか上手だった。いや、上手かどうか、お清書が保存してないから本当のことはわからないが、たびたび先生が教室の壁にはり出しをして呉れたから、そう思っても大してインチキにはならないであろう。

旧制中学に行くようになって、習字がきらいになった。一年と二年の時は乙で持ちこたえたが、三年生になると俄然、丙になった。幸、四年生からは習字がなくなってほっとしたけれど、もし四年生にも五年生にも習字があったら、私は習字で落第したかも知れなかった。

私が中学で習字をならった先生は、ニックネームをガンツウと云った。この先生はどういうものか、三年間で一度も、習字を教えてくれなかった。生徒は教科書を見て、紙に筆で字を書く作業をするだけであった。最初の時間が稽古で、次の時間が清書だった。先生の仕事と云えば、その清書にお点をつけて返すだけであった。清書の返し方も、一番背の高い生徒の机にもって行っておいておくと、順々に生徒が一枚ずつ、自分のを取って行くという横着な方法だった。背の低い私など災難で、お点の悪い清書をみんなに見られてしまわねばならなかった。いまの言葉でいえば劣等感がつのって、習字に精出す気力はますます失われた。

しかし今になって思うと、ガンツウは相当なえらぶつだったような気がする。三年間に一度も、それこそ本当に一度も、習字は教えてくれなかったのである。

私の組がそうであったのだから、よその組もそうであったのに違いないのである。凡そ二十年位在職したと思うから、二十年間、一度も習字は教えなかったのに違いないのである。いつだって、仁丹を口の中にいれて、ベロをなめなめ、黒板の前のあたりを、行ったり来たり、散歩しているだけだった。

あんな習字の先生なら、私のような大悪筆でもできるような気がしてならない。英語や数学をやってくれと云われれば、少々の月給では行きたくないが、習字であるなら、よろこんで雇われてみたいような気がしてならない。

ただ一つ、習字の先生ともなれば、年に一回、卒業証書を書かされるだろうが、ちょっとそいつに困るが、その時はその時で何とか道がひらけるであろう。

小田川

「平賀春郊歌集」という歌集が、一昨年の春、松江高等学校宮崎県同窓会（延岡市三ッ瀬町高森医院内）から出版された。私は知らないでいて、手にして一読したのは、ほん最近のことである。

平賀春郊は名は財蔵、明治十五年、宮崎県の生れで、大正九年から十一年まで、岡山県立矢掛中学校の教頭をつとめた人である。そのあと山口高等学校に転任、二年をへて松江高等学校に再転、定年退職の昭和十七年まで松江にいられた人である。

実を云うと、私は平賀氏が矢掛中学時代の生徒の一人で、中学五年生の時、国語と法制経済を教わった。

法制経済の最初の時間、先生は云った。

「ぼくは法制経済の免許状こそ持たないが、高等師範出身免許状持ちのN君などより上手な講義をするから、諸君は安心してぼくの講義をきくがいい」

同僚のN先生の名前をぬけぬけ引合に出して自画自讃をやった。こう書くとイヤ味に聞えるかも知れないが、そこが人柄というもので、また平賀教頭の大ぼらが始まった、というようにしか生徒には印象されなかった。当のN先生の耳に入ったとしても、N先生も苦笑するのほかないような、底ぬけのところがあった。

ところがこんど歌集にくっついている年譜をみると、先生は東京帝大でははじめ経済科に入学していて、あとで国文科に再入学していることがわかって、なるほどそうだったのかと、先生のウヌボレのほどが分ったのである。

ある時、先生が岡山市で何かの講演をやった。その講演のなかで、そもそも教育勅語はむずかしい悪文だ、もっとやさしい文章にすべきだというような意味の気焔をあげて、問題をおこした。が、ともかく無事にすんだのは、先生の人柄によったのだろうと思われる。もう一つは、岡山県人の良識がよかったのだろうと私は思う。もしも他府県でこんな問題をおこしたら、先生のクビはむろんのこと、風向きによっては不敬罪にまで発展していたかも知れないのである。

大正十年五月、若山牧水が旅行の途中、矢掛に立寄って平賀先生を訪ねた。私など学校生徒は新聞の記事で知っただけで、先生と牧水の関係についてはつまびらかにできなかったが、先生と牧水は宮崎県延岡中学校の同級生だったのである。これまたこんど、私は歌集にくっついている年譜をみて、なるほどそうだったのか、と納得がいったのである。
その時、牧水は、

いのちありて今日のうれしさはるばるとたづねきて汝と相向ふなり

という歌をよんだ。
春郊先生も、次のような歌をよんだ。

酒やめて久しきわれもまれ人のこのさかづきは否みがたしも
心地よく今宵はねむれあらたへのぬのの初床は妻もこそしけ

春郊先生の住いは矢掛の小田川の土手際にあった。私はこの住居を一度だけ訪ねたことがある。学校の卒業式がすんで、慣例で級友数人と一緒に〝卒業御礼〟に行ったのであったが、その時奥さんがおいしい紅茶を御馳走してくださった。記憶力がうすれてはっきりしないが私が生れて初めて紅茶なるものをのんだのは、この時ではなかったかと思う。
この家で書かれたに違いない「小田川」と題する六首の歌が歌集にのっているから、それを次に書き写して見よう。

夕さればむかひの村の童たちここの川原に牛つれきたる
小山田に蛙さわぎてやまもとの蚊やりの煙たかくあがらず
ほととぎすむかひの山に日ごとなきて川のにごりもややすみにけり
白雲を空のそくへにかたよせて月てれる夜を風たかくふく
もちの夜の月てる川をなきつれてのぼる千鳥は二つなりけり
かまかりて墓のしこ草はらひ居れば線香なかばもえて淋しも

なお、もう一度歌集の年譜をかりると、先生は昭和二十七年五月、郷里宮崎において病没されている。お年は七十一才であったという。

杉山の中の一本松　教師時代の思出

苺の娘

田舎へかへらう
朝あけのやうなせいさんな　水辺の村へかへらう
むすめよ
よく　からし菜や白菜を摘んでくれた娘よ
夕ぐれ近く
散歩帰りに　そなたの畑の下路で口笛を吹きすますと
青菜のかげからいちごのやうに笑つたね

あんなにも素朴な
すつきりした笑ひをみせておくれよ
いつかそなたが　小川で素足を洗つてゐるとき会つたやうな
あんなせいそなはぢらひを寄せておくれよ

ああ　いちごのやうに明るい娘の畑へ　もう一度かへらう。

この詩は私が大好きな詩の一つです。作者は村井武生君です。彼の処女詩集「樹蔭の椅子」の中におさめられております。

今日、私は久し振りにこの詩集を取り出して開いてみると、この詩集の発行は大正十四年一月一日となっております。ずいぶん昔のことで、指を折って数えて見ると、もう二十六年も前のことになります。それですから、武生君がこの詩を作ったのは、それよりももっと前のことでありましょう。

もっと急いで説明をします。武生君はこの詩集の覚書の中にこう書いております。

「一九〇三年石川県美川と云へる海港に生れ、十歳の時母の死とともに金沢市に出で少年時代を送る。父死して後うらぶれて定まる所なし。（中略）その後、宮竹と云へる手取川畔の水村に、一年あまり代用教師を務めしことあり、水郷のみどりしたたる小村にして、朝は蒼き白山の雪を望ましめ、夕は遠き都を懐《おも》はしむ。長くわが心を休めし処なり。」

右の文で解るとおり、この詩は武生君が田舎で代用教師をしていた時の詩なのであります。

いや。そうではなく、彼がその後都に出て来て、当時のことを懐かしんだ詩なのであります。

「長くわが心を休めし処なり」と彼が述懐しているのが、私にはよく分るような気持がいたします。

何故かと云えば、武生君は一九〇三年生れ、私は一九〇四年生れでありまして、つまり彼は私よりも一つだけ年上だったわけでありますが、殆んど時を同じうして、場所こそ違え、私もまた彼と同じような生活をしていたからであります。

当時私がいたのは、中国山系のはずれの、とある山陰の小さな城下町でありました。人口はどのくらいあったのかはっきりした記憶がありませんが、この国の普通の町とは反対に、毎年人口がいくらかずつ減って行くと云う珍しい町でありました。四面を山にかこまれて、もちろん汽車など通じていませんし、煙のでる工場など一つもありませんから、それはそれは、静かな静かな町でありました。

その感じを雨にたとえれば、時雨の町とでも云えましょうか。夕立のように沛然《はいぜん》たるところはなく、梅雨のようにじめじめした所もなく、日が照りながら雨が降っているという風な、一種特別な明るさもあるのでありました。

さて、そこの町の昔の城跡に建っている小学校の教師として赴任して行った私は、一目ですっかり町の雰囲気が気に入ってしまいました。一つには、まだ徴兵検査もすまない私は、その時十九でありましたから、汽車の駅からおりて、お粗末な時世おくれの馬車に乗りかえ、見知らぬ四五里の道をガタガタ揺られながら、この世で始めての任地に赴くという情緒は、何かしら遠い外国へ留学でもするような錯覚を起させたのかも知れません。馬は老馬のため小便が近くなったのか、途中でたびたび立ち止って放尿するのまでが、ロシヤ文学でもよんでいるような、エキゾチックな気持をそそったものです。町の入口に数丁もつづいた松畷《まつなわて》があって、終点の村役所前で下車するまで、私が何気なく眺めた町の女たちは、みな申し合わせたように内気でつつましやかな姿をしているのも、しみじみと私の胸をときめかして呉れたものです。

それで第一印象からして、私は私の一生涯この町で代用教師として終ってもよいと考えたものでありました。嘘ではありません。その頃、京都の方でしたかには一燈園とかいう団体があって、そこの人たちは他所の便所掃除をするのに生甲斐を見出していたような時代であります。また九州の方には新しい村とかいう団体があって、そこに集る人達は百姓をしながら芸術美に生きることを理想としていたような時世だったのであります。私が代用教師をしながら、その中に人生美を発見しようとふと思いついたとしても、さして突飛な考え方ではなかったのであります。

けれども、私は悲しいことには、私の考え方が幼稚であったことを、間もなく悟らなければなりませんでした。

今では民主主義になって、あんなものは無くなったようですが、その頃の小学校には、毎朝生徒たちを運動場に集めて朝会（或は朝礼）という儀式をやらなければならないのでした。それは先生がたが代りばんこにやるのです。それで私も赴任して凡そ十日ばかり経った日、その儀式をやらされたわけでありましたが、私はその儀式に完全に失敗してしまったのであります。ほかの先生方がやると、何でもないことのようなのに、私があの高い号令台の上に立って「気ヲ付ケ」と一生懸命に叫んでも、生徒たちは一向に「気を付け」をして呉れないのでありました。気をつけをして呉れないばかりか、生徒たちはゲラゲラ笑い出して、全くそれは収拾のつかない立往生になってしまったのであります。

「なアに、初めはあんなもんだ。今にすぐ馴れるよ」

と、半年ばかり先輩の代用教師F君が慰めてくれましたが、私はつくづく自分自身に愛想がつきて、二度と再び号令台の上には上るまいと、ひそかに決心をしました。自分自身、号令の才に欠けていることを、はっきり自覚したからであります。

それで私は月に二度くらい回ってくる、その当番の日がつらくてつらくてたまりませんでした。当日になると、私は誰よりも早く登校して、誰かほかの人に当番を代行してもらうべく、必死にならなければならないのでした。尤も必死になれば、誰か代ってくれるものではありましたが、しかしこれは最早や教師としては落第なのでありまして、私は自分の無能を同僚の前にさらした上、代行して呉れた人の言い分もきき入れて、宿直などやってやらなければならないのでありました。
後年、私は四十二歳で召集をうけて陸軍に入隊した時、気を付けの姿勢がなっとらん、と上官の上等兵や一等兵殿に度々足を蹴られて、痛い目をしました。その時、遠い二十何年前、朝会の儀式で、一千人の生徒の前で立往生した時のあわれな姿が思い出されたことでした。
私がそのころ作った詩に、次のような愚作があります。題は「杉山の松」と云います。

杉山をとほりて
杉山の中に
一本松を見出でたり。
あたりの杉に交つて
あたりの杉のやうに
まつすぐ立つてゐるその姿
その姿がどうもをかしかりけり。

これだけでは何のことやらよく分りませんが、自分のつもりでは、号令の才能もなく気を付けの才能もない、自分自身を一寸からかってやった、象徴詩のつもりなのです。

ついでに、同じその頃作った愚作をもう一つ書いて見ましょう。題は「電信工夫」と云います。

凍るやうな寒風の吹く夕暮であるのに
見てごらん！
電信柱のてつぺんに上つて
電信工夫が仕事をしてゐる。
手がかじかんで
まつさかさまに落ちはしないだらうか。
電信柱のてつぺんにだけ照つてゐる
水のやうな夕日の淡さ——。

どうもまずい詩を引用して恐縮ですが、この詩は、私がせっかく生涯の天職としてもいいなど考えていた教師を、もう間もなく辞職しなければならないと決心して、一抹後髪をひかれるような、また将来が不安なような気持でいた時に作ったものなのです。そう言えばそういう気持がいくらかでていないものでしょうか。

私は予定のごとく、学校を辞職しました。首になったのではありません。私が辞表を出すと、校長も視学も、やっきになって引き止めて呉れました。それで辞表を受理してもらうまでに、一ヵ月以上もかかりましたが、そのわけは、その頃その山の中では先生が不足していたからであります。

そして私は東京に出て来て、前に書いた村井武生君（今は故人）と知り会いになったのでありました。

私が町を去る少し前のことですが、私が例の宿直をやって、ひとりで宿直室に寝ていると、私の名を小声で呼ぶ女の声がきこえました。誰が何をしに来たのかと思って、窓をあけて見ると、窓の下に私と同じ位の年輩の女性が佇っていました。

「何でしょうか」

と私がききますと、その女性は何だかもじもじしていましたが、

「あの、ヒマラヤ杉の葉が、少し頂きたいんですが、……」と云いました。

「ヒマラヤ杉？」

私は何のことだか解らないで、こう一人で反問するように云いますと、

「はあ、……あそこの、運動場の隅にあるんですけど……」

「ああ、そうですか。それでは、どうぞ」

私が宿直当番の権限をもって、許可を与えますと、その女性は私に一揖《いちゆう》して、やがて暗闇の中に消えて行きました。

それが人口が年々減少して行く地方にはありがちな、女のよばいというものであることに気づいたのは、私が東京に出て来てから、ずっと以後のことであります。

引きいれてせし人の　私の恋愛履歴書

何年か前の本誌（「オール讀物」）に引用したことがあるが、

小林《おばやし》に我を引きいれてせし人の面《おもて》も知らず家も知らなくに

という古い歌が私は大好きである。

山の木の根を枕に愛してくれた或る男——恥ずかしさに顔もあげられなかったが、あれは何処の何べエだったのだろう、と男を恋しがっている切ない女の胸のようである。

肉体が精神に優先した一例であろうが、人間の肉体と精神の区別はどこでつけるのかということになると、なかなか難しい問題だ。ちょっとやそこらで、議論が片付くとは思われない。私は女をみればよく惚れる。見た瞬間、もう惚れている、というケースはしょっ中だ。

だから生れてこのかた、惚れた女の数は何万人あるかわからない。先方がご存じないだけの話だ。

もっともこっちもいちいち覚えているわけにはいかない。忘却は神様の摂理だ。だが、文筆業ともなれば注文には応じなければならないから、そういう中からムリに頭をしぼって、忘れた女を思い出して見ることにしよう。

小学校の四年の時、私は村から汽車にのって町のお医者に通院していた。病気は咽喉にデキモノのようなものができていたらしいのだが、自覚症状はなかった。

学校を休んだり欠課したりして医者に行くのは、学問ずきな（？）私はつらい思いがした。しかしつらい中にも、たのしいことが生じるのは、大人も子供もかわりはない。人生とはそういう所なのかも知れない。

第一にたのしいのは、汽車に乗れることだった。第二にたのしいのは、懐中時計をおおっぴらに帯の間にはさんで歩けることだった。これはオヤジのものを借用するわけだが、汽車にのるには時刻が必要だから、オヤジも子供のくせにダテをこくなと叱ったりはしなかった。第三にたのしいのは、その耳鼻咽喉科の医院には看護婦がいることだった。

私が大口をあけてアーという発音をしている間に、先生が綿棒で咽喉に薬をぬってくれたあと、吸入をかけてくれるのが、彼女のヤクメだった。吸入をかける時は、現在のようにビニールはないから、彼女は私のカラダに渋をぬった雨合羽のようなものをかけてくれた。ところが、その合羽をかける時、彼女は私の前へまわって、「キュッ」と彼女の両股で私の膝をはさんでくれた。

彼女が自発的にそうするのか、或いは母性愛の発露によるものか、或いは先生の内命でも受けていたものか、私の知能で判断できる事ではなかったが、知能などは何だってかまやせぬ、私の膝小僧は大変な光栄を感じた。むろん、彼女の両股の内側の皮膚は着物をとおしてでも、ゆたんぽのように温暖であったからである。愉快指数は満点に近かった。

私が二十歳をちょっと出た時分、私はある未亡人のところへ時々あそびに行った。死んだ亭主は弁護士だったということだった。

そもそも彼女と知り合ったきっかけは、私が文芸講演会のキップを売りつけに行ったのにはじまる。私は五枚のノルマを持っていた。

田舎出の私は東京には知り合いはないので、行きあたりばったり、小石川某町の彼女の邸宅を訪問して用件をのべると、

「あなた、女中を一人シューセンしてくれない？　もしシューセンしてくださったら、キップは全部買ってあげる」

という交換条件を持ち出した。

私は自信はなかったが、できるだけのことはしてみると返事をした。

「あなたの田舎はどこ?」と女がきいた。

「備中です」

「ああ、それじゃ、備中館に下宿していらっしゃるの」

「いいえ、ぼくは備中館じゃないんですが」

と私は答えた。

しかし彼女が備中館と寮の名前を知っているのは、この場合好都合だった。

彼女は私を応接間にとおした。それから地図を持ってきて、卓の上において、いろんな質問をした。しかし彼女の質問はちっとも要領を得なかった。得ない筈で、彼女は時間をかせいでいるに過ぎなかった。彼女は一口質問するたびに、一つずつ、私の膝を彼女の膝で小突いた。

私とて、もうコドモではないから、受入態勢に事は欠かなかった。


応接室に我をひきいれてせしひとの名前も知らず年も知らなくに

ということになってしまったのである。

もっとも名前も年齢もそのあとですぐに分ったことは勿論であるが。

私はバンドをしめた。穴のいくつもある古風なバンドだった。その穴に釘をさしこみながら、ふと壁に眼をやると、八字ヒゲをはやして顔は厳《いかめ》しいが、肺病やみのように痩せこけた男が、私を見おろしているのが目にとまった。

私は若干、はッとした時、

「いやなひとねえ。ふ、ふ、ふ」

と帯を結び直していた彼女が鼻声で笑った。それから彼女は椅子を壁下にひきずり寄せ、椅子の上にあがって、写真の額ぶちを裏がえしにして、「パタ、パタ、パタ」とスリッパの音をひびかせて、トイレの中に消えた。

額ぶちはしばらく風にゆれた。いや、風ではなく、地球の引力の何かであったという見方が正しいであろう。どちらにしたところで、額ぶちの裏にはクモの巣がはっていたので、何となくそれは美しい姿ではなかった。

そんなことが元で、私は時々彼女の邸宅を訪問するようになった。彼女はもう女中はいらないと云いだした。

ある夕方近く、私が邸宅を訪問すると、彼女は私を応接室においたまま買物にでた。こんばんは、うんとあなたに御馳走してあげるのだ、と彼女は云った。

しょざいなく椅子にもたれて、私は本をよんでいた。するとそこへ一人むすめの加奈子

(仮名)がはいってきた。

「ねえ、小父ちゃん、あたしにも御本よんで……」と加奈子がねだった。

「尋常五年生にもなったら、御本はひとりでよむものだよ」と私がはねつけると、

「童話なんか、つまらない。いま小父さんが読んでいるこの御本、あたしにも読んで……」

と加奈子は私の前にきて、私がよんでいる本を指で叩いた。

「この本は難しいんだ。加奈子には読んでやってもわからない」

「ううん。わかる。わかるから読んで……」

加奈子は強情をはった。

「じゃ、向うへ行って、加奈子の本を持っておいで。そうしたら読んであげる」と私は折れた。が、加奈子は応じなかった。

「いや、いや、いや」とすねた。

「だって、見てごらん。そら、加奈子には読めないだろう。この本は本の名前からして、『純粋性批判』というむずかしい題で、読めば読むほど、頭がいたくなる本なんだ」

と私は本の表紙をひろげてみせた。白状するなら、私が頭の冷却用、換言すれば閨房用に持参している本であったが、

「だったら、あたしも、頭が痛くなって見たい」と加奈子が私の裏をかいた。

どうも弁護士の子のような気がした。そういえば加奈子は色白丸ぽちゃの母親似でなく、

色黒やせぎすのコドモであった。性質も父親に似ているのかと思われた。

私はむかむかしてきて、

「加奈子、強情をはるな。小父さんは、強情をはる子はきらいだ」

私がつい大声を出すと、

「でも、ほんとなんだもの」

「なにが本当だ？　意地をはらないで、向うへ行って童話の本を持っておいで」

「ううん、いや。加奈子は死んでも持って来ない」

加奈子は肩をゆすってダダをこねた。

「バカな奴だな。お前は小父さんを、なめる気か」

私は叫ぶと同時に、私の手は加奈子の頬に飛んだ。

しかし加奈子は泣かなかった。見る見るうちに、眼にはいっぱい涙がたまったが、声に出しては泣かなかった。

涙のたまった眼でじっと私の顔をみている加奈子の顔が、「小父さんのバカ！」と一口云って、笑顔にかわった。

その拍子に加奈子の鼻から洟《はな》が二本垂れた。垂れた二本の洟汁が口までとどいた。とどいた洟を加奈子はすすりあげると、洟汁はもとの鼻の中におさまった。が、洟はまた鼻からすべり出た。そんなことを彼女は数回くりかえした。

「加奈子、きたない。洟をふきなさい」

と私はたえかねたように云った。

「小父さん、ふいて」と加奈子が云った。

「バカな子だねえ。お前は五年生にもなって、洟もひとりではふけないのか」

「うん」

加奈子がにこにこ笑った。私はその笑いにつり込まれた。

「じゃ、こっちへおいで」

私はハンカチをさがしながら云った。

加奈子は私の椅子に近づいた。そうして私の体に彼女のからだをなだれかけた。

「こら、ちょっと待て」

と私は制したが、彼女はきかなかった。

彼女を手拍子でなぐった私には弱味があった。罪のつぐないをするみたいに、彼女の洟をふいてやると、彼女ははじめて声に出してシクシク泣き出した。

「バカ、泣くんじゃない。こら、もうすぐお母さんが帰るぞ」

と私が云うと、彼女は泣きやめて、私の眼を見つめた。

その時、私は彼女を抱いていたのだ。おかっぱの顔をあげると、彼女の眼は私の顫《あご》の下にあった。彼女は赤ちゃんが母親のおっぱいを捜すように、彼女の唇は私の唇をもとめた。や、これはいけねえ、と私が気づいた時、彼女の唇は私の唇に接したあとだった。

泣き寝入りみたいに私たちは長い長い接吻をした。おどろいたことには、加奈子は接吻が上手だった。ヤボな私などにくらべれば無論のこと、血のつながりのある母親よりもっと上手だった。天分によるものと解するのほかあるまいが、赤ん坊は縁側からころぶ時、大人よりも上手にころぶものだ。ひょっとしたらああいう無意識作用によるものかも知れないが、詳細なことは私にはわからない。

いずれにせよ、長い接吻が終ったあと、私はがたがたふるえ出した。しかけたものはたとえ彼女であっても、世間はそうはゆるしてくれまい。そういう風な思いがした。いつか彼女の母親は、あのあと、壁にかかっていた額ぶちを裏がえしにしてくれたけれど、今回は誰も裏がえしにしてくれるものはなかった。

口実をもうけて、私は邸宅を出た。そして私は再び彼女の家を訪問したことはなかった。

いまから二、三年前のことだが、私の同郷出身の実業家がなくなって、その葬儀が青山斎場で行われた。私は新聞広告をみて行ったのに過ぎなかったが、告別の焼香をして葬儀場の外に出ると、ひとりの喪服を着た女が追っかけてきて私の肩を叩いた。

「小父さま、あたしが分ります？　あたし、小石川の加奈子よ」と女が云った。

指を折って数えるまでもなく、彼女はもう五十に手のとどく年齢であった。が、一見四十歳くらいに見えた。

「いやに若々しいじゃないか。何か秘密でもあるのかね」と私がきくと、

「あたし、メリー・ウィドウなのよ」

と加奈子は外国語をつかった。

「なるほど。後家もメリー・ウィドウと云えば、格があがって聞えるなあ。で、メリー・ウィドウになってから何年になるの？」

「もう二十年！」

「へえ。二十年も！　何だかもったいないような気がするなあ」

「だって、子供があるんだもの。仕方がないでしょ」

加奈子は白い歯並みを見せて笑った。どうやらプラスチックのようであった。

古里

故郷の山辺進君から手紙が届いた。

わけはこうだ。ことしの四月はじめ、私の旦那寺から印刷物の案内状が着いた。文面には、「梵鐘再鋳に際しては一方ならぬ御協力を辱うし感謝の至りに存ずる。就いては来る四月九日（日）午後一時より梵鐘落慶法要を勤修するから何卒御来山下さい」というような意味のことが書いてあった。

この案内状をみて私は少からず狼狽した。去年の九月だったと思うが、梵鐘再鋳に関する寄進の勧誘状がきた。申込の〆切は十月末日で実際に金を集めるのは翌年（つまり今年）の二月末日だということだった。一口五百円だと書いてあった。が、私はその時急ぎの仕事をしている最中だったので、あとでゆっくり見ることにして、その勧誘状を机の中に入れてしまった。そうしてそのままずっと失念していたのである。最初にみた時、〆切は大分先のことだから、何もそうせくことはないと思ったのが、暗々裏に影響したのかも知れない。

戦後、私は三年あまり、郷里に滞在していた。

大陸から佐世保に上陸、東京行きのキップを持っていたが、数日滞在のつもりで郷里に途中下車したのが、三年半の長逗留になったのである。逗留してみると、私が少年時代、朝昼晩とききなれていたお寺の鐘の鳴らないのが気のぬけたように淋しかった。お寺は近いので、散歩がてら山を上って行くと、鐘のない鐘つき堂が、がらんと空洞になっている姿はなおのこと淋しかった。私は自分が発起人になってでも、鐘をつりたい衝動さえ起したが、まだ世論がうごくような時期ではなかった。

その鐘がもうできあがっているというのである。

私は応急処置として女房を郷里に帰すことにした。そうして落慶法要に参列した上、周囲の事情を勘案して、若干の寄進にのることにした。ところがいざ出発という前日になって、もう若くはない女房殿、腰のあたりに疼痛をおこして汽車にのるのが難儀になったので、郷里行きはしばらく延期ということになってしまった。二ケ月近く過ぎて、私は山辺君に手紙をかいた。山辺君は私の小学校の同級生で、たしか寺の総代をしている筈であったからである。

かくかくの次第で、自分はまだ再鋳梵鐘の寄進をしていないが、それでも遅蒔ながら一枚加わりたいものである。ところが東京にいては、さっぱり標準が分らん。相談する相手もない。夫婦会議をやってみたが、鋳造の経費も檀家数もわからないのだから、いたずらに堂々めぐりをするばかりである。貴君は小学学友のよしみをもって、ざっくばらん、わが輩の寄進額をきめてもらいたいものである。故郷に帰った時、寺の鐘ひとつ突けないようでは、肩身がせまいからね。

するといと山辺君から折返し返事があって、貴君はまあ千円としとき給え、と云ってきた。失礼かも知れないが、千円で結構だ。実は梵鐘には既に寄進者の名前が鋳刻されているので、あまり気ばってみても、今更意味はないよ。だいたいこういう文意だった。

それよりも、山辺君は小学の学友の消息に熱をいれて書いているので、私はその方も読んだ。

私どもの級友の女の子にムコ取りが二人いる。その一人の小枝ちゃんはこの二月ムコに死なれて後家になったと云うのである。もう一人の幸ちゃんの方は、ムコは元気だが本人が中風になって、寝たり起きたりしているというのである。男の子の方では、土屋又三君は脳出血になって涎ばかり垂らしているし、金子信雄君は肺結核になって肋骨を切って入院しているし、松岡順二君は胃癌らしくあと半年は持つまいと云うのである。

私は郷里に逗留していた時、山羊を飼ったことがあった。ある日、退屈で家の前の道にしゃがんでいると、向うから山辺君が自転車でやってきた。そして私の眼の前でとまった。どこへ行くんだときくと、荷台の上のリンゴ箱を指して、これからこの山羊を棄てに行くところだという。どこへ棄てに行くんだときくと、それはまだ分らんという。自転車をとばしているうち、恰好な場所があったらそこに決めようと思うと云う。

山辺君はその少し前、れいの追放令にひっかかって、村助役をやめたばかりだった。それで山羊の生産にはげんでいたが、生れた子供がオスでは、こいつばかりは三文の値打もないのだそうだ。肉も食えないのだそうだ。

説明をきいているうち、どうせ棄てるものならもらって飼ってやろうと云う気がおきて、私が飼うことになったのである。

丁度工合よく、私の裏の畑が荒地になっていた。その荒地の柿の木に私は山羊をつないだ。山羊は柿の葉をばりばり食べた。柿の葉が大好物のようであった。みるみるうち裾の方の葉はみんな食べてしまった。で、彼の背丈の足りない所の柿の葉をとってやると、彼は私の手から柿の葉をひったくるようにして食べた。ものすごい引ったくり方で、私は柿の枝を握っているのにかなりの力を要した。こころみに地べたにおいてやると、見向きもしなかった。どうやら山羊は、引っぱり引っぱり食べる時、云いようのない味覚がでるものらしかった。

一方、柿の木のまわりの雑草は、彼に引っぱり食いされて、草刈りをした跡のようにきれいになった。私は彼をつないでいる綱を段々長くしてやらなければならなかった。それは常識でもわかっていたが、彼は綱が足にからんでも、ちょっと足を動かして綱を払いのける才覚を持たなかった。横着なのかも知れなかった。一からみ、二からみ、最後には歩行の自由を失ってその場に坐りこんで、青空をみあげて泣いているのである。

その泣声がきこえると、そのたびごと、私は飛んで行って、彼が自縄自縛している綱を解いてやらねばならなかった。私の姿がみえると、彼は青眼鏡をかけたような眼で私の方をふり向いて、にやにや笑った。

私が巻きついた足の綱を解いてやると、彼はそれが感謝のしるしであろう、頭の先で私の股のへんを突いた。べつだん股をめがけるのではなく、彼の背丈と私の背丈の関係でそうなるものらしかった。でも大事な個所を突かれては災難だから、私が二本の角を両手でつかまえ、じかに角が私の身体にふれないように防衛すると、彼のやつ、ますます私の身体に圧力を加えた。その圧力には一種の妙感があった。

半年ほど過ぎて、私の家では屋根もりがひどくなった。もはやバケツや金盥では間尺にあわぬので、左官をたのむことになった。村にも左官はいるが、生憎腕《あいにく》の骨を折って休業していたので、人を介して一里半ばかり山奥の六さんという左官屋をたのんだ。その六さんのヨメには、私の同級生の常ちゃんという女の子の妹の松ちゃんがなったのだそうであった。まんざら全然ムエンとは云えなかったが、でも松ちゃんは十年前に死んだので、今では六さんは男後家になっているということであった。

六さんが仕事に来た時、なるほど六さんの顔には男後家の相がでているような印象を私は受けた。それはしかし私の先入観がそう思わせたのかも知れなかったが、六さんは左官道具を肩にかついで、歩いて来たのが意外だった。わけをきいてみると六さんは自転車にのれないのだそうであった。家が高い所にあるので、習う気がしないのだそうであった。それにしても、いまどき自転車にものれず、稽古をして見ようともしないところが、何だかひどく頓馬に思えた。

三日ばかり仕事をしてもらって、最後の日、私は六さんに酒をだした。六さんをダシにして、私も一杯やりたいというのが、ミソであった。

二人で一杯やっている時、話が山羊のことに及んだ。私は一杯機嫌で次のようなことを云った。山羊は猫のように鼠もとらず、犬のように泥棒除けにもならないが、犬猫にくらべれば高等動物なのだ。なぜなら、犬猫のフンは、人間のに似てくさくて仕様がないが、山羊のはいやな匂いがしない。形だって、犬猫のようにぐにゃぐにゃせず、ラムネ玉のようにまんまるいのをするから、わしは時々女の子がオハジキ遊びにつかったらどんなものだろうと思うことさえある。で、もし六さんにその気さえあれば、タダで進呈してもいいと云うと、六さんがそれでは是非わしに貰わせてくれと云いだした。

帰る時、六さんは左の手で左の肩に左官道具をかつぎ、右の手で山羊の手綱をにぎった。どこからか木犀の匂いが鼻をついてくる晩だった。いざこれでお別れかと思うと、私はセンチになった。家の前にたって、六さんの黒い影と、彼の白い影が山の鼻に姿をかくすまで見送ったのである。

山辺君がリンゴ箱につんで棄てに行こうとしていた方角と、六さんの帰る方角が同じだったので、その方角が彼の持って生れた運命だったかのように思えた。

後日、風のたよりに、六さんがその晩家に辿りついたのは、夜中の二時頃だったという話を、私はきいた。私の家を出たのが八時頃だったから、わずか一里半の道中に、六さんは七時間も時間をかけたわけであった。山羊のやつ、横着気をおこして、何十度となく道の真中に坐りこんだのに違いなかった。

Ⅵ

八月十五日について

戦後十八年も生きたことはしあわせだったと私は思っている。もうちょっとのところで、私はあの時死んでいたのだ。十八年前のあの時、私は戦車下じき特攻隊に繰り入れられて、敵（ソ連）がおしよせてくるのを待っていたのだ。終戦があと数日おくれていたら、私の骨はいまごろ満洲の野にごろごろしていたことであろう。

日本の軍隊の「思想」は兵卒を殺すのを、へとも思わないところが特色だった。「生きて虜囚の恥を受けず」と繰り返し繰り返し強調した。

そう強調した親分連が、のこのこ捕虜になって敵国に出かけて行ったのだ。やはり命は惜しかったのだろう。戦陣訓の「恥を知る者は強し」という文句に裏側から身をつけていたようなものだ。

国際法によれば、将官ともなれば捕虜になっても労働はしなくてもいいのだそうだ。アゲ膳スエ膳ほど楽でもあるまいが、うまくこしらえやがっているもんだ、と私が知ったのは戦後のことだ。

こう書きながらも私はむなしい。すべては私などの手の届かないところにある。戦争で犬死した戦死者が生きかえって、戦争裁判をしてくれるのが、一等公平なのかもしれない。わが国ではまだ一度も戦争裁判はひらかれなかったと私は記憶している。一億総無罪！　いまだにドログツをはいたまま、異国の山野に横たわる口なき戦死者が、どんなに歯ぎしりしてくやしがっていることであろう。

八月の日記から

昭和十九年の歳末、私は満洲農地開発公社の嘱託として満洲に渡った。海外雄飛の精神にもえたのでなく、東京を都落ちしたのである。だから「あなたは満洲には永住なさるおつもりですか」など高級な質問を受けると、二の句がつげなかった。先輩というものは痛いところをつくものだと思った。それよりも、いきなり寒い土地に飛びこんだので、私は病気になって、二か月も療養生活をしなければならないハメにおちいった。そのころ向こうの新聞にある医学博士が「寒冷生活こそ人類の理想である」という論文を発表していたが、私などエスキモーの血の混っていないものは、とてもいられる所ではないと痛感して、明日は日本に帰ろう、明後日は帰ろう、と考えているうち、いつの間にか八月になってしまった。

八月八日の夜十二時、私は南新京のトキワホテルという宿屋にいた。部屋数が六十近くある大きな宿屋だった。が、この宿屋は、宿屋の方はほとんど休業状態で、長期滞在の止宿人の下宿屋のようになっていた。夫婦ものもたくさんいた。ひとりものは私のほかに、関東軍の陸軍少尉が、およそ三十人くらい止宿していた。

私はまだ寝ついていなかったが突然空襲警報のサイレンが鳴って窓からのぞいてみると、東の方角で爆弾をおとしているのが見えた。東京で大空襲を体験している私には、マネのような爆撃で、空襲そのものはさして気にならなかったが、それから三、四時間たってラジオがソ連の参戦を報ずるに及んで、何ともいいようのない気持ちにおちいった。「えらいことになったなあ」「えらいことになったなあ」とみんなが言葉短かにつぶやいているのを聞くだけであった。

その日一日、私はこれと同じ言葉を何百回、耳にしたか知れない。私も二十ぺんくらいは口にした。それよりほかにいうことをだれも知らなかった。私は社の方は「自宅勤務」だったので、情報知りたさに一日中死んだような町をぶらついてみたが、なんの情報も得られなかった。が、夕方、やけくそで飛びこんだ酒場で、関東軍の将校がかわいい妻子を軍用列車にのせて日本に避難させているとのうわさをちらりと耳にした。いくら何でもそんな勝手なマネができるものではなかろう。混乱時に起こりがちなデマであろうと私は判断したが、私の判断がまちがいだったことが、二、三日たってはっきりして来た。

それはすでに世界でも有名な話だから、書くのさえ大儀だが、しかしそれが元で満洲はいっそう混乱して、死なないでもすむはずの人がたくさん死んで行ったのだから、死んだ人はいまだに死にきれない思いをしているように思われてならない。

八月十二日、私にも召集令がきた。令状を受け取ったのが二時で出頭は六時という火急のやつだった。召集にはつきものであるはずの身体検査もせず、すぐに戦車下敷き特攻隊というものにされた。つまりソ連軍が満洲国の首都新京に攻め込んできた時、敵の戦車の下敷きになって死ねという命令であった。召集の時、持参品として「凶器並びにビール瓶」と書いてあったので、凶器の方はまあ常識でも分かったが、ビール瓶というのが何とも不可解だった。私は水筒不足で水筒の代用品にして酒でも入れてくれるのかと思って、宿のおかみさんに頼んで一つだけ持って行った。が、なんとそのビールびんに火薬をつめて敵の戦車に投げる部隊だったのだ。部隊は順天国民学校という小学校にあったが、そこの講堂で戦車飛び込み訓練が行なわれた。近所の民家から乳母車をかりて来て、乳母車を戦車にみたてての猛訓練だった。

まったく、生きたここちはしなかった。たかがビール瓶ぐらいで敵の戦車がへたばるはずはなかろうが、老兵でもごろごろ戦車の下敷きになって死ねば、多少は速力がにぶるから、その間に日本へ向けて帰したかわいい妻や子に戦車が追いつかないうち、無事下関までたどりつかせてやろうという作戦のようであった。

さいわいなことに、ソ連軍が新京に侵入して来ないうち、停戦になったから助かったようなものの、あの終戦の勅語がもう二日か三日おそく出ていたら、私など軍部の作戦にはまって、見事なオダブツになっていたのに違いなかった。

十八日に召集解除になって、トキワホテルに帰った。もう陸軍少尉は一人もいなくなっていた。少尉たちは四月から八月までの宿代を全部ふみたおして逃げたと、宿の亭主は大フンガイの体だった。

ハンコの思い出

私はハンコに特別の関心はない。金に縁がなく、字が下手だからかも知れないが、単にそれだけばかりでもなさそうだ。

昭和九年父をなくして、旧民法により、家督を相続しなければならなくなった。父がのこした借金は私が支払う義務を背負わされた。別にうまい智慧もなかったので、わずかばかりの不動産を売りはらって、支払いに当てた。その時、実印なるものが必要になって面倒くさがっているのを知った私の友達が、うまい智慧をかしてくれた。友達は役場につとめていたので、私よりも法律にくわしかった。おやじの実印をそのままつかっちゃえと言ったのである。そんなことをして万一ばれたら困るような気が私はした。が、ばれてもちっとも困ることはなかった。おやじの実印の効力は、死亡と同時に消滅しているのだった。起死回生とはこのことだと思って、私はただちに実行に移した。

それは水晶でつくったハンコで、たいした代物ではなかったが、代書屋の主婦が、こういうハンコを持っている方がたいてい売り手で、買い手は木のハンコを持っているものだと教えてくれた。縁起でもないことを言うものだと思ったが、だからといって私はハンコを新調する気にはなれなかった。

私の過去でハンコを一ばん頻繁につかったのは、戦争中の回覧板である。私は自由業で家にいたからよく知っているが、毎日毎日いやというほどハンコを押させれた。これがもし本の検印ならどんなにうれしいであろうと、つかぬことまで考えたものだ。

昭和十九年の年末、私は満洲へわたった。その時、荷物はあまり持って行かなかったが、ハンコは実印と認印と二つ携行した。満洲の新京で私は宿屋の一室に下宿したので、回覧板の厄からのがれた。ハンコは私が嘱託として在籍した農地公社というところで、月に一ぺん手当を受取る時につかうくらいのものですんだ。

七回手当を受取って公社は壊滅した。壊滅する前、八月十二日に召集令状を受取る時に一度つかった。つかったのが午後の一時頃で、その日の午後五時だったか六時だったか、恐しく性急な召集だった。荷物は風呂敷包みを一つ持って行っただけだったが、そのなかに私はハンコを入れておくのを忘れなかった。

召集場所は新京駅近くにある児玉公園という公園で、その日のその時刻に召集を受けたものは、概算でいって五、六百人ほどの数だった。集合した時、日はまだ明るかった。本隊から上等兵か伍長くらいの男が、新兵を受取りに来た。配給に手間どって、私たちの所属がきまったのは、もう日がとっぷり暮れてからであった。私たちは夕飯も食べさせないで、何故こう愚図愚図させるのか訳がわからなかった。向うは夏場日がくれるのは九時ごろだから、周囲が暗くなってから汽車にのせてソ満国境へ連れて行くのではないか、というのが私たち新兵のもっぱらの噂であった。が、この推測的噂は当らなかった。

私たちは夜になってから新京の街を引きずりまわされた。燈火管制だから、街は暗闇だった。私は新京は日が浅い上、当時地図は市販されていなかったので、引きずられて行く方向が見当もつかなかった。二時間くらいだったと思うが引きずりまわされた末、辿りついたのが順天国民学校という小学校だった。

おもしろいというのかなんというのか、私は本来ここへ来る兵隊ではなかった。引きずりまわされている間に、足の弱い私は隊列からおくれて、後部のほかの隊に加わってしまった。どこの隊であろうが、人員さえそろえば結構だということになっての入隊だった。

この小学校に十二日夜と十三日夜と、二晩とまった。この二日間が一番つらかった。入隊とはいっても身体検査も軍服の支給もない入隊で、いきなり今明日に迫っているソ連の来襲にそなえて、敵の戦車に飛び込んで死なねばならぬ特攻隊というものにさせられた。順天公園わきの道路に出て戦車壕をほる重労働とフットボールを爆弾に見立ててする飛込み訓練にあけくれた。全くのところ生きた心地はしなかった。

十四日の朝、小学校の講堂で酒宴がはられた。軍隊というところは目的を言わぬ所だから、何のための酒宴かはっきりしなかったが、これがこの世の最後の酒宴だという意味が多分にふくまれていたのだ。一ぱい機嫌で敵の戦車にとびこめば、卑怯者の多い老兵も、少しはカラ元気を出すだろうという策略があったのかも知れなかった。

ひっかかるのは危険だから、誰も泥酔するものはなかった。お通夜よりももっとしゅんとした宴会のなかば、突如として移動命令がくだった。どこかもっと前線へ出動するのだという噂だった。

小学校はすでに廃校になっていて、先生も小使も一人もいなかったが、校長先生なる人が突然あらわれて、私たち新兵に水筒を寄贈してくれた。新兵はほとんどのものが、四十歳から四十五歳の間の老兵ばかりだった。老兵の数は四、五十人くらいだった。古参兵が十人ほどいて、この私たちの部隊を鈴木部隊鈴木隊樽本隊といった。鈴木が二つ重なっているのは偶然だったろうが、私たちはその顔はまだどちらも見たことがなかった。樽本という二十歳を少し出たばかりの見習士官が、私たちの直接の隊長だった。

お昼すぎになって、私たちは小学校を出発した。十三日夜はどしゃぶりの雨だったが、この日はよい天気だった。隊長はやとい馬車で後から来るということで、私たちの直接の引率者は、三十を二つ三つ出ているだろうと思われる軍曹だった。古参兵は本当の銃を持っていたが、私たち新兵に呉れた銃は、木銃に出刃庖丁をくくりつけたインチキものだった。ところどころにある満人部落を通る時、私たちがさんざんひやかされたのは、この出刃庖丁の為らしかった。中国語がわからないのがむしろ救いだった。わかればいくら老兵でも何か言い返しをしたかも知れなかった。言葉は通じぬが、満人のひやかし言葉の中には、日本軍はどうせ敗けるに決っているという意味が多分にふくまれているようであった。まけるのは平気だが、敗けのさなかに立たされて、犬死にさせられる方はたまったものではなかった。

軍曹は割合気のきく方で、ところどころで老兵たちの為に、休憩をとってくれた。私はそのたびごとに持参の水筒につめて来た酒を一ぱいやった。持参というのは下宿から持って来た水筒という意味であった。校長先生が寄贈してくれた水筒は児童用で二合くらいしか入らなかったので、私は古ぼけてはいるが四合入りの自分の水筒に酒をつめての行軍だった。

あるコウリャン畑の中で休憩した時、水筒のなかの酒が底をついた。いざ出発という段になって、立ち上って歩き出した時、私は自分が銃を忘れて来ているのに気づいた。取りに戻るのが面倒くさかったので、私は取りには行かなかった。その後ですぐ風呂敷包みも忘れて来ているのに気づいた。銃よりも風呂敷包みの方が私は大切だった。この方には未練がのこったが、風呂敷包みを取りに行けば銃も取って来なければならないリクツになるので、私はいさぎよくあきらめた。この風呂敷包みの中に、私が日本から持って来た実印と認印が、二つとも大事にいれてあったのだ。

前にも書いたように当時、新京では地図を市販していなかった。私が新京の地図をやっと手にいれたのは、今から数年前、昭和三十七年八月のことである。その地図でしらべて見ると、私たちが移動行軍した順路が大体見当がついた。私たちは順天国民学校から順天大街へ出て北へ進み、興安大路に突き当って西へ進み、満鉄の線路をわたって翔運街へ出た。街《がい》とはいってもその辺は畑が多かった。ゴルフ場の脇を経て競馬場の脇を通り、興安広場へ辿りついた。大体こういうような順路だった。いま鉛筆ではかって見ると、この間の距離は大体八キロくらいである。

その晩は陸軍病院の官舎に分宿した。官舎は都営住宅を少し広くしたくらいの大きさで、おそらく朝鮮方面へ早逃げしたのであろう、家族は一人もいなかった。家財が整理して置いてあった。蒲団袋には蒲団がきちんとつめ込まれ、台所の棚にはウイスキーの瓶が載っているのが見えたが、すべて私物には手をつけてはならぬという命令だった。畳の上に着のみ着のままで寝かされた。これで着のみ着のままが三晩つづいて、学校の教室よりいくらかましだったが、夜中に雨がふり出して、私は背中が寒くて仕様がなかった。

翌朝、突撃の訓練があった。私は銃はコウリャン畑に忘れて来たというと、古参兵から大目玉をくらった。本来なら重営倉ものだとおどかされた。そのバチに本隊へ使役に出された。本隊は一キロ半ほどはなれた所にある陸軍病院で、ほかの隊からきた同じ使役兵と一緒になって、汽車でいえば新京から二駅南にある蒙家屯という所の軍用倉庫から、軍用トラックで機関銃の弾運びをやらされている最中、終戦勅語が民家のラジオで放送された。あんなに嬉しいことは生涯でも滅多にないものだが、まだ口に出していうことは出来なかった。

夕方、私のほかにもう一人の老兵と、古参兵の伍長と、この三人が隊に戻ると、隊はどこかへ移動した後だった。別に張紙もしてなかった。私は出来ることならこのまま転居先不明の郵便物のように南新京の下宿へ帰りたかったが、頭のいい伍長が私たち老兵を横目で睨むようにして、移動先を見つけ出した。

こんどの移動先は関東軍憲兵養成所学校という所だった。ここでは寝台つき毛布つきの寝床があてがわれたが、おびただしい蚤がいるのが閉口だった。十五、十六と二晩とまって、十七日の午後、明日はまた移動だという噂が立った。移動先は古参兵がかぎ出して来たところによると、そこから四十キロも離れた何とか屯という所だそうであった。わずか八キロの移動でもへこたれた私は、それがどうなるものかと思った。嘘であればいいと念願していると、噂を証拠立てるように老兵一同に軍服軍靴の支給が行われた。朝の隊長訓示で見習士官はこれからはゲリラ戦になるだろうと言っていたが、勅語では戦争は終ったというのに、現地では何をしでかそうとしているのか見当もつかなかった。

私たちはもらった軍服に襟章をつけねばならなかった。老兵たちは皆急ぎの召集だったので、誰もかれも針や糸を持って来ているとは限らなかった。私は独身ぐらしだったので気がきいて持って来ていたが、残念なことにはこれもコウリャン畑の中に置いて来てしまった。貸したり借りたり、老兵一同が二等兵の襟章をつけ、残りは私ひとりということになった時、

古参兵の上等兵が室の入口にあらわれて、

「襟章つけは中止！　すでにつけ終ったものは、直ちにもぎ取れ！」という号令をくだした。

上等兵の話によると、いま連隊本部から通知がきて、八月九日以降の被召集者は明日召集解除になるということだった。但し全員ではなく、被召集者の85％に限定されているということだった。

襟章の方はまぐれ当りながらうまく行ったが、私は85％のなかに入れるかどうか疑問がのこった。武器抛棄の〝前科一犯〟があるから、そこに力点をおかれれば処置なしだった。反対にそのような迂闊者はどけておいた方が隊のためだということになればしめたものだった。運を天にまかして待つこと一時間あまり、解除者の名前のよび出しがはじまった。名前をよばれたものはハンコを持って、事務室へ来いという命令だった。

私の名前をよばれたのは、四、五十人の老兵のなかではじめから三分の二くらいの所だった。事務室の扉をあけて中にはいると、

「たわけもの！　人の部屋へ入る時は、外から入リマスと声をかけてから入るんだ」と中にいた一人の上等兵がどなりつけた。

「どうも相すみません。入リマス」と私が大声で叫ぶと、

「よし、はいれ」と一人の上等兵が叫び返した。

事務担当主任は曹長だった。曹長は三人の上等兵に取りかこまれた恰好で、机の前に腰か

けていたので、私が沈着冷静を装ってその前に進み出ると、

「ハンコを出せ」と曹長がおちついた声で言った。

「ハンコは持っておりません」と答えると、

「なんだと？　お前、ハンコを持たんのか。併しそれはまたどういう訳だ？」ときめつけた。

「はい、自分はどうせお国の為にささげた命であれば、ハンコの必要など認めなかったのであります。死ぬ覚悟で入隊したので、不必要なものを所持していては、報国精神の邪魔になると思って持って来なかったのであります」と答えると、

「よし、ではお前は拇印でよろしい。ここにお前の拇印をおせ」と曹長が帳面の或る箇所を指で示した。

　私は肉皿に拇指をつっこんで、私の名前の下に拇印をおすと、

「そら、これがお前の月給だ。月給は半年分入っとる。お前たちは果報ものだぞ。わずか数日間の入隊で、半年分の月給を支給されるなんて、いまだかつてなかったことじゃ」と上等兵の一人が、黄色いハトロン封筒を私に手渡した。

「ありがとうございます。軍のご好意は永久に忘れません。自分は地方へ帰りましたら、天皇陛下の御為に、一生懸命忠義をつくす積りであります」

　と答えると、その瞬間、三人の上等兵と一人の曹長ががばりと椅子から立上って、直立不動の姿勢で空間を見据えた。私は何事がおきたのかとびっくりしたが、それは軍隊内では天

皇陛下の四文字を耳にした時には、誰でもそういう厳粛な姿勢をとらねばならぬ内規があるからであった。

地方（軍隊以外の所）に帰って一、二カ月、私はハンコの必要がなかった。ところが暫くしていくらか世間がおちつくと、ハンコが入用になってきた。多分それは東北行営（中華民国の行政機関）へ出す書類、――たとえば長春滞在許可願といったようなもの、或いは許可なくして現住地を移動しないという誓約書、――に押す為であった。用途のことは十分に覚えていないが、なくては困ることがおきたので私は青空市場へ行って或る青年にハンコをあつらえた。青年は北満の開拓団からきた避難民だった。専門家ではないから小学生が手工でつくった程度のお粗末なものが出来あがった。印材も小刀をつかいよくする為か、柳の木か何かのお粗末なものだった。

引揚の時持ちかえって、爾来二十年、私はそのハンコを愛用するともなく愛用して来た。そのハンコはこの十年間は玄関わきの小部屋に置いてある用箪笥の引出にいれて、主として郵便物の受取りに使用して来た。置き場所がきまっているから、郵便配達が声をかけてハンコをさがすまでの時間は、ツーといえばカーというように、最短でやれるところが大変便利だった。もう一つ、ここ数年前からまたまた回覧板がまわって来るようになったので、回覧板の捺印欄にパッと判をおしてパッと次へまわすのに、このハンコは大変便利だった。柳の木だから肉のつき具合が大変いいのである。

もう一つ私が所持している印材が象牙のハンコは、実をいうと拾い物なのである。昭和二十七年の夏、私は荻窪のマンモス・アパート（居住者、約二百世帯）にいた。ある夕方、見知らぬ婦人が訪ねて来て、私と同姓のハンコを見せ、これを今アパートの庭で拾ったが、あなたのものではないかと言った。裸体でいた私が浴衣の帯を結びながら、いや違いますと答えると、では後はおまかせしますと帰って行った。アパートに私と同姓のものは一人もいなかった。後をまかすということは、警察へ届けることだろうと私は思ったが、私はあそこへ行くのはなんとなく気がすすまなかった。行っても警官にうるさがられるだけのような気がした。言訳は常にみっともないものだが、そんなわけで私は猫ばばをきめこんだ。

その年の年末、急に実印が入用なことがおきた。ある公共機関から金を借りるためだった。柳の木の雑印では、公共機関が信用してくれないような気がしたので、私は猫ばばをきめこんだ象牙のハンコを使用することにした。保証人を二人たてて、区役所へ行って印鑑登録を申し込むと、係員は二つ返事で承諾した。ハンコの来歴については何の質問もしなかった。少々物足りないような気がしたが、以来そのハンコが私の実印になってしまったのである。

その後私はそのハンコのことを、二度も随筆に書いた。もしその随筆をみて、本当の持主があらわれたらどんなに愉快だろうと思ったのが執筆の動機であったが、本当の持主は二度ともあらわれなかった。

三度目が勝負という諺もあるので、今年の二月出した随筆集の検印に、私はそのハンコを使用してみた。文章で書いただけでは分りにくい点が多々あるに違いないから、こんどはより即物的に実物を見せてやろうというのが使用の動機であったが、本日現在（昭和四十二年六月）までに、名乗り出てくれたものはまだないのである。

随筆集は発行部数が少なく、人目にふれる機会が少なかったという弱点はあるようである。反面私はそのひとのハンコで、若干の印税はかせいだという結果である。それでという訳ではないが、現在のところ私は新しいハンコをつくって、区役所へ改印届を出す気持はない。もし本当の所有者があらわれれば返却するのに吝《やぶさ》かではないが、どうもこの調子でいけばどうやら人のハンコを実印にして、私の人生は終りそうな気がしてならない。

二等兵と金髪美人将校

いわゆる終戦の勅語というのを、私は軍用トラックの上できいた。場所は新京（いまの長春）の何とか街《がい》である。

その日私は自分の小隊（というのだろうと思う）から使役に出された。使役には不良兵が出されるのが例だそうだが、私の小隊から出されたのは私ひとりだった。集合場所は部隊本部で、行ってみると、その本部というのは陸軍病院だった。

どうして私が不良兵になったかというと、その前の日、私たちの小隊は順天国民学校から一里か一里半ばかり歩いて、とある民家に移動した。その行軍の途中、小休止した時、私は銃を忘れて来たからであった。いやしくも帝国の軍人が、軍人の魂である銃を忘れるとは何事か、お前は重営倉だと威《おど》かされたが、あいにく民家にはブタ箱がなかった。もっとも銃といっても、木銃に出刃包丁をくくりつけたものであったから、私はそんなものが軍人の魂とは思えなかったから、つい粗相をしてしまったのだが。

各小隊から出て来た使役兵は、その日、数里はなれた蒙家屯という所にある軍用倉庫から、機関銃のタマ運びをするよう仰せつかった。けれども蒙家屯まで行ってみると、倉庫にはタマがなかった。でもやっと捜し出したのを二箱だけトラックに積んで帰ると、もっと多量に捜して来いという命令だった。

次の道中、道のかたわらに一人の満人の爺さんが死んでいるのが見えた。大きな風呂敷を背中に背負ったままの姿で、風呂敷包みの中から、赤い帯や赤い長繻絆《ながじゅばん》の類がはみ出ているのが眼をひいた。いうまでもなく、ソ連開戦でいち早く日本に向けて逃亡したものの家にしのび込んで、衣類をごっそりかっぱらって帰る途中、誰かに殺されたものに違いなかった。おそらく日本刀のようなものでバサリとやられた跡が歴然として、首は半分だけついていた。

「爺さん、欲を出したなあ。どさくさまぎれに一財産つくろうと思ったのだろうが、死んでしもうては水の泡じゃ」

と輸送班長である上等兵殿が感懐をもらした。その爺さんが、二度目に通る時にも、前と同じ姿でころがっているのが印象的だった。長繻絆も帯も同じところにはみ出ていて同じ姿だった。

「まだころがっているなあ。この爺さんには、家族はいないのかなあ」

と輸送班長の上等兵殿が感懐をもらした。

私たちは倉庫でタマをさがした。が、ないものはないので、でも、やっと一箱だけ見つけ出して帰途についた。みんなのポケットにはカリン糖がしこたま詰めこまれているのが、副産物のようなものだった。

その帰りみち、何とか街にきた時、上等兵殿がトラックから降りて、どこかへ行った。あとから考えると、彼の自宅か知人の家が、そこにあったのだろう。何をしているのか、上等兵殿はなかなか戻って来なかった。

その時、附近の民家からガアガア、ラジオの音が鳴りだした。何をしゃべっているのか、ただガアガアきこえた。トラックの上に残っていたものは、新兵古兵とりまぜて五人か六人だったが、誰もラジオに耳を傾けようとはしなかった。ソ連兵と明日か明後日はやらなければならない戦争のことで胸は一杯で、黙々としてカリン糖を食べた。と、やがて上等兵殿が戻って来て、「日本は戦争をやめるらしいぞ。いま天皇陛下の放送があった」と打切棒《ぶっきらぼう》な声でいった。

それに対して誰も意見をのべなかった。一等兵殿もムッとしていた。むろん召集をうけて三日目の私など新兵が口をはさむのは、遠慮しなければならなかった。でも私はうれしかった。ひょっとしたら、これで死なないでもすむかも知れない。三日前、召集をうけて入隊すると、さっそく、お前達は戦車下敷特攻隊だから、天皇陛下のため敵の戦車の下敷になって死ね、という命令をくだされていたからであった。

白髪、老眼の四十をすぎた老兵でも、戦車にとびこめば、いくらソ連の戦車でも多少は速力がにぶるから、その間に高級将校の妻や子が、朝鮮方面に向って逃げたのを戦車が追いつかない間に、無事日本に送り届けようという作戦のようであった。

昼休みに、私は小隊本部に昼飯をくいに帰った。帰ってみると、民家の一室に小隊の全員が集って、酒をのんでいるところだった。小隊長（二十歳位）は不在だったが、副官の軍曹が親分になって、酒をのみながら、わあわあ泣いているところだった。親分が泣くので、古兵も新兵も親分のゴキゲン取りに、わあわあ泣いていた。

使役もつらいが、親分のゴキゲン取りに泣くのもラクではないと思いながら、私は再び本部の病院に戻って、ごろごろしていた。すると本部の正門に一台の馬車が止って陸軍大佐がおりてきた。あとでわかったが、この大佐が、われわれの師団長だった。それとは知らず、私がその師団長をぽかんと見物していると、

「一番さきに見つけたものが、敬礼の号令をかけるんだ。おい」と私を叱った。間髪をいれず、どこからか「師団長殿に向って敬礼」という大号令が病院がはじけ飛ぶような大声でかかった。

それから、三日すぎて、私ども新兵にも軍服の配給があった。新兵はおのおの針と糸をもって、一つ星の襟章を自分でつけねばならなかった。私は満洲には旅行のつもりで来ていたので、女房もおらず、針も糸も持参していなかったので、皆のものがつけ終ったあと、誰か

のを借りてつけようと思って待っている時、召集解除の命令がおりた。

偶然とは言え、人よりも四日も早く武装解除を決行して私は、内心鼻高々だったが、あくる日の除隊日には、われわれの気持を無視して上官の訓告がつづいた。お前たちは老齢だから御奉公はこれが最後だろうが、このカタキは自分たちが必ず取ってやる、安心せい、と二十歳の見習士官が力んだり、日本は戦争には負けたが、われわれの師団はまだ戦闘には一度も負けて居らん、と師団長が怒号したりして、一日が暮れた。

その後、一と月ばかり過ぎて、ソ連から召集命令がくだった。八月十五日現在、兵隊だった日本人は全部出てこいという通達だった。私は覚悟をきめて、南新京の女子師導大学に出頭した。すでに数百人の捕虜候補が運動場に雲集していたが、私も列に並んで順番を待った。それから最初に、ソ連の伍長ぐらいと思われる兵隊に訊問をうけ、その次にひかえている若い婦人将校の前に進み出ると、

「あなたは、どうぞ、お帰りください」

と、その婦人将校が微笑をたたえて、流暢な日本語で言った。外国婦人の齢はなかなか分らないが、およそ二十三歳くらいに思えた。金髪に茶色のスカートをはいた愛嬌のある美人で、一瞬、私はこの婦人のムコになって、モスクワへ行きたいような衝動にかられたが、もちろん、プロポーズはできなかった。

それからの一年、私はテンプラ売りや、白酒《パイチュウ》売りや、ボロ買いなどして、日本に帰ってき

たのは二十一年の夏だった。

上陸した佐世保の復員局で、紙ギレをくれた。この紙ギレをもって、帰郷地の世話課に行け、そうすると陸軍二等兵の月給を一ヵ年分支給するということだった。私は、帰郷後、世話課に行く用件のある友達がいたので、これ幸と私の月給をもらってきてくれるように紙ギレをあずけて頼んだ。

ところが友達は、私の月給をもらわないで帰って来た。どうしてかときくと、お前のこの紙に書いてある「戦車下敷特攻隊」というのは通称だから、もっときちんとした、たとえば満洲一六三二六五七八部隊というような呼び方で書いてなければ、金が渡せないと言ったというのだ。そんな無理なことを言われても、ややこしい部隊名を私は知らなかった。どうせ、戦車の下敷になって死ぬものに、長ったらしい正式の部隊名を教えても意味はないとおもったのだろう、上官も教えてはくれなかったのだ。

というような次第で、私は召集中の二等兵の月給を、いまだに頂いていないのである。

饅頭とピストル

パパパパンと、ピストルの音がきこえた。

昭和二十一年の一月頃だったと思う。記憶がうすれてはっきりしないが、外は雪のつもっている寒い夜だった。所は満洲の長春（満洲国時代は新京と云った）の郊外にある三階建てのホテルである。

私は二階の一室に住んでいたが、三階は女郎屋で、お客さんのソ連兵が遊びにきて、私の室の真上の室でダンスをする時など、靴の音が相当うるさかった。

すでに寝床の中にもぐっていた私が、蒲団の上に起き上って耳をたてると、三階から二階へ通じる階段に物音がおこって、ピストルでうたれた人間が、ころがり落ちて来たようであった。その人間が私の室のドアの前で一旦停止して、またころころと、一階の階段の方へ落ちて行った。

見物はしたいが、こういう時に室から出るのは禁物であった。まかりまちがって一発ソバヅエでも食えば、こちらがナムアミダになる危険性をはらんでいるからであった。命は助かっても、死体運びなどやらされる危険性が多分にあるからであった。

あくる日の朝、ドアをあけて廊下に出ると、廊下も階段も血だらけだった。うたれた奴は、死んだのに違いなかった。

その日の夜になって私は三階にあがって行った。二階の住人で饅頭売りをしている少年がいて、饅頭が売れ残ると、三階に持っていって売ってやるのが私の一種のタノシミになっていた。

そういうことでもないと、同じ屋根の下にある女郎屋に、行けたものではなかった。

一階二階の住人、主として婦人の口がうるさいのである。

少年の饅頭を売ってやるのだと云えば、大義名分がたつから、私にとっても少年にとっても、一挙両得のようなものだ。

ところで饅頭をうるのには、コツがいる。

おい何やらちゃん、饅頭はいらんかといきなり云ったりしたのでは、絶対に買いっこない。女郎のたまり部屋に行って、退屈まぎれに遊びに来たような顔をしてストーブに当って、四方山《よもやま》話をしていると、一はたらきして個室から戻って来た女郎が、

「おじさん饅頭あるかね」

と口をきったら、もうしめたものである。

「少しだけならあるよ。まあ見てくれ。そこの重箱の中にあるから」

と返事をして知らん顔をしている。

「これ、一ついくら」

間もなく声がきこえてくる。

「原価が×円だから、×円でいいよ」

「じゃ、二つもらうよ」

いっさいうしろはふり向かないのである。

すると間もなく彼女がストーブのまわりに戻ってくる。

私が、さっそくお茶をいれてやる。彼女が、うまそうに饅頭をたべる。一働きしたあとだから、大へんおいしそうである。

「わしも一つ食べようかな」

「わしも」

ということになって、残りものの饅頭の七つや八つ、またたく間に売切りになってしまうのである。

原価で売ってやるのだから、少年と私は両得、女郎まで入れれば三得にも五得にもなるわけであった。

ところでその夜三階にあがって行った私は、

「どうかね、饅頭はいらないかね」

と先ず最初に云ったら、

「いらないよ」

と、異口同音にはねつけられた。が、私はそれでよかったのである。なぜなら、重箱の中は全然カラであったからである。

「ところで昨夜は大変だったなあ。恋のサヤアテとか何とかいう、そんなことでもあったのかね」

と私がたずねると、

「ちがうよ。ゲー・ペー・ウーが来て、ソ連の兵隊をいきなりうったんだ。何のことかわしらには、ちっともわかりゃしない」と一人の女郎が云った。

「相手の女は誰だったんだい」

「バカ。まだ指名しない前だよ。兵隊がここに来て、ストーブに当っていた時、ゲー・ペー・ウーが、どかどかって入ってきて、そこの廊下まで引きずり出していきなり、パン、パン、パンとやったんだ」

「それはよかったなあ」

「どうしてよ。かわいそうだったよ。おじさんは、人が死ぬのが、そんなにいい？」

「そうではないんだ。おれはたとえばキミが、そのソ連兵の相手をしたあとで、パンパンとやられたんでは、いくらショウバイとは云え、後々まで悪い味が残るだろうと思っただけだよ」

「うん、それはそうだな」

「ところでそのかわいそうな兵隊は本当に死んだのかい」

「あとのことはわからんよ。ピストルでうって、廊下にぶったおれた所を、階段に蹴っとばしたんだから。ウーウーうなりながら、一階までころがされて、ジープにのせられたらしいから、多分死んだだろうな」

と女郎が云った。

女郎たちは、日本人は別として、中国の文民よりもソ連兵をすいていた。その訳は、兵隊は長い兵隊靴をはき、ゲートルをぐるぐる巻いているからであった。

もうこれ以上説明する必要もあるまいが、ソ連兵の方が、ことを簡単にカタずけてくれるからであった。

言葉について

昭和二十一年の九月頃、私は次のような文を或る雑誌の創刊号に書いたことがある。が、その雑誌は創刊号が出ないまま、つぶれてしまったので、私の原稿もいつとはいうことなく紛失してしまったのである。それで、私はなるべく当時かいた文章の原形に近く、今、もう一度かき直して見ようと思うのである。

私はこの間(二十一年八月頃の事)日本へ帰る船の中ではじめてシュウセンという言葉を耳にした。或る夜船中のむし暑さをさけるため甲板に出て、若い船員をつかまえて、日本の事情をきいている時、その若い船員がつかったのである。シュウセンが「終戦」であることは、話の前後の関係からすぐ判ったが、私はその時甚だ奇異な感に打たれた。

「終戦」とは例の八月十五日(二十年)の「敗戦」を意味しているもののようである。言いかえれば、「無条件降伏」のことを指しているもののようである。その後、新聞など見ていても、しきりにそういう風につかわれている。

しかし、「終戦」と「敗戦」とは全然別物である。

もしもかりに、例の八月十五日、軍部の若い将校が、銀座あたりで偶然ばったり許嫁《いいなずけ》に出あって、

「ああら、あんた、とうとう終戦になっちゃったじゃねえか」

とベソをかかれたのなら、言葉のアヤとして、若干のひびきがあるかも知れない。

けれども、未来の閣下夫人を夢みた若き将校の許嫁でもない、百姓娘や豆腐屋娘や八百屋娘までが、この言葉をたいした吟味もなく、つかっているのはどういうことであろう。その原因みたいなものは奈辺にあるのであろう。

これは私の推察だが、この言葉を全国津々浦々にまで蔓延させたそもそもの原因は、ラジオとか新聞とかいうような文化機関を通じて、日本の有識者というような人達が、敗戦直後しきりに「終戦」「終戦」とつかったが為ではなかろうか。

推察だから確かなことはわからぬが、しかし、「敗戦」と「終戦」が同じものでないことだけは確かだ。

今度の戦争に参加しなかった譬《たと》えばスイスのような国の国民が、「終戦」とつかうのなら、私にもよく分る。なぜなら戦争に参加しなかった国には、「戦勝」も「敗戦」もありっこは

ないから、そうでも言うより外仕方があるまい。また、戦争に勝ったアメリカやイギリスなどの国民が、いささか謙遜的にこうつかうのならそれも私には分る。けれども今次無暴な戦争にメチャクチャに参加しておいて、その結果、ボロ糞もボロ糞、大ボロ糞に敗けておいて、「やーい、終戦でございい」

とは、あまりに人をくった、無責任なひとりよがりな言い方ではなかろうか。

まだまだ、日本には、或る日むりやりに戦争にひっぱり出されて、遠い外国へつれて行かれたまま帰って来ぬ、無数の同胞がある筈である。それらの人々の帰りを待ちわびている妻子眷属《けんぞく》を合算すれば、その数は悠に数百万を越えるであろう。

これらの人達のことを思うと私は胸がつまる。戦争にかり出されて行ったのは誰であるか。後片付けはまだすんではいないのだ。せめて、これらの出征兵士の、最後の二等兵が故郷に帰って来る日を待って、その時はじめて「終戦」という言葉をつかっても、遅くないのではないか。

耳なれたものには、何でもない事かも知れぬが、初めてきくと実に流暢すぎて却って反感がつのるので、今のうち一言する気になったのである。

以上私は、三年前にかいた文章を思いだしながら、なるべく原形に近く書き直してみた。

しかしこれはなかなか案外苦痛なことだった。一度かいて失くなった文章が、二度同じように書けるものではないからである。

その後、朝日新聞（大阪）の天声人語氏が、私の右の文章と同じような意味のことを言っているのを見て、私は大いに同感したことがある。

しかし朝日新聞の翌日からの記事が「敗戦」と書くかと、ひそかに期待してみたが、期待は完全に裏切られた。

流行とはへんなものである。かくいう私も今では、流行におされて、「終戦」という言葉をつかっているが、それが立派な使用法であるとは思っていない。それであるからこそ挙足取りのようでも、もう一度苦痛をしのんで、書き直して見ることにしたのである。

歴史と翻訳

伊藤整の近作の中に次のような文句がある。『一般に歴史では人間が何をしたか、ということでその人物の評価をいたしますが、本当はそれと同じ位の重要さで、何をしなかったか、ということが評価されなければなりません。戦争をしない、人殺しをしない、恋愛をしない、……卒業もしない、自殺もしない。これら数多くの「しない」の中に、時として偉大な精神の働きが存在します』

私はこの文句を読んで感動を覚えた。戦争以来の自分の怠惰がほめられてでもいるように錯覚したからである。

自分のことはたなに上げるが、しかし文壇でいえば周知の如く戦争中は報道物がおう盛を極めたのだ。次に戦後はエロ物が繁盛を極めた。私は最初この二つの物は全然別物だと思いなしたが、このごろでは案外あれも似たりよったりのムジナではなかったかという疑問を起している。

敗戦時、だれの発明かは知らないが「無条件降伏」のことを「終戦」と翻訳したのに私は腹をたてたことがある。あるいはそれは戦時中の隣組的善意の所産であったろうか。道理で戦後もしきりに善意が説かれたわけだが、先般の国会の施政演説で一国の総理大臣が恩給復活について「職業軍人」のことを「普通軍人」と和文和訳しているのを見つけて、私はまたまた、あぜんとしているのだ。

にたにた笑っているのは歴史かも知れない。りゅうちょうな翻訳、実は怖るべきで、終戦国にいまごろ射撃場騒ぎなど起きているのは、ウソのようでも本当なのが事実なのである。

鳶職の二階から

前にも書いたことがあるし、人の書いたものも何度か読んだが、日本の戦後は「終戦」にはじまったという思いは未だに消えない。言葉とはおそろしいものである。私はこの言葉を昭和二十一年の七月引揚船の甲板で若い船員の口からはじめて耳にしてぞっと身ぶるいするほどの恐怖を覚えた。おれは一生口にはせんぞと内心期するところがあったが、いつとはなし、世の風に染まって自らも口にし原稿にも書くようになってしまった。

私は日本に居なかったので事情をつまびらかにしないが、あれは一体どんな風にして流行語になったのであろう。今流にいえば、内閣官房長官のような男が、ラジオや新聞の記者を集めて記者会見をしたのが元だったのではあるまいかと思うことがある。そうだったとすれば記者連中うまくひっかかったものである。味をしめた官房長官、次はひとつ国語改革でもやってやれと政令を発動したのではないかと思うことがある。

ごく最近私はある週刊雑誌で「終戦特集――戦犯と呼ばれた人たちの20年後」という記事を読んだ。その戦犯と呼ばれた人たちの中の一人（七八歳）が記者のインタビューにこたえて、

「戦争のやり方が悪くて負けたことには、責任を感じる。戦争責任者が大手をふって活動するのはけしからん、という国民感情があるのは当然だ。だから参院出馬の話も断ったし、いっさい表面には立たず、国民が理解してくれるのを待つほかはない。しかし、東京裁判は誤りだったな。戦争責任は国民に対して負うべきで、やるなら日本国民が裁くべきだ」

と言っているのが大変おもしろかった。おもしろいというのは、私の考えを代弁してくれているような気持よさであったが、何か一抹妙なカゲのようなものがのこった。そのカゲが何であるかわからないでもやもやしている所へ新聞の夕刊が配達されて、一昼夜ほど横浜をさわがせたライフル銃の少年が横浜駅の西口交番に自首して出たのを知って、ははあこの戦犯には交番がないのだとわかったのである。不得要領にかけてはうりとなすびのような同一性をそこに発見して、私はあらためて終戦という言葉に思いをいたしたような次第であった。

私は引揚後郷里に疎開中、雑誌類が手にはいらないのには閉口した。田舎の本屋にも雑誌は来るのは来ていたが、固定読者に優先されて店には姿をあらわさなかった。だからあれは昭和二十二年だったと思うが、米を背負って上京して講談社に立寄った時、できたての「群像」を一部もらった時のうれしさは今でも忘れられないでいる。その雑誌には田村泰次郎の

名作「肉体の門」がのっていたのも忘れられない記憶である。

昭和二十四年私が東京に闇転入して仮りのねぐらを見つけたのは西荻窪の鳶職の二階であったが、どのくらい期間がすぎてからであったか、田村泰次郎がつい目と鼻の先の豪壮な邸宅を買って移ってきて、町中の大評判になった。田村邸の庭の樹木が私のいる二階から朝昼晩よく見えた。田村邸の庭は私の庭でもあるかのような観を呈したが、ある晩私が階下の土間先で夕涼みをしていると、田村が新婚の若奥さんを連れて前の道を通った時には、私は気おくれがして声もかけられなかった。

むろん田村は私がそんな所にいるとは夢にも知らなかったことであろう。宴会などの帰り、都心から言えば同じ方向になる私が、田村の自家用車に便乗させてもらうようになったのは、私がその鳶職の二階を去ってからずっと後のことである。

Ⅶ

マンデー屋

前にも書いたことがあるが、井伏さんはわれわれ疎開仲間のトワンであった。トワンというのはマレー語かジャワ語で、英語でいうキャプテンのことらしかった。その疎開仲間が時々あつまって痛飲した。といっても、食べ物は持寄り、酒も持寄りという窮屈な時代であったことは言うまでもない。

昭和二十一年の秋だったと思う。所は備中笠岡の海に面したしもた家。――トワンははるばる備後の粟根から、握り飯ご持参の参会だった。握り飯に黒ごまがあしらってあった。おかずに松たけの焼いたのがそえてあった。

いやそうではない。どうも食糧難の時のことだから思わず食べ物のことが先行してしまったが、そういう弁当がまだあけられない前、つまりまだ宴会がはじまらない前、井伏さんはリュックサックの中から煙草の材料を取り出して、煙草巻器でせっせと煙草を巻いておられた。

「井伏さん、その煙草の材料、なかなかいいもののようですなあ。どこから手にいれられたんですか」

私はきいてみた。

「いやあ、これはね、マンデー屋にたのんでおけば入るんだよ」

井伏さんは事もなげに言って、器用な手つきで煙草をまきつづけた。

私はその意味がわからなかった。マンデーというのは私のとぼしい英語の知識では月曜日のことである。どうやら闇屋に類する機関だとは推察はつくが、それ以上のことがわからない。英語がついているから進駐軍関係のルートによるものだろうぐらいに想像して、深くはたずねなかった。

二年ほどすぎた。井伏さんは疎開仲間の中では第一番に東京へ転入された。その転入記が東京のある新聞に出たのを読んで、私はほとんど悲鳴に近い嘆声を発した。

なるべく簡単に引用するが、次のような一節に出くわしたからであった。

『私は長途の汽車で相当疲れを感じていた。女房は重い鞄をさげて足をひきずりながら歩いていた。尋常六年生の男の子は、久しぶりに彼の生れ故郷の荻窪の土を踏んだので、弾み切って先きに駈けぬけて行ってしまった。五つになる男の子は片手に南京豆を握りしめ、緊張した様子で私について来ていたが、賑やかなところを見せられて、いかにも感に耐えなかったのだろう。田舎弁丸出しで「マンデー屋が仰山あるなあ」と言った。マンデー屋というのは、私たちの疎開していた田舎の部落にある雑貨屋で、店屋といってはこの一軒よりほかにないのである。「マンデー屋とは、すなわち商店のことだ」と五つの子供は思いこんでいるものと見える』

蛇足をつけ加える必要はないのだが、ヴェルレエヌの有名な詩句をもじって言えば、

いなされてあることの
恍惚と不安と
二つわれにありき

というところであった。

外村の体感

昭和十八年頃だったと思う。

神保光太郎の出版記念会が大阪ビルの西洋料理店であって、その帰り、われわれ数人のものが中央線の電車にのっていた時であった。

電車の坐り席は満員で、われわれは立っていた。

千駄ヶ谷であったか信濃町であったか、なんでもあのへんで一人の学生が酔っぱらってのりこんで来た。あまり飲みなれない酒を飲んだのか、金属の柱につかまって、苦しそうだった。もうすぐ学徒動員をひかえている学生かも知れなかった。

するとわれわれの近くに腰掛けていた制服の陸軍中佐が、つと立ち上って、

「学生の分際で、酒など飲むとは、だらしがないじゃないか」

と学生の背中をどやしつけた。

一瞬、乗客の視線が中佐に集まったが、誰も中佐になにがしかの文句をつけるものはなかった。

そう私が当時の社会風潮を感じ取った時、

「学生が酒をのんでは何故わるい？」

と外村繁が中佐につっかかった。

「…………」

中佐がそれにどう答えたか、今はもう思い出せない。

これはたいへんだぞという気持が先に立ったのかも知れなかった。

が、外村はひるまなかった。

学生が酒をのんで何故わるい、二度と再びやって来ない青春を、学生はたのしく過すべきだという論旨を実に三十分間にわたって、酒で多少舌がもつれ気味のところはあったが、述べつづけたのである。一歩も後ずさりはしなかった。

あきらかに中佐の敗北であった。中佐は座席にすわったり、また立って外村のところに来たり、周章狼狽の態であったが、しかしそこんところがわれわれは怖かった。なにしろ切れる刀を腰にぶらさげているのだから、まかりまちがえば本当に引き抜くかも知れなかった。

はたして、中佐は高円寺で下車する時、外村の腕をつかんで、強引にひきずり降そうとした。愚連隊が外へ出ろと云う、あれの真似をはじめたのだ。昔練兵場で鍛えた体力にものを言わせるのはここだといわんばかりの気勢だった。

が、かぼそい外村は懸命の力で中佐をはねかえした。

中佐はこんな筈はないかのように八字ひげの顔を真赤にそめて、やっと昇降口のドアの所までは引きずったが、ホームまでおろすことはできなかった。

実は、そのドアの所でわれわれも若干の加勢に加わったのであるが、その時の外村のがんばり方の体感が、私はいまでも彼のインバネスの下から伝わってくるような気がしてならないのである。

背広と将棋

先日小田嶽夫君が、新調のリュウとした背広を着込んで私の寓居を訪ねて来た。見せびらかすのが本意ではなく、何となく一寸初外出がして見たくなったのだそうである。生地は何というのか、値段をきいただけでも相当立派な代物で、もちろん首吊りなんかじゃない。長身痩型の小田君には、そういう既製品は間に合わないのだ。

一応こういう説明が終ったあと「一戦、将棋をやろうか」とだしぬけに小田君の方から持ちかけて来た。

私は厭でもなかったが、腕が鳴るほど乗気でもなかった。というのは、久しく将棋からは遠ざかっていて、今年になってからはまだ駒の顔さえ見ていなかったからである。小田君と指すのは、昭和十九年の夏以来のことで、数えて見ると実に八年ぶりであったから、咄嗟には闘志もわき出て来なかったのである。

昭和十六年の九月のことだが、私たち二人はどちらが言い出したのかは覚えないが、将棋一百戦勝負をはじめたことがある。専門棋士がきいたらびっくりするかも知れないが、実はそのびっくりするみたいな所がねらいであった。私は洋紙にケイを引いて星取表をつくり、その百回分が全部埋まる日を楽しみにした。しかし小田君は万事適度ということを心得ているので、一日に一戦か二戦、多くても三戦やることは滅多になかった。それで星取表は僅か十九回戦にしか達しない時、小田君の方に報道班員の徴用が舞い込んで、この勝負は一先ずおあずけの形になってしまったのである。

一年あまり待たされて、小田君がビルマ戦線から帰り、勝負は再開された。十八年一月のことである。ところが十八年一杯かかってもカタがつかないまま、勝負は十九年に持ち越されたのであったが、十九年の六月になって例の疎開騒ぎが起り、百戦勝負は又々一頓挫の羽目にさらされてしまったのである。

敗戦後、二十二年の初め頃であったが、私は郷里の疎開先で偶然この星取表を見つけ出した。その星取表によると百回勝負のうち七十八回戦まですすんでいたので、このあとの二十二勝負は一体どうするつもりかと小田君の越後の疎開先に手紙を出すと、小田君の方からは、お前こそどうするつもりかと云うような返事がかえって来た。

三年前都市転入抑制法も解けて、私は小田君と相前後してやっと東京に戻って来た。そしてちょいちょい顔を合せる機会はあったのだが、どちらからも三年間一度もあの勝負の続きをやろうと言い出さなかったのは何故であろう。まさか日光のせいだなんてヤボは言えまい。

それはさて今度小田君の発言で八年ぶりに一戦を交えたわけだが、この意義ある第二の緒戦に私はしょっぱなからだらしなく王手飛車などくらってころりと参ってしまったのである。途中からいくらか闘志をふるい起したが、もう追っつくべくもなかった。弁解するなら、それは小田君の新調の背広のせいであった。いやそうではなく、小田君が新調の背広で座っているうちの座蒲団の綿がはみ出て、それが何とも不条理に思われて仕方がなかったからである。

碁の話

洋さんが電話をかけてきて、随筆を書けという。ネタがないと答えたら、碁の話があろうが、という。

ではネタ捜しのつもりで一局うとうということになった。

ところが打ってみると、どうしたはずみか、ばたばた私が勝ってしまった。勝ってしまっては随筆にならない。二時からはじめて、十一時半までかかって、ネタにもならないとは、インガな話である。

対局終了後、

「洋さん、あんたは、いったい何時頃から碁をはじめたの」

ときいたら、

「昭和十年頃から」

だと、洋さんが云った。

私はちょっと残念だった。私の碁歴はここ三、四年にすぎないからである。

郷里に疎開中私は同じく疎開中の洋さんのところへ度々あそびに行った。二里ぐらいの距離をがたがたの自転車でふっとばすのだ。目的は酒であったから、洋さんに紹介してもらった秋田屋というのに一番沢山行った。

そのつど、あまり酒好きでない洋さんを引っ張りだすのだから、洋さんは全くのところ迷惑な話だったろうと思う。

私のいたムラには飲屋がなかった。いや、三軒ばかりあるのはあったのだが、当時の飲酒禁止法とか何とかいう政令で、閉店していたので、一合の焼酎をのむためにでも、二里もふっとばさなければならなかったのだ。

ある時、私は戦後ハツの東京見物に、上京した。秋田屋で水筒に一ぱい焼酎をつめてもらって汽車にのった。

それは汽車の中でのんだからよかったようなものの、着京してみると、法律を発行した政府お膝元の東京では、半ば公然と、いやマルッキリ公然と、飲屋が営業しているのにはびっくりした。

写真機でも持っていたら、実況をうつしてムラの飲屋と駐在にみせてやりたいほどであったが、私はあいにく写真機の持合せがなかった。

私の碁は年をとってから覚えたので、上達が遅々として、進まないのである。疎開時分洋さんが碁を知っていたなら、ヒマつぶしかたがた洋さんに習っておくのだった、と思ったが、これはもう後の祭のようなものであった。

囲碁ともだち

三年あまり前、私は囲碁をおぼえ、碁会所へ行くようになった。

碁がすきでたまらないというのではなかった。戦後は、戦前とちがって、友人諸氏が多忙になって、遊びに行っても、遊んでくれにくくなったからである。私にだって、公徳心のようなものがあって、あまり人の邪魔はしたくなかったからである。

年のせいか、喫茶店のような所に行って、コーヒー一杯で半日もねばる、と言うような芸当はできなくなった。それにくらべれば、やすい席料で、何時間ものほほんとしていられる、碁会所という場所は、まことに重宝な所だった。

会所の口ひげをはやした二段おやじが、はじめ九目で打ってくれた。このごろ、やっと八目になった。三年半かかって一目あがったのだから、その進歩たるやまことに遅々たるものがある。虫の居具合で、先日そのことを二段おやじにこぼして、もう碁はやめようかと言ったら、そんなバカはない、はじめ打った頃の九目は本当は十二目位だったのだから、進境は顕著なるものがある、あきらめないで通えとはげましてくれた。

二年位前、文壇将棋会のあと（厳密に言えば会の最中）尾崎一雄三段に一戦やってもらった。私は八目おいた。対戦中は形勢不利のように思われたが、並べてみたら私が一目勝っていたのは、愉快だった。いまやれば、六目でも悠に勝てるような気がするが、やってみなくては本当のところはわからない。

六目と言えば、小田嶽夫は三年前、私に六目おかした。それがいま、二目になっているから、同君を規準にして言えば、四目あがったことになる。家が近い便利があって、同君とは月に二回平均位やってきた。先日もやったばかりだが、その成績は昼の一時頃から夜の九時頃までやって、六対四で私が敗けた。

小田の隣人の小沼丹は近く初段をもらうそうだが、同君はプロフェッサーをかねているので、なかなかつかまえにくい。今年はまだ一ぺんも対戦していない。去年の夏頃、私は八目から七目にこぎつけたが、一日のうちに、また八目にひねり返させられてしまったままである。

月日まではっきりしているが、昨年の十一月十六日夜、寺崎浩の「音楽家」の出版記念会の席上、私はたまたま文壇王将豊田三郎五段（これは将棋の方の段）と同席して、近々碁を一戦やろうかということになった。豊田五段は大いに乗り気で、手帳の紙に地図を書いてくれたり電話番号を書いてくれたりしたが、それからまる二日目の十八日には、残念ながら急死してしまった。いまもって、妙な気持である。

昨日小田からきいたニュースによれば、私を文人囲碁会に入れてやろうかという声が会の中のどこかでささやかれているらしい。入れてもらっても実はこまるが、私が入ると会の中の一番弱い分子がよろこぶかも知れないという考え方もあるから、勧誘状がまいこんだら、思案はしないで入会するつもりである。

不思議なきっかけで、大阪の市外に私は一人の碁友達がある。まだ会ったことのない人だが、私の碁力はその人と大体同程度だと、その人が手紙で云ってきている。足の不自由な人で上京は難かしい。

対戦するとなれば私が下阪しなければならない。その点本因坊戦に似ているが、この対局が目下、私たちのちょっとした宿題になっているところである。

俳句会

こんど、私は生まれて初めて俳句会なるものに出席した。白状するが、案内状に参加賞も出るようなことが書いてあったからである。

戦争中、雑炊食堂や国民酒場に並んだあの、とにかく並んでやれといったような気持ちが、手伝っていたのかも知れない。

しかし出席してみると、参加者はその道のベテランぞろいで、私はそうそうに逃げ出したいような気がして困った。

小さくなって、どういう方法でやるのかと待っていると、まず司会者が題を六つ紙に書いてはり出し、この題で十句、一時間半で作れということだった。

その題の最後に、「嘱目《しょくもく》」というのがあった。私はそれが木か草か魚か人事か、わからなかった。恥をしのんで司会者にたずねてやっとわかった。ずいぶん蒙昧なヤツがまよい込んだものだと、参会者は笑うにも笑えない様子であったが、実をいうと「嘱」の字があまりに達筆すぎて、よみにくかったのである。口には出さなかったが、そういうことに、私はしておいた。

一時間半すぎた。私は俳句が七つしか出来なかったが、係りのひとが集めて、次は互選ということになった。

互選もどうやってするのかわからなかったが、前にすわっていた人が教えてくれて、とにかく互選が完了すると、私は十等の入賞だと発表された。

十三、四人の参会者のなかの十等だから、いばれたものではなかったが、私はやれやれまあまあ、と胸をなでおろしたのである。

さてこの原稿を一枚ばかりかいた時、私は思い出したが、以前、私は何とか会という俳句会に出たことがあったのである。だからこの文章の書きだしの「生まれて初めて」というのはウソであった。年のせいで、すっかり忘れていたのだ。

昭和十七、八年だったか、人にさそわれて、私はその会に一度だけ出たことがある。

その時は自分の家で、何でもいいから俳句を五つ作って持ってこいということだった。私は家を出る一時間前になってあわてて嘱目で苦吟したが、俳句は三つしかできなかった。

会場に行って、その三つの句を出して互選ということになった。そう言えばその時の互選も、こんどの句会と同じようなやり方だったように思うが、その点はっきりしない。

ところが何のまぐれ当たりか、私の三つの俳句のなかの一つが、最高点になってしまった。自分ながらあきれていると、

「この句はちょっと面白いところがあるが、一歩あやまると危険だ」

と宗匠であるところの中村草田男先生が批評された。やんわりであるが、さすがに宗匠の目は高かった。

で、というわけではないが、私はその会に行かなくなってしまった。そのうち、戦争で会そのものも流されたようであった。

戦後、私が田舎に疎開中、その会（雨月会といったか）が復活して、たびたび通知をもらったが、私はいろんな都合で出席することが出来なかった。東京にいて、会に出られる友だちが、うらやましくて仕様がなかった。

芭蕉の句に、有名な「秋深き隣は何をするひとぞ」というのがある。あの句は芭蕉が腹痛だか神経痛だかをおこして、俳句会に出られなかった時の作だという話を、私は何かの本でよんだことがある。この話を思い出してはウッを晴らした。

数年間も田舎でひそむような暮らしをして、おくれながら私は再上京してきたが、以後、雨月会の通知は一ぺんも来ないところからみれば、あの会はまたずっと休憩しているのであろう。

或る独身主義者

世間でよく「人のフンドシで角力をとる」ということがいわれている。フンドシという言葉が悪いなら、ゴボウと言い直してもいい。つまり人のゴボウで法事をすることだ。

人のゴボウで法事をするくらいちょっと間のいいことはあるまい。ここまで書いて、実はぼくは思い出した男が一人ある。今ちょっと、急に名前が思い出せないが、かりにその名を冬木草之助ということにしておこう。この男が、独身主義者であったのだ。

職業は民謡詩人で、戦争中、昭和十三四年の頃から六七年頃にかけて、ぼくはこの男とずいぶん仲よくしたことがあるのだ。

と言っても、彼がぼくの家にあそびに来てくれただけの話で、ぼくが彼の家を訪ねて行ったことはなかった。行こうにも彼は、彼の本名はもちろん、住所を明らかにしなかったので、行きようがなかったというのが真相なのだが……。

しかし、何年間もつきあっている間に、彼がチラホラと洩らした所を継ぎ合せ縫合せてみると、大体次のような輪郭がぼんやりとではあるが浮びあがるのであった。

彼はなんでもどこかの良家の坊ちゃんとして明治三十年か三十一年、東京に生れたのである。父は現在（当時）何とかいう一流銀行の幹部どころの要職にあった。が、彼が生れて間もなく、彼は徳川家の墓地で子守女中の不注意から、墓石で頭を打って、脳に少々故障が生じた。で、学校も中学二年か三年の時、退学して、以後はずっと民謡に精進しているのだ。なお不幸なことに、生みの母親は彼が脳に故障が生じて間もなく死んでしまったので、父はあらためて後妻を迎えた。その後妻に子供が二人あって、一人は帝国大学、一人は女子大学に通学している。

が、二人の子供の出世や縁談の邪魔になってはいけないという考慮から、彼は現在オバさんの所にあずけられているのだ。

そのオバさんというのが実際にどういう血族関係があるのか分らなかったが、その家はなんでも中野の刑務所の附近にあることだけは確かだった。

彼はその家で毎朝目をさまし朝飯をたべると、そのオバさんから五十銭もらって、民謡をつくるために散歩に出るのだ。当時の五十銭といえば、昼飯を食って、煙草をかって、その上なおコーヒーが何杯かのめた。ぼくなんかから見れば、その点羨しい身分であったが、彼にしてみれば、そうそう一日中、食堂や喫茶店にねばってばかりは居られないから、知り合いの文学青年のところへ遊びに行くということになるのだ。

「また、××のやつ、居留守を食らわしゃがった。ひでえ野郎だ」

と、彼はぼくの所に来て、ふんがいすることが度々であった。

「だって、居留守かどうか、はっきりしたことは、分らないじゃないか」

とぼくが逆襲すると、

「分るよ。細君の顔にちゃんと書いてあらア。細君が上手にごまかしたようにうぬぼれても、コドモの顔にちゃんと書いてある。コドモは正直だからなア」

と、彼は自説を曲げなかった。

そしてそれは、多分本当だったのに違いないのだ。ぼくなんかも、自分の家の構造さえよければ、そうしたいと思うことが、たびたびであったのだから。

「キミ、もう、ぼつぼつ、結婚してはどうかね」と、話のツギホみたいにきいてみたこともあった。

すると、「ぼくは独身主義なんだ」と四十歳の彼は云った。

そして彼の語るところによると、彼は以前、画家の誰とか君に連れられて、玉の井へ行ったことが一度ある。ところがその処女運転で、運わるく彼は、淋病を背負ってかえったのだそうである。

「癪にさわったから、こんどは一人で返しに行ってやったよ」と彼は言った。

「淋病をか？」

「うん」

「うまく返せたか」

「そりゃ、返せたさ。返すつもりで行ったんだから。だけどもう、女はこりごりだ。金がかかって仕様がないや。ひとりの方がどんなに気楽か知れないよ」

「そりゃ、気楽だというのは分るが、しかし、キミ、気楽と欲望とはまた別なもんだからなア。キミだって欲望がむらむらと起ることはあるだろう」

「ないよ」

「嘘を言ってらあ」

「嘘ではないよ。ぼくは玉の井以来、ここ（股間）の欲望は全然おきなくなったんだよ。そのかわり、足の裏に性欲を感ずることはあるがネ」

「足の裏って、ここかい？」

「うん、ここんところだ。ここん所のこの土ふまずの所に、むらむら性欲がおきることはあるよ」

「へえ。奇妙なところに性欲が起きるもんだなア。して、キミ、そんな場合、どう始末をつけるのかネ」

「それは、わけはないさ。下駄をはいてから、からころ大きな音をたてて歩けばすぐ治るよ。

もっともそれにはヒケツがあるがネ。教えてやろうか」

「ああ、それは是非」

「と言っても、大したヒケツではないんだが、その時は濡れた下駄では全然効果が出ないんだ。なるべく乾いた下駄がいいね。ほんとは買いたての新品が一等いいんだけど、そうは事情がゆるさないから、下駄の歯入れをしたばかりのがいいね。そいつをはいて場所はコンクリとか、煉瓦とかのような固いところを、思いきり力をこめて、からころ、からころと歩くんだ。すると五分もたたないうち、すーッと頭のてっぺんが宙に抜けたような瞬間がくるよ。その瞬間が来たら最後、足の裏のくすぐったいような感じが、パッと止るんだ」

こんな風な不思議な秘伝を伝授されたこともあった。

そう言えば、彼はいつだって、歯入れのきく日和下駄をはいていたが、或る時しばらくの間、彼はぼくの家に姿をあらわさなかった。

「どうしていたんだい？」とぼくがきくと、

「いや、ちょっとね、中野警察の留置場に入れられていたんだ」と彼は何だか大得意のように言った。

で、そのわけをきくと、彼はれいのオバさんの顔を日和下駄でもって殴りつけて血だらけにしたというのであった。なぜそんなことをしたかというと、彼の大好きな風呂銭をオバさんが出してくれなかったので、ついカッとなって、それでも脅しのつもりで下駄をふりあげたところ、つい事が大げさになってしまったのだそうである。

が、一週間ブタ箱の中にいて、微罪放免される時、巡査からちょっと署長室に行くように命じられた。

で、おそるおそる署長室の前まで行って、塵紙でもって把手の玉を握り、がちゃりと開けて中に入ると、

「おお、君が○○君か」と署長はにこにこしながら言ったのだそうである。

「実はねえ、君のお父さんから預りものがあるんでねえ」と机の引出の奥から、十円札を取り出して、渡されたのだそうである。

その頃の十円といえば大金であるから、彼は腰が抜けるほどびっくりして、嬉しさのあまり、『署長さん、もし何だったら、この半分だけ貸してあげようか』とほんとに咽喉のところまで出かかったが、危く声に出すのはひっこめたのだそうである。

だが、世の中には面白いことばかりはないと見えて、この事件を境に、彼の経済はデフレの傾向をおびて来た。つまり、それまで毎日五十銭ずつ貰っていた小遣が、ちくりちくり、鰹節でも削るように逓減されて行ったのである。

正確な逓減率は詳かにしないが、彼の顔には苦渋の色が出てきた。前にも言ったように、毎日五十銭ずつころがり込む小遣は考え様によっては大金だったのだ。彼は日に必ず三杯以上は呑んでいたコーヒーが、一杯呑めるか呑めないかのような状態に立ち至ったのである。

すでにコーヒー中毒に犯されていた彼は、耳鳴り目まいに悩まされて、見る影もないほど哀れなしょげ振りだったが、しかし何日か過ぎたある日、彼はまた元気な姿をあらわして言った。

「ぼく、ショウバイをはじめたよ。面白いほど売れるんだ」

「へえ、ショウバイって、何の？」とぼくがきくと、

「竹の皮よ。目のつけどころがいいだろう」

と自慢しながら彼の語るところによると、彼は大場通りという裏通りの問屋で、竹の皮を一貫匁ずつ仕入れて、それを酒屋に行商してあるくのだそうである。

「酒屋はね、すぐ分るよ。酒屋にはきっと、キッコーマンの看板がかかっているんだ。この看板が目じるしになるんだ」

と彼は言った。彼の新発見にちがいなかった。

「後学のためにきいておきたいが、その儲けはどの位になるのかね」

「それはね、一貫匁をぼくが九十銭で仕入れる。そしてそれを百匁十三銭で売るんだ」

「ええと、……すると、一貫匁で、四十銭の儲けか」

「そうさ。だけどキミ、風の吹く日には、途中で時々水を打つことを忘れたら、大損をするから、キミがやる時には注意しろよ。それからだね、欲ばっていっぺんに一貫匁以上仕入れるのは禁物だよ。一貫匁仕入れて売り切れたら、又もう一ぺん仕入れに行くんだ。これがヒ

ケツなんだ」

「ありがとう。だけど、九十銭といえば、資本が大変だなあ」

「それは、大変さ。ぼくは三日三晩、ねないで考えて、やっとこれに考えついたんだ」

と、彼は彼が今着ているところの羽織の襟をつまんでひっぱってみせた。

が、ぼくは、それが何を意味するのかちょっと分らなかった。が、彼の説明によると、彼が今着ているところの羽織を質屋に持って行くと、八十銭貸してくれるのだそうである。

では彼は朝、その羽織を質屋に持って行く。そして竹の皮を仕入れて、一儲けしたあと、その羽織を受け出しに行く。利子は一日に三銭だ。

で、一日の労働を終った彼は、その羽織をきて、意気揚々、喫茶店に好きなコーヒーをのみに行くという順序になるのだ。

そんなことをそれから暫くの間、彼は繰り返していたようであった。

実際にぼくは高円寺の町で、彼が麻布三連隊の茶色な風呂敷にくるんだ竹の皮をかついで歩いている姿を見かけたこともあったが、その後一と月とはたたないうち、ふっつり、彼はぼくたちの目の前から、姿を消してしまったのである。

彼を知っている筈の友人にきいても、彼が行きつけの喫茶店に行ってきいてみても、その消息を知っているものは、一人もなくなってしまったのである。

十年すぎて昭和二十七年、ぼくが荻窪で間借り暮しをしていた時、ぼくの家のものが貧血をおこしてぶっ倒れたので、ぼくは工合よく近所に住む築木博士を迎えた。

博士は医業のかたわら、民謡童謡の専門家で、戦前は四谷で看護婦を十人もつかうほどはやらせていたものだが、いまは故郷の荻窪にひっこんで奥さんとたったの二人ぐらしであった。

人の有為転変はわからぬものだが、博士が注射を一本うつと病人は息をふきかえしたので、そのあとは先を急がぬ雑談になって、

「それはそうと、先生は、冬木草之助という男を知っとられるでしょう」ときくと、

「ああ、知っとる」

「あの男、いま、どうしているでしょう。ぼくはこれでも妙な因縁で、一時随分仲よくしたことがあるんですが」

と尋ねてみたが、博士もその後の消息は知らなかった。

生きていれば、もうどこかで誰かが逢っている筈だが、逢ったものがないところからすれば、おそらくは死んだのだろうということになった。

しかし話はしてみるもので、ぼくは築木博士から冬木草之助にはKレコード会社に一つだけ民謡の吹込みがある筈だという事実を、この時はじめて知らされたのである。

なぜまた博士がそんなことを知っているかと言えば、冬木が作って来た民謡に博士が手を

入れて、ものはためし、Kレコードにおくったところ、まるでまぐれ当りみたいに拾われて、それが作曲され、レコードに吹込まれたのだそうである。

「その民謡は何という題ですか」とぼくはたずねてみたが、

「さあ、何と言ったかなア。……しかし、とにかく、冬木もその原作料を五円だったか貰った筈だよ」と築木博士はいった。

してみると、その五円は彼が生涯専門にしていた民謡ではじめて取った原稿料であり、またそれが最後の原稿料ということになるであろう、という結論に、二人の話はおちついたのである。

いつかどこかで、そのレコードがきけないものか、とぼくは心ひそかにチャンスを待っているのである。

宇野さんと私

昭和六年、私は『メクラとチンバ』という詩集を出した。自費出版である。その時倉橋彌一（故人、敬称は略す、以下同じ）が印刷屋の世話その他いろいろしてくれた。本を寄贈する時、宇野浩二さんにもしてみろとすすめてくれたので、そうした。

そのころ宇野さんは小説は発表していられなかったように思う。暇があったのか、出版記念会にも出席してくださった。

そのあとすぐ、この間の写真が一枚ほしいと言ってこられた。お送りした。三枚あった写真のなかの一枚で、私のところにはいま一枚だけのこっているが、この原稿をかくにあたって取り出してみたら、ずいぶん赤茶けて、人の顔も識別しにくいほどである。

宇野さんは洋服を着ていられるが、年齢は四十歳ちょっとというところであろうか。お若い。美髭をたくわえていらっしゃる。

その出版記念会はちょっと類のないほど賑かなものであった。会がはじまる前、どこかで泥酔してきた数人の詩人が大声をあげてはしゃいで、会がはじまってからも、テーブル・スピーチなど、主賓である私にさえききとれないほどであった。会が終って写真をとる前には、女流作家の林芙美子さんなど抱きつかれそうになったりして、早々に退散してしまった。話が余談になるが、あとで新宿駅階上の飲食店にゆくと、もう家に辿りついたであろうと思っていた林さんが、早逃げしたのは心残りだったかのように、ひとりで低酌している姿が微笑ましい光景であった。

しかし酒をあがらない宇野さんは随分いやな思いをされたのではないかと私は気がかりでならなかった。が、あとから伝えきくと、なかなか面白かったと言われたそうで、やや胸をなでおろしたような次第であった。

それから何年かたって私は日曜会に入れてもらった。その最初の会に出た時のことが、いまはもう思い出せない。おそらく隅っこの方で酒をのんで、自分勝手な酔い方をしたのだろうと思う。私の日曜会出席はその後もずっと同じような塩梅で、頭の悪い生徒が教室の後の方で、鉛筆ばかり削っているような趣があった。

昭和十九年の春であったか夏であったか、ある本屋が（この名前も今は思い出せない）私の詩集を出したいと言っていると倉橋彌一が話をもってきた。印税も出すという滅多にはない話に私はとびついた。しかし原稿集めには苦労した。前の詩集に入れたものの残りものだから、また時局を考慮したりして、ろくな作品は一つもなかった。原稿を世話人の倉橋にわたす時、あとは全部君にまかせるから万事よろしく、と私は言った。

そうしたところ倉橋が宇野さんのところに行って序文をたのんだのである。私はこまってしまった。いくら全部まかせるといったとはいえ、そこまでは考えが及んでいなかったので、私は前言をひるがえし、そいつだけはかんべんしてくれと言った。

それで倉橋がどんな風に処置したか、本当のところはわからないが、こまった時にはこまったことがふえるもので、宇野さんのところに行っている原稿がなかなか返してもらえなかった。急ぐのは印税ばかり——。足まめな倉橋がお百度をふんで、原稿と一緒に序文を頂戴したのは何ヵ月（少し大げさになるかも知れないが）という月日がすぎた後であった。

それでやっと本屋が情報局かどこかの配紙課のような所へ原稿を提出するはこびになったが、私がひそかに心配していたとおり、こんなくだらない詩集は出版まかりならぬということになって、話のけりはついた。が、そうなると私の原稿は破り捨てればすむが、宇野さんの序文は宙ぶらりんになって、私は全く始末に窮した。

その後私は満洲へ行くことになった時、序文を手紙で宇野さんにおかえしした。自分ながらなんともかんとも言えない処置であったが、序文を万一戦災で焼くのは気にかかるし、私はひかえを取って持っていることにし、貴重品疎開の意味でそうしたのである。が、今思い出してもあまり賢明な処置であったとは思われず、へんに心苦しいのである。

戦後再上京後、二度ばかり私は日曜会に出席したが、話がそのことにふれたことはなかった。私のよくない癖で、いつか適当な機会があったらしみじみと、と考えているうち、宇野さんはなくなってしまわれたのである。

旅行余話

檀一雄との知り合いは昭和八年ごろ、私たちが「海豹」という同人雑誌をやっていた頃からである。「海豹」の編集所が東中野の古谷綱武邸にあって、檀君はその附近に住んでいたので、終始古谷邸へ遊びに来ていたからである。

「海豹」がつぶれてその後ひきつづいてやった「青い花」「日本浪曼派」では同人として一緒になった。当時檀君はまだ帝大の学生で、紅顔の美少年のおもかげを多分にのこしていたので、われわれはダンサン、ダンサン、と愛称してよんでいたものである。おそらく同人のなかでは最年少ではなかったろうか。

檀君は同じく同人の太宰治と仲がよかった。これは世間周知のことだから私がいまさら喋々することもないが、そういう関係から数年前、私は青森と弘前で行なわれた「太宰を語る講演会」にひっぱり出された。はじめ檀君から電話で交渉をうけた時、私は講演は苦手なので「五分でよければ」と暗々裡に辞退しようとしたところ、「五分で結構」とやりかえされて、もう後へはひけなくなってしまった。

ところで私はその旅行に、檀君と一緒に行ったのではなかった。檀君は九州で医者を開業している友人を東京へよびよせ、その医者が運転する自動車に乗って行ったので、私ともう一人奥野健男君は上野くんだりから汽車に乗っての先発であった。いくら医者でも九州から青森までの自動車運転は過労ではないかと、私たちは随分はらはらさせられたが、檀君は講演会には十分間にあった。

一昨年の五月、太宰の文学碑が太宰の郷里の青森県北津軽郡金木《かなぎ》町にできた。その除幕式に私も招かれて行ったひとりだが、私が斜陽館（太宰の生家）に着いた時、檀君は卒業論文のタネ取りに来ている女子大生に色紙を書いてやっているところだった。檀君はいつも彼がお得意とする女が口にぬる紅棒をつかっての絢爛たる揮毫だった。いつ斜陽館入りしたのかときくと、今朝の三時に着いたと檀君が言った。そんな奇妙な時刻にどこを経て来たのかときくと、北海道を経て来たと檀君が言った。

除幕式を終え、その翌日東京からの参列者は思い思いの方角へ散った。私はついでだから北海道へ行って見たかったが、その年は春がくるのがおそく金木でさえ寒いのに閉口した。例年なら桜が満開の時候をねらっての除幕式だったが、金木の桜は莟《つぼみ》をかたくとざしたままだった。北海道行きは思いあきらめて、桜が三分咲きだという弘前へ向った。同行は私と檀君のほか、弘前在住の若い連中が三人だった。

約四十キロの道をタクシーで飛ばして弘前市に入って暫くして、檀君がトイレに行きたいと言い出した。地元の連中が、これから桜見物に行く弘前公園には華子様のご祝儀以来、立派なトイレが出来ているから、そこまで我慢するように言ったが檀君は我慢ができないと言った。

やむなく運転手にストップを命じて、あるレストランに入った。そこは弘前の何とか銀座という繁華街で、勝手知った弘前の連中が先に立って二階にあがると、テレビが弘前公園の桜祭を中継している最中だった。一人の青年がテレビの前にカメラをかまえて、撮影しているのが異様な風景だった。どうして目の鼻の先にある公園まで行って実景をとらないのか、訳がわからなかった。

レストランの椅子に腰をかけた檀君は、カレーライスとビールを注文した。いうまでもなく註文は五人前であった。ウェイトレスがフォークやスプーンを五人の前にくばった。くばり方がなかなか正式だった。

凡そ十五分ほどたって、カレーライスとビールがはこばれた。それでも檀君は椅子を立たなかった。テレビの前では青年があきもしないで画面の桜と芸者の手おどりを撮影していた。

人ごとながらいらいらして来た私が、どうして用件をすまさないのかと檀君にきくと、いまちょっとかくれんぼしたところだと檀君が言った。調法なお尻があるものだと感心した。

カレーライスをさかなに、ビールを二本ばかりたいらげてから、檀君はやっと椅子を立った。

一時間あまりレストランにいて、それから公園行きということになったが、むろんレストランの会計は檀君の責任であらねばならなかった。一同はどんどん階段をおりた。私もレジまでのぞきには行かなかったので詳細はわからないが、ずいぶん高価なトイレ代になったであろうことだけは確かだった。

藤原君の抗生物質

先日、といっても夏の終り頃だったか、藤原審爾君にあったら、物すごく肥満型になっているのに驚いた。用件を書いた方がはっきりするから書くが、私の「夫と妻の記録」というテレビ番組に引立役に出てもらったのである。その帰り道、新宿で麦酒でも一杯のもうかと誘ったが、藤原君は今日はこれから野球の試合があるからと帰ってしまった。

藤原君と野球、これもちょっと私には驚きだった。その後何かの週刊誌のグラビアで藤原君が野球の監督をやっているのを見た。野球帽をかぶり、野球服を身につけている容姿が実に堂々たるものだった。スカウトの方も兼ねているのか、敵の娘子軍《じょうし》に取りかこまれている恰好はまんざらでもなさそうだった。

藤原君にはあれでなかなか経営の才能があるのである。昭和十何年であったか戦争の真っさい中、私は彼を知った。その頃彼は岡山市に住んでいたが、ある日突然外村繁君の紹介状を持って拙宅にあらわれた。これから郷里で同人雑誌をはじめるから、何か随筆をかけというのが用件だった。

用件はともかくとして、痩せてひょろひょろしたこの男が、これから小説を書いて行くというが、果して体力がつづくだろうか、というのが私の抱いた初感想だった。

しかし彼は私のつまらぬ心配をみごとにはねかえした。毎号かれは小説をかいた。紙不足の統制時代に、よくもまあこんなに続々と雑誌が出せるものだと舌をまきたくなるほど雑誌を出した。

藤原君と野球ときいて私は一たんは驚いたが、よく考えてみると、別に不思議がるほどのこともなかったわけである。

戦後、彼がはなばなしく中央文壇に進出したのは周知のとおりであるが、上京すると間もなく彼は病にたおれた。疎開地でぐずぐずしていた私は大分おくれて上京したが、上京当時、割合に足しげく彼を阿佐ヶ谷の河北病院に見舞った。見舞ったと云えば聞えはいいが、貧相な間借りでひとり自炊生活をしていた私は、ウサばらしに行ったというのが、真相のようなものであった。その頃彼はマコ夫人にかしずかれて、病院の病室をまるで避暑避寒のホテル暮しのように花やかにくらしていたので、私はその花やかなフンイキのお裾分けにあずかりたくて通ったというのが真相のようなものであった。

それから何年かたって、彼は結石か何かの手術で二度目の入院をした。その時は一度も見舞に行かなかった。ひとの噂ではこんどはもうダメだろうという説が私の耳にもきこえた。そのたび私は、いやダメなことはない、彼はまたたちあがるに違いないと主張した。見舞にも行かないから顔色で判断した上のことではなかった。何となくぼんやりそんな気がしたのにすぎなかったが、私の主張があたってしまった。

しかしもっと別な云い方をすると、彼は私の第一印象をみごとにウラ切ったので、私はもう人の噂ぐらいではだまされたくなかった、というのが真に近いかも知れない。

藤原君の体内にはちょっと一文句では云えないが、何かヤバンな虫けらのようなものが棲んでいて、そいつが吐き出す抗生物質が、彼の魅力ある仕事をつづけさせているのであろう。

安吾のどてら

安吾と私は、行ったり来たりするような、つきあいはなかった。たいてい、どこかで偶然、会っただけである。

いちばん最初にあったのは、銀座裏の路上であった。私は小田嶽夫（もう一人誰かいたかも知れない）と一平かどこかで一杯やって歩いていると、小田が安吾を紹介してくれたのである。

どういう工合であったか、すぐ目の前に大衆飲屋があったので、私たちはそこの二階に上った。

座敷の広間であった。

そこの広間の一隅で、鍋かなんかつつきながら、安酒をのんだのである。安酒といっても、今の一級酒よりよかったような気がする。が、いまくらべて見ることは出来ない。

安吾はどてらを着ていた。

そして云った。

「おれは、どこへ行く時も、これだ。銀座だって、遠慮するわけには、いかない」

問いもしないのにこう云って、かすかに薄笑いを浮べたのは、安吾も多少気にしていたのであろう。実は、無神経な私は、それではじめて気がついた位のものであったが、それで却って今でも覚えているのである。

これが昭和何年のことであったか、はっきりしない。九年であったか、十年であったか、十一年であったか。

何でもそれから暫くして、中野のカフェーで、私たちが飲んでいるところへ、安吾がやって来たことがある。中村地平と真杉静枝が一緒だった。安吾はこの新婚家庭に何日かとまり込んでいたもののようであった。

ところが、こっちが先に酔っぱらって気焔をあげているところへ飛び込んで来たもので、さすがの安吾先生も、素面ではむろん、駈けつけ三杯でやってみても追っつかない風であった。

「おい、お前は、酒をのんでる時の方が上等だ。小説も酒をのんで書くがいい」

と、聞きようによっては皮肉なようなこと云っていたのを、私は後年思いだした。

なぜなら、安吾先生自身が、戦後、そういう風な種類のことを——つまり酒をのんだり目あき薬を用いたりして、その力をかりて原稿を書いたりしたらしいからである。

先生自身、酒をのんだ時の方が、精神が二等になっていたに違いないのである。


昭和二十四年の春頃であった。

疎開先から東京に舞い戻った私は、銀座裏の淋しい所で、ぱったり安吾に出あった。いや、そうではなく、私が詩人の緒方昇と一緒に歩いていると、緒方が、

「いまの、安吾さんじゃない？」と、いますれちがった男をふりかえって云ったので、私もふりかえって見たがよくは分らなかった。

丁度少し前、安吾先生は東大病院の神経科に入院したという記事が新聞にでていたので、私は半信半疑であった。が、

「坂口君」

と声をかけてみたら、ふりかえったのは、やはり安吾であった。安吾は当時、もう押しも押されもせぬ流行作家になっていたから、服装はリュウとした背広を、あの大きな身体にきこなしていたから、私がすれちがっても、すぐに気がつかなかったのも、無理はないのである。

「どう？　もう体の方は、いいの？」と私はきいた。

「うむ」安吾はものを云うのが大儀そうであった。

「じゃ」

「又」

私たちは別れた。安吾は、非常に急いでいる風でもあった。

それからその翌年の春であったか——いや、もう夏になっていたかも知れない。

井伏さんの読売文学賞の祝賀会が芝の美術クラブの大広間であった時、一応会が終って、酒の場が大分みだれかかった時、私がのんでいる所に安吾がひょいと顔をのぞけた。

そして云った。

「お前はだネ……」

どうも、その顔つきと語調が、何か私に忠告してやろうという風に思えた。私は素直に緊張した。

ところが、丁度折り悪しく、その時横あいからとんで来て、安吾に話をしかけたものがあった。誰かは知らないが、相当熱心な話のようであった。話が長びいて、私は完全におきざりにされてしまったのである。

そしてこれが、私と安吾の、この世に於ける最後の交渉になってしまったのである。尤も、私にだって、話をしかけてくれるものがあるから、神妙に二人の話の終るのを待っているわけにいかなかったのが、酒の場の雰囲気というものであった。

はじめにも書いたとおり、こんな程度のつき合いであったから、安吾が死んだ時、私には通知は来なかった。私は何だか寂しい気がした。しかし無論、通知をくれなかった当事者を難じる気持ではなく、もう少し安吾が長生きしていれば、もう少し深い交際ができたかも知れないと、それが残念だったのである。

だから私は安吾の告別式には出かけた。

出かける時、私はいささか、服装について気がとがめた。私は着て行く洋服がなかったのである。着物らしいものもなかったのである。

仕方がないから、どてらを着て出かけた。

焼香の時、……じゃない、安吾の告別式は無宗教であったから、安吾の遺影に最敬礼する時、その両側に立っている何十人かの間を通る時、私はどてらの着流しではみんなに失礼なような気がした。けれどもしかし、安吾は「お前はだネ……」と苦笑しながらも、ゆるしてくれたであろうと思うのである。

初出一覧

I

昼酒　「酒」昭和三十二年三月号
酒の失敗　「別冊小説新潮」（昭和三十三年四月）＊号数明記なし
たもと　「酒」昭和三十四年年二月号
基本的飲権　「別冊文藝春秋」七二号（昭和三十五年六月）
酒の上の失敗　「小説新潮」昭和四十二年年二月号
酒のめば楽し　「笑の泉」昭和三十五年九月号
新関脇の弁　「酒」昭和三十九年一月号
もし、この世に酒なかりせば　「酒」昭和三十八年一月号

II

よその奥さん　「詩学」昭和二十五年七月号
老眼の話　「早稲田文学」昭和二十八年年一月号
忘れ物　「毎日グラフ」昭和二十七年十二月十日号
パチンコとボロ屋と金　「漫画讀本」昭和三十四年十一月号
苦鼓　「短歌研究」昭和三十二年三月号
節分と私　「週刊読書人」昭和三十五年二月一日号
住居のゴミ　「室内」昭和三十六年七月号
柳の下と水たまり　「東京新聞」昭和三十二年八月九日朝刊
生活の知恵　「時」昭和四十年九月号
出歯　「オール讀物」昭和四十一年四月号
女房のお灸　「別冊文藝春秋」八一号（昭和三十七年十月）
家出の真相　「笑の泉」昭和三十三年十二月号
別のこと　「酒」昭和三十六年五月号

玉磨かざれば　「笑の泉」昭和三十六年二月号
年頭愚感　「文芸首都」昭和三十三年二月号
私のさかな　「酒」昭和三十八年九月号
牛飲馬食の好物　「オール讀物」昭和三十四年十月号
マツタケのホウロク焼き　「朝日新聞」昭和三十九年十二月二十七日朝刊
エビとカニ　「奥様手帖」昭和四十年四月号
安かろううまかろう食べ歩る記　「漫画讀本」昭和三十八年十二月号
干物の秘密　「あじくりげ」九一号（昭和三十八年十二月）
落花生　『センスシリーズ3　味覚の記録』（昭和四十二年八月）
作家の日記　「小説新潮」昭和四十二年十一月号
著述業　「いんでいら」一三号（昭和四十二年四月）
枚数と時間　「大衆文学研究」一二号（昭和三十九年十二月）
カロッサの金言　『世界の文学11　プーシキン　ゴーゴリ　ツルゲーネフ』付録（昭和四十年七月）
報告　「いんでいら」一二号（昭和四十一年十一月）
ボケの実　「読売新聞」昭和三十九年十二月八日夕刊
六度目の年男　「読売新聞」昭和三十九年一月四日夕刊

Ⅲ

右か左か　青か赤か　「日本経済新聞」昭和四十三年二月四日朝刊
割カンについて　「電信電話」昭和三十五年三月号
バスの中　「婦人画報」昭和三十七年五月号
すみません　「人間ドック」昭和三十九年四月号
あか電話　「文藝春秋」昭和三十九年八月号
わたしの失言　「小説新潮」昭和四十三年二月号
行列の尻っ尾　「文藝朝日」昭和三十九年七月号
捷平さんの東京見学　「週刊文春」昭和三十八年五月二十日号

石油カンに火箸　「婦人公論」昭和四十年十二月号
炭焼と金もうけ　「大法輪」昭和四十一年十一月号
胸のハンカチ　「文芸」昭和三十九年六月号
私の注文　「毎日新聞」昭和三十九年九月十日朝刊
羊頭狗肉　「産経新聞」昭和三十九年五月二十四日夕刊
一方通行　「小説新潮」昭和四十年八月号
くじの日　「産経新聞」昭和四十二年九月九日夕刊
税金で苦労する話　「文藝春秋」昭和四十一年四月号
委員手当　「日本経済新聞」昭和三十八年六月二十三日朝刊

Ⅳ

旅先の話　「笑の泉」昭和四十年二月号
宿屋のトイレ　「漫画紳士」昭和四十一年六月二十日号
暗闇旅館の真夜中　「別冊小説新潮」六七号（昭和四十二年七月）
白骨温泉　「温泉」昭和二十七年一月号
東北紀行　「ＪＲＥＡ」昭和三十七年二月号
孤島へのひとり旅　「若い女性」昭和三十九年七月号
北海道と私　「北の話」一七号（昭和四十二年一月）

Ⅴ

自慢のタネ　「別冊文藝春秋」六〇号（昭和三十二年十月）
門札　「文芸広場」昭和三十四年十二月号
うどんのかつぎ売り　「別冊文藝春秋」八三号（昭和三十八年四月）
新学期　「労働文化」昭和三十七年四月号
習字の先生　「墨のらくがき」昭和三十七年十月号
小田川　「高梁川」一二号（昭和三十六年八月）
杉山の中の一本松　「教育評論」昭和三十二年一月号

引きいれてせし人の　「オール讀物」昭和三十八年七月号
古里　「春の日」二号（昭和三十六年十月）

Ⅵ

八月十五日について　「毎日新聞」昭和三十八年八月八日夕刊
八月の日記から　「読売新聞」昭和三十六年八月十二日夕刊
ハンコの思い出　「展望」昭和四十二年六月号
二等兵と金髪美人将校　「婦人画報」昭和三十六年八月号
饅頭とピストル　「笑の泉」昭和三十七年二月号
言葉について　「早稲田文学」昭和二十四年七月号
歴史と翻訳　「朝日新聞」昭和二十八年七月六日朝刊
鳶職の二階から　「群像」昭和四十一年十月号

Ⅶ

マンデー屋　『現代の文学6　井伏鱒二集』月報（昭和四十年一月）
外村の体感　「春の日」三号（昭和三十六年十一月）
背広と将棋　「産業経済新聞」昭和二十七年五月七日
碁の話　「一座」昭和三十六年七月号
囲碁ともだち　「群像」昭和三十五年五月号
俳句会　「東京新聞」昭和三十四年十二月十一日夕刊
或る独身主義者　「文藝春秋」昭和三十三年十一月号
宇野さんと私　『宇野浩二回想』（昭和三十八年九月）
旅行余話　『現代文学大系53　坂口安吾・井上友一郎・檀一雄集』月報（昭和四十二年八月）
藤原君の抗生物質　『新日本文学全集34　水上勉・藤原審爾集』月報（昭和三十九年一月）
安吾のどてら　『坂口安吾選集　第三巻』月報（昭和三十一年十二月）
私の好きな場所（カバー帯）　「詩と評論」昭和四十二年十二月号　＊アンケート

木山捷平（きやましょうへい）小説家、詩人。明治三十七年三月二十六日、岡山県小田郡新山村（現笠岡市）に生まれる。旧制中学時代より詩歌を「文章倶楽部」などの雑誌に投稿、ガリ版刷りの同人誌も発行する。姫路師範学校を卒業後、兵庫県の小学校で教職に就くが、大正十四年、文学への志を捨てきれずに上京し、昭和四年に初の詩集『野』を自費出版。八年、同人誌「海豹」参加を機に小説を書きはじめ、「抑制の日」「河骨」が芥川賞の候補となる。十九年の暮、職を得て満洲の新京（現長春）に渡り、敗戦間際に応召、特攻部隊に配属されて九死に一生を得る。現地で難民生活を送り、二十一年夏にようやく帰国。郷里での疎開生活を経て、二十四年に再上京、小説を書き続けるものの不遇をかこったが、三十一年執筆の「耳学問」で脚光を浴び、以後は精力的に作品を発表。三十七年刊の『大陸の細道』では芸術選奨文部大臣賞を受賞する。四十三年八月二十三日、食道癌のため死去。享年六十四。主な作品に短篇「尋三の春」「氏神さま」「苦いお茶」「無門庵」「去年今年」、長篇「長春五馬路」などがある。

銀河叢書

行《ぎょう》列《れつ》の尻《し》っ尾《ぽ》

二〇一六年二月十二日　第一刷発行

著　者　木山捷平

発行者　田尻　勉

発行所　幻戯書房
郵便番号一〇一－〇〇五二
東京都千代田区神田小川町三－十二
岩崎ビル二階
ＴＥＬ　〇三（五二八三）三九三四
ＦＡＸ　〇三（五二八三）三九三五
ＵＲＬ　http://www.genki-shobou.co.jp/

印刷・製本　精興社

ISBN978-4-86488-090-9　C0395

✿「銀河叢書」刊行にあたって

敗戦から七十年が過ぎ、その時を身に沁みて知る人びとは減じ、日々生み出される膨大な言葉も、すぐに消費されています。人も言葉も、忘れ去られるスピードが加速するなか、歴史に対して素直に向き合う姿勢が、疎かにされています。そこにあるのは、より近く、より速くという他者への不寛容で、遠くから確かめるゆとりも、想像するやさしさも削がれています。

長いものに巻かれていれば、思考を停止させていても、居心地はいいことでしょう。しかし、その儚さを見抜き、伝えようとする者は、居場所を追われることになりかねません。

自由とは、他者との関係において現実のものとなります。いろいろな個人の、さまざまな生のあり方を、社会へひろげてゆきたい。読者が素直になれる、そんな言葉を、ささやかながら後世へ継いでゆきたい。

星が光年を超えて地上を照らすように、時を経たいまだからこそ輝く言葉たち。そんな叡智の数々と未来の読者が出会い、見たこともない「星座」を描く――

銀河叢書は、これまで埋もれていた、文学的想像力を刺激する作品を精選、紹介してゆきます。

初書籍化となる作品、また新しい切り口による編集や、過去と現在をつなぐ媒介としての復刊を手がけ、愛蔵したくなる造本で刊行してゆきます。

既刊（税別）

小島信夫　『風の吹き抜ける部屋』　四三〇〇円
田中小実昌　『くりかえすけど』　三二〇〇円
舟橋聖一　『文藝的な自伝的な』　三八〇〇円
舟橋聖一　『谷崎潤一郎と好色論　日本文学の伝統』　三三〇〇円
島尾ミホ　『海嘯』　二八〇〇円
石川達三　『徴用日記その他』　三〇〇〇円
野坂昭如　『マスコミ漂流記』　二八〇〇円
串田孫一　『記憶の道草』　三九〇〇円
木山捷平　『行列の尻っ尾』　三八〇〇円
木山捷平　『暢気な電報』　三四〇〇円

……以下続刊